喚醒你的英文語感！

Get a Feel for English !

喚醒你的英文語感！

Get a Feel for English !

TOEIC® Power Listening

TOEIC is registered trademark of Educational Testing Service (ETS).
This publication is not endorsed or approved by ETS.

New TOEIC

新多益聽力高分本領書

審 訂◎ 登峰美語多益研究中心
作 者◎ 松本惠美子

給 TOEIC 考生的話

突破 TOEIC 900 分一點也不難！

欲參加 TOEIC 測驗並以獲得高分為目標的考生們，是否覺得 900 分是難以跨越的門檻？

到目前為止，我在大學及語言學校中已接觸過的 TOEIC 考生不計其數。我發現即使是英語能力還不錯的考生，也往往會有「究竟還要累積多少實力才能考 900 分以上？」的疑慮，或者「感覺好像很難突破更高分，所以不想再考 TOEIC 了！」的想法。

但我希望各位能相信「要考 TOEIC 900 分其實沒那麼難！」

大家應該或多或少都有過「學生時代很喜歡英文」、「喜愛英文歌曲的歌詞」，或是「在入學考試時很熱衷於背英文單字」等與英語有關的經驗，如此一來既有不錯的英語學習經驗值，若再加上能認真投入 TOEIC 測驗的備考，就等於充分具備了考取高分之素質。

全面提升英語聽力

本書與那些專門介紹小訣竅、小技巧的 TOEIC 應試策略書不同，我們強調的是不執著於「醒目的單字」或「聆聽語音時會讓人留下印象的發音」等細節，而這正是讓英語聽力能夠進階的第一步。

同時為了幫助讀者輕鬆達成 900 分的目標，本書亦針對應試者容易落入的答題陷阱，以及獲取高分必備的基本複習重點，精心設計出可在短時間內全面提升 Part 1 ～ Part 4 聽解力之內容。

只要充分運用透析了最新出題趨勢的解題技巧，並反覆熟習與正式考題完全切合的練習題，相信不用多久，你就能奪取 900 分以上的高分。

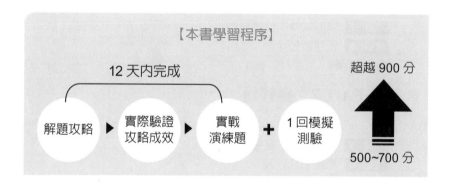

生活僅是安於現狀未免太過無趣；努力挑戰新事物、追求未能達成的目標，才能過得充實又快樂。而我希望 TOEIC 測驗也能成為你追求這類目標時的里程碑之一。在此誠心盼望各位能夠有效活用本書，並成功奪取高分。

作者　松本惠美子

CONTENTS

給 TOEIC 考生的話 ⋯⋯⋯⋯⋯⋯⋯⋯⋯⋯⋯⋯⋯⋯ 2

活用 24 個解題攻略，徹底征服聽力！ ⋯⋯⋯ 6

本書使用方法 ⋯⋯⋯⋯⋯⋯⋯⋯⋯⋯⋯⋯⋯⋯⋯ 12

第 1 章　**Part 1：照片題** ⋯⋯⋯⋯⋯⋯⋯ 15

DAY 1 ⋯⋯⋯⋯⋯⋯⋯⋯⋯⋯⋯⋯⋯⋯⋯⋯⋯⋯ 16

攻略 **1**　注意人物的動作

攻略 **2**　留意以「物」為主詞的情境

Exercises ⋯⋯⋯⋯⋯⋯⋯⋯⋯⋯⋯⋯⋯⋯⋯⋯ 20

DAY 2 ⋯⋯⋯⋯⋯⋯⋯⋯⋯⋯⋯⋯⋯⋯⋯⋯⋯⋯ 26

攻略 **3**　掌握物體的位置關係

攻略 **4**　留意被動句型

Exercises ⋯⋯⋯⋯⋯⋯⋯⋯⋯⋯⋯⋯⋯⋯⋯⋯ 30

第 2 章　**Part 2：應答題** ⋯⋯⋯⋯⋯⋯⋯ 37

DAY 3 ⋯⋯⋯⋯⋯⋯⋯⋯⋯⋯⋯⋯⋯⋯⋯⋯⋯⋯ 38

攻略 **5**　掌握句首的疑問詞

攻略 **6**　想像對話狀況

Exercises ⋯⋯⋯⋯⋯⋯⋯⋯⋯⋯⋯⋯⋯⋯⋯⋯ 42

DAY 4 ⋯⋯⋯⋯⋯⋯⋯⋯⋯⋯⋯⋯⋯⋯⋯⋯⋯⋯ 50

攻略 **7**　清楚區別題目問的是「數」還是「量」

攻略 **8**　熟記基本疑問句型與回答方式

Exercises ⋯⋯⋯⋯⋯⋯⋯⋯⋯⋯⋯⋯⋯⋯⋯⋯ 54

DAY 5 ⋯⋯⋯⋯⋯⋯⋯⋯⋯⋯⋯⋯⋯⋯⋯⋯⋯⋯ 62

攻略 **9**　熟悉否定疑問句、附加疑問句及其回答方式

攻略 **10**　參透選擇疑問句的正確答案模式

Exercises ⋯⋯⋯⋯⋯⋯⋯⋯⋯⋯⋯⋯⋯⋯⋯⋯ 66

DAY 6 ⋯⋯⋯⋯⋯⋯⋯⋯⋯⋯⋯⋯⋯⋯⋯⋯⋯⋯ 74

攻略 **11**　精通提議、建議、遊說、邀請、請求、拜託等的表達方式

攻略 **12**　掌握非疑問句形式的題目

Exercises ⋯⋯⋯⋯⋯⋯⋯⋯⋯⋯⋯⋯⋯⋯⋯⋯ 78

| 第 3 章 | **Part 3：簡短對話題** | 87 |

DAY 7 88
　攻略 13　務必預先讀過問題
　攻略 14　克服類似選項並列的題型
　Exercises 96

DAY 8 102
　攻略 15　預先瀏覽題目時須掌握「誰做了什麼事」
　攻略 16　將題目「視覺化」
　Exercises 110

DAY 9 116
　攻略 17　牢記常見的情境設定
　攻略 18　牢記常見的問題形式與詞彙
　Exercises 124

| 第 4 章 | **Part 4：簡短獨白題** | 131 |

DAY 10 132
　攻略 19　先讀過問題和答題指示
　攻略 20　找出問題中的關鍵詞
　Exercises 138

DAY 11 146
　攻略 21　不可擅自臆測，但要能「視覺化」情境！
　攻略 22　千萬別立刻連接至相關詞！
　Exercises 152

DAY 12 160
　攻略 23　戰勝「訊息」、「公告」與「廣告」等題型
　攻略 24　戰勝「演說」、「新聞」與「導覽解說」等題型
　Exercises 168

| 第 5 章 | **模擬測驗** | 177 |

　題目 .... 178　　　詳解 205

Columns
　① 有效率的答案卡畫記法 86
　② 掌握英語的韻律節奏，就能提升聽力 130
　③ 如何擺脫學習低潮 176

活用 24 個解題攻略，徹底征服聽力！

擬定策略，挑戰聽力測驗「滿分」目標

本書所指的 900 分目標，並不是指聽力測驗和閱讀測驗各拿 450 分而獲得總分 900 的情況。依據過去考生的得分資料細項分析可知，想在 TOEIC 測驗奪取高分，聽力測驗部分應以滿分 495 分，或接近滿分的 480 分、470 分左右為目標。

事實上，聽力測驗部分要拿滿分，並不需要 100 題全都答對。雖說每次測驗都會稍有差異，不過通常只要答對 95 到 97 題，就能獲得 495 分，所以若以 480、470 分為目標，並好好擬定策略，就不必太在意偶爾的粗心大意，而能專注地面對正式測驗。

聽力需要花時間培養，唯有反覆閱讀並理解內容、持續練習，才能將其內化成自己的實力。為了讓考生能更輕鬆地進行這樣的反覆練習，本書規劃了 12 天的短期複習形式。初次備考的讀者可用本書做為考前準備，而接著也可針對下一次的測驗，做為反覆練習使用。

聽力測驗部分共分為四個 Parts。本書針對其中能在較短時間內考取接近滿分的 Part 1、Part 2，提供考生 12 種解題攻略；另以採取預先瀏覽題目以提前取得資訊及判斷該聚焦於何者的發言等方法，帶領考生突破難度較高的 Part 3；至於 Part 4，則透過介紹與聽力基礎有關的「視覺化」方法，及掌握「相似發音」、「相關詞」等答題陷阱，來建構出可提升英語聽解實力的內容。

本書每個 DAY 皆以「閱讀解題攻略」→「範例題 (Example)」→「練習題 (Exercises)」的形式精心規劃學習內容，考生務必在讀過並理解當日學習要點後，再確實進行 Exercises 的練習。

接下來就先介紹聽力測驗各部分的應考重點及解題技巧。

Part 1：照片題 (Photographs)

「照片題」是要從只以語音讀出的四個選項中，選出最符合照片中人、事、物的動作及特徵的選項。總共有 10 題。試題本上只印有題號與照片。Part 1 是為時 45 分鐘之聽力測驗的最開頭，相對較容易。戰勝這部分可說是考取高分之關鍵，然而一旦遇上不能確定答案的情況，也千萬別因此猶豫拖延，務必重整心情，趕快面對下一題。

解題重點

當照片中只有一個人物或僅聚焦於單一人物時，其選項主詞便都相同，故只要注意聆聽主詞後的動詞即可。

而當照片中有多個人物且行動各異時，其正確答案多半與周圍的事物描述有關。在這類題目中，不僅動詞、受詞不同，往往連主詞也不一致，所以聆聽時必須特別留意。

以風景、室內照片來說，問的多半為建築物、家具、車輛、植物等的位置關係或配置方式敘述，以及物品的狀況解說等。因此要訓練自己，在聽到用介系詞開頭來描述物品狀況的修飾片語時，就必須能立即想像出畫面。

Part 1 的正確答案很多都以「現在進行式」或「現在簡單式」表達。另外，當語音提到照片中沒有的事物時，該選項就肯定不對。包含主觀、個人推測意見的選項也都不會是正確答案。有些題目還會在選項中刻意納入與照片內事物發音相似的詞彙，以做為陷阱，因此一旦出現可由該照片聯想到的單字時，更應審慎思考以免誤入陷阱。

DAY 1 **攻略 1** 注意人物的動作

攻略 2 留意以「物」為主詞的情境

DAY 2 **攻略 3** 掌握物體的位置關係

攻略 4 留意被動句型

Part 2：應答題 (Question-Response)

試題特徵

　　「應答題」是在聽完問題後，從各選項中選出最適當的回應，總共有 30 題。測驗中只有 Part 2 的題目是三個選項，而非四個。這部分沒有照片，也沒有可閱讀的題目等視覺資訊，完完全全考驗考生的聽力，因此在聆聽時能瞬間掌握語意、狀況是很重要的。而且你的理解不能只是在單字層次上，還必須能判斷整段會話的意思是否合理。此外，除了能清楚分辨發音外，更要能掌握問句的句首詞彙、動詞時態、主詞是誰……等細節資訊，才能推敲出正確答案。

解題重點

　　首先最重要的，就是要聽清楚句首詞彙。若句首為疑問詞，那麼在聽完 (A)、(B)、(C) 各選項並找出正確答案前，絕對不能忘了該疑問詞。能做到上述這點後，下一個重點就是要注意「對話狀況」。不論是以疑問詞開頭的疑問句還是其他形式的問題，回答時都要能夠想像出提問者當時的狀況。

　　日常會話不見得會忠於文法、句型。針對 Where ...? 起頭的問句，有可能不是以「地點」為主詞，而是以「人」為主詞來回答。請別把時間花在翻譯上，而是要讓腦海浮現會話狀況。若要想像發言者提問時的情況，一邊投入情感一邊重複問題的做法是最有效的。舉例來說，以 Do you ...? Are you ...? 起頭的一般疑問句，在基礎的英文文法教學裡，會採用 Yes, I do. 或 No, I'm not. 等回答，但 TOEIC 要考的是你能否想像會話狀況，並判斷對話是否

順暢合理，因此以 Yes / No 為正確答案的題目可說是少之又少。而為了克服這種題型，你可試著投入感情並重複默念問題。

　　以「我不知道」為答案的正面回答型和反問型，以及針對建議、提議、遊說、邀請、請求、拜託等句型做答覆，還有針對否定疑問句、自言自語等的回應方法等，都各有其特徵、傾向，請務必熟習。

DAY 3　攻略 5　掌握句首的疑問詞
　　　　攻略 6　想像對話狀況
DAY 4　攻略 7　清楚區別題目問的是「數」還是「量」
　　　　攻略 8　熟記基本疑問句型與回答方式
DAY 5　攻略 9　熟悉否定疑問句、附加疑問句及其回答方式
　　　　攻略 10　參透選擇疑問句的正確答案模式
DAY 6　攻略 11　精通建議、提議、遊說、邀請、請求、拜託等的表
　　　　　　　　達方式
　　　　攻略 12　掌握非疑問句形式的題目

Part 3：簡短對話題 (Short Conversations)

試題特徵

　　「簡短對話題」是在播放一段男女的對話之後，提出三個問題，而每題各有四個選項讓考生讀完後再作答。Part 3 會有 10 組題目，合計共 30 個問題。考生必須徹底理解會話中男女雙方各自的立場，然後冷靜地選出正確答案。應付 Part 3 不只要靠聽力，還得具備瞬間讀懂問題和選項的能力。而除了聽懂會話內容的實力外，單字能力以及不誤解主詞、動詞、受詞間關係的構句能力也相當重要。若能成功戰勝 Part 3，那麼在聽力測驗部分取得高分的目標也就不遠了。

請在會話內容播放前，亦即在播放 Part 3 的指示說明時，先將題目和選項閱讀一遍。Part 3 的指示說明只是在解釋出題形式而已，故只要聽過一遍，實際應考時就不必再聽了。在這段期間先閱讀題目，掌握該聽取的資訊線索，接著就必須將注意力集中在重點上，有效率地確保得分。題目裡都藏有與會話內容相關的線索，因此運用預先讀到的題目與選項內容，便能一邊聆聽會話，一邊在腦海中描繪其情境，而一旦聽出正確答案，就可先在答案卡上輕輕勾出答案。

對於以考取高分為目標的考生來說，所謂預先閱讀題目並不是含糊地瀏覽一遍，而是必須要能理解該問題的意思，並達成可邊聽邊解答的「視覺化」目標。也就是說，在聆聽對話內容時，一聽到和腦海中所想像的情境符合時，便能立刻想出正確答案的能力。請在思考主詞是誰、動詞又為何的同時，掌握 Part 3 會話中兩人分別依據對方之發言而產生的狀況變化。

DAY 7	攻略 13	務必預先讀過問題
	攻略 14	克服類似選項並列的題型
DAY 8	攻略 15	預先瀏覽題目時須掌握「誰做了什麼事」
	攻略 16	將題目「視覺化」
DAY 9	攻略 17	牢記常見的情境設定
	攻略 18	牢記常見的問題形式與詞彙

Part 4：簡短獨白題 (Short Talks)

「簡短獨白題」會播放由單一人物所發表的報告或敘述做為題目。每一篇獨白都會有三個問題，考生必須在讀完四個選項後選出最適當的答案。Part 4 共有 10 組題目，總計 30 個問題。此部分在聽力測驗中屬於內容較長且與

Part 3 並列為難度較高的部分，請確實掌握不同類型的獨白，並充分理解其整體內容。

解題重點

　　和 Part 3 一樣，Part 4 也須預先讀過問題。請一邊聆聽獨白，一邊閱讀題目和選項，然後畫記答案。Part 4 的字彙難度較高，內容本身也往往較長，雖說很多人都覺得 Part 4 不好應答，但畢竟是由單一人物針對單一主題娓娓道來，因此也有人會覺得比一次出現兩人的 Part 3 要簡單。

　　另外，也正因為 Part 4 的內容較長，所以在有預先好好讀過問題與選項的前提下，就能有較充裕的時間「答完一題後，再聽取下一題的解答線索」。請耐心等待語音播放出問題之主詞，或是你不熟悉的動詞，接著再冷靜作答。

　　不過要注意的是，別只因某選項包含類似單字，就誤以為那是正確答案。為了避免犯下初、中級者常犯的「將聽過且易記住的單字誤認為關鍵詞」之錯誤，聆聽語音時務必依據英語的詞序來處理主詞、動詞，同時將情境「視覺化」。出題者總會充分理解考生心理，然後在選項中散布各種容易引人誤答的陷阱。因此請務必要好好熟悉本書所介紹的「類似單字」、「相關詞」及「相同單字」等常見陷阱。

DAY 10 攻略 19 先讀過問題和答題指示

攻略 20 找出問題中的關鍵詞

DAY 11 攻略 21 不可擅自臆測，但要能「視覺化」情境！

攻略 22 千萬別立刻連接至相關詞！

DAY 12 攻略 23 戰勝「訊息」、「公告」與「廣告」等題型

攻略 24 戰勝「演說」、「新聞」與「導覽解說」等題型

📖 本書使用方法

本書是專為戰勝 TOEIC 聽力測驗所設計。書中介紹各種能徹底掌握各部分聽力測驗題的最強「解題攻略」。此外還提供 Exercises 與模擬測驗，讓讀者能進行充分的實戰練習。

解題攻略與範例題（以第 1 章為例）

為幫助讀者徹底掌握聽力測驗的四個 Parts，本書將以具體且簡單易懂的方式，每天介紹兩種「解題攻略」。

列出「攻略」的要點。

詳盡解析各選項應注意的重點，並逐步導引出正確答案。

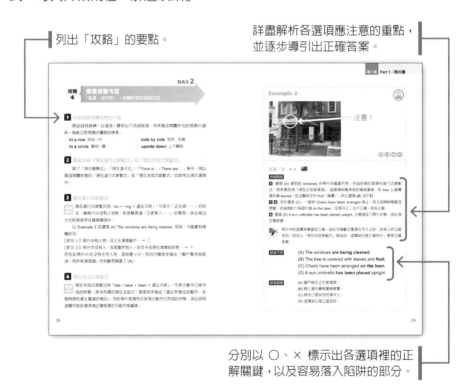

分別以 ○、× 標示出各選項裡的正解關鍵，以及容易落入陷阱的部分。

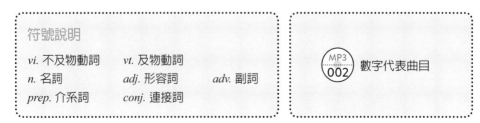

符號說明

vi. 不及物動詞   *vt.* 及物動詞

n. 名詞   *adj.* 形容詞   *adv.* 副詞

prep. 介系詞   *conj.* 連接詞

（MP3 002）數字代表曲目

Exercises 及模擬測驗的「答案與解析」部分，會將整個解題過程盡可能完整呈現出來。而在英文原文中，還會以底色標示出 Answer key（答題關鍵）。

以 ★～★★★ 三種等級表示題目難度。

以國旗標示四國發音。【▄ 美國、▄ 英國、▄ 澳洲、▄ 加拿大】

Part 3、4 會同時列出語音內容與翻譯。

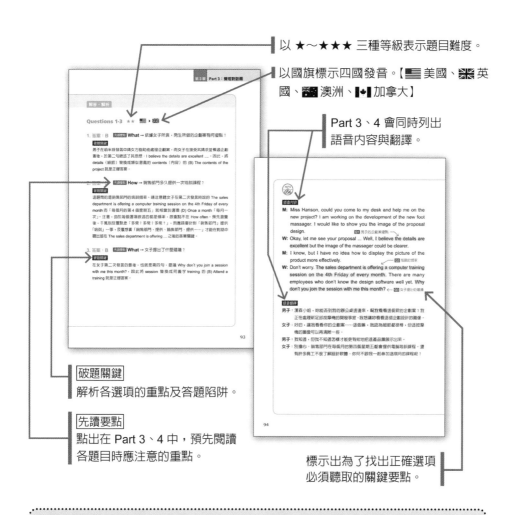

破題關鍵
解析各選項的重點及答題陷阱。

先讀要點
點出在 Part 3、4 中，預先閱讀各題目時應注意的重點。

標示出為了找出正確選項必須聽取的關鍵要點。

圖示說明

  代表所有 TOEIC 考生都該知道的基本解題技巧。

 代表以 900 分為目標的高手也容易落入的陷阱。

 代表以 900 分為目標的考生必須特別注意的解題技巧。

📖 12 天學習計畫

本書以 12 天內即可全部學習完畢的目標做基本架構，因此以 DAY 為單位來安排學習進度。讀者也可按照自己的速度及學習狀況來進行適當的調整。

第 1 章	**Part 1**：照片題	
	DAY 1	人物照
	DAY 2	風景、室內照

▼

第 2 章	**Part 2**：應答題	
	DAY 3	句首的疑問詞／掌握對話狀況
	DAY 4	清楚區別題目問的到底是數還是量／一般疑問句
	DAY 5	否定疑問句／附加疑問句／選擇疑問句
	DAY 6	建議、提議、遊說、邀請、請求、拜託等表達方式／非疑問句形式的題目

▼

第 3 章	**Part 3**：簡短對話題	
	DAY 7	預先瀏覽問題／克服類似選項並列的題型
	DAY 8	透過問題掌握「誰做了什麼事」的資訊／將問題「視覺化」
	DAY 9	常見的情境設定／常見的問題形式與詞彙

▼

第 4 章	**Part 4**：簡短獨白題	
	DAY 10	先讀過問題和答題指示／問題中的關鍵詞
	DAY 11	將語音「視覺化」／別立刻連接至相關詞
	DAY 12	「訊息」、「公告」與「廣告」／「演說」、「新聞」與「導覽解說」

▼

第 5 章	模擬測驗 100 題（1 回）
!	建議讀者一定要反覆複習各種詞彙！曾在問題中遇到的單字或句型多少會留下一些印象，所以只要多重複幾次就不難記住。

第 1 章

Part 1：照片題
Photographs

Part 1 的測驗方式是看到照片後，須從四個選項中選出最能表達照片內容的選項，總計共 10 題。此部分在聽力測驗中相對來說是較容易的，很多考生都擅長應付 Part 1，因此這部分應以拿到接近滿分為目標。不過要注意，照片題的形式雖然單純，但仍可能出現難度較高、較少聽到的字彙。此外在作答時，即使對自己的答案沒什麼信心，也千萬別流連於前一題，務必專心進入下一題。

DAY 1
攻略 **1** 注意人物的動作
攻略 **2** 留意以「物」為主詞的情境

DAY 2
攻略 **3** 掌握物體的位置關係
攻略 **4** 留意被動句型

攻略 1 **注意人物的動作**
人物照 → 聚焦於單一人物的情況

1 掌握人物的動作！

　　只有單一人物的照片或是雖有多個人物但焦點只放在單一主角身上時，選項 (A) ～ (D) 的主詞多半會統一使用 The man（男性）、A woman（一位女性）等。在這種情況下，只需專心聽取接在其後的人物動作敘述，亦即主詞後的動詞部分。

　　基本上能用來描述一張照片內容的時態，應該是「現在式」。請注意，Part 1 的正確答案幾乎都是以「be 動詞 ＋ ~ing」的現在進行式或現在簡單式，來表達人物動作。

2 熟悉常見的動詞形式！

　　請將 Part 1 常見的動詞形式熟記起來。

- × **She is putting on her shirt.** 表達「正在穿上襯衫」這樣的行為、動作。
- ○ **She is wearing her shirt.** 表示「穿著襯衫」的狀態。

　　putting on 之後常接著 a cap、a hat 之類的名詞，而這些往往與穿戴在照片人物身上的東西一致，所以很容易讓人落入陷阱。由於照片很難呈現「正在穿戴上某些東西」的狀況，所以包含 putting on 的選項通常是錯的，反之包含 wearing 的選項則較可能為正確答案。

3 若聽到照片裡沒有的東西，那肯定不是正確答案！

　　若在語音中聽到照片裡沒有的事物時，該選項就一定是錯的。例如 Example 1 中若出現 The man is wearing，但後面接的是 glasses（眼鏡）、a suit（西裝），那就一定是錯的選項。

4 不做主觀性的判斷或臆測！

　　光看照片看不出來的、包含主觀意見或個人臆測的選項都不會是正確答案。以 Example 1 來說，若出現 The man is selling only foods.（這位男子只在販售食物）、The man is cooking for his friend.（這位男子正在為他的朋友做菜）等敘述，都不可能為正確答案，因為二者皆屬於無法光看照片就能確定的事。

Example 1

注意！

ⒶⒷⒸⒹ

答案：C　★　🇺🇸

破題關鍵

1 此照片裡最醒目的就是中間的男子。由於各選項均以 The man 起頭，故只要注意聆聽接在其後的動詞即可。

4 選項 (A) 的動詞 making（做）符合照片內容，但問題出在接下來的名詞 dinner。是否在「做晚飯」這件事從照片中看不出來，所以不對。

2 選項 (B) 的 putting on 之後接的是男子頭上戴著的 cap，因此很容易讓人誤以為是正確答案，但照片並未呈現「正在戴」的動作，故不對。

(C) The man is working on a grill. 為正確答案。

3 照片看來好像是在烤雞肉，但包含 bird（鳥）的選項 (D) 是「正在餵食一群鳥兒」之意。請小心別答錯了。

錄音內容

(A) The man is making **dinner**.
(B) The man is **putting on** his cap.
(C) The man is working on a grill.
(D) The man is **feeding** a flock of birds.

錄音翻譯

(A) 這名男子正在做晚飯。
(B) 這名男子正在戴上他的帽子。
(C) 這名男子正在使用烤架工作。
(D) 這名男子正在餵食一群鳥兒。

攻略 **2** 留意以「物」為主詞的情境
人物照 → 未聚焦於單一人物的情況

1 主詞與動詞兩部分都要注意！

　　當照片中有多個人物且沒有哪個人物特別顯眼時，正確答案就可能與這些人物的共通動作或周邊事物有關。這時由於選項不見得都在描述人物行動，故正確答案不見得是單純表示「人 + 行動」的選項。

2 除了人物以外的主詞很可能就是正確答案！

　　當照片中多個人物的行動不一致時，與周圍事物有關的描述通常就會是正確答案。

3 若是以人為主詞，就必須從句子的起頭開始注意聆聽！

　　聽取語音時不僅要注意動詞、受詞，還必須從句首的主詞開始仔細聆聽，並同時對照照片，以明確找出主詞所指的人物。

★ 常出現在選項中的主詞

代表特定人物的單字

☐ **audience** 觀眾　　☐ **pedestrian** 行人　　☐ **driver** 司機

☐ **mechanic** 技工　　☐ **shopkeeper** 店主；老闆　　☐ **vendor** 小販；賣主

代表不特定人物的單字

☐ **he** 他　　☐ **they** 他們　　☐ **people** 人們

4 若聽到與照片內物體一致的單字，或類似發音時……

　　把和照片內事物發音相似的詞彙放在選項中是題目經常會出現的陷阱。例如 Example 2 的照片，由於左側人物的臉向著鏡頭，所以很容易讓人聯想到 face（臉）這個單字。但以 face 為動詞（向著……的方向）來敘述的選項 (A) 並非正確答案。也就是說，即使選項中包含與照片內人事物一致的單字，也不見得就是正確答案。請注意，Example 2 裡包含 audience（觀眾）、a person（一個人）的選項也都是錯的。

Example 2

注意！

ⒶⒷⒸⒹ

答案：B ★ 🇨🇦

破題關鍵

1 選項 (A) 雖以照片中的 The audience（觀眾）為主詞，但觀眾並沒有「彼此面對面」，故此選項不對。

2 選項 (B) Several seats are unoccupied. 正確描述了照片狀態，故為正確答案。

一旦出現可由照片聯想到的單字時，考生很容易會以為那是正確答案。選項 (C) 便包含了可由照片聯想到的單字 baseball（棒球），但實際上照片裡呈現的並非棒球賽，所以不對。

而左側人物雖是朝著與大部分人相反的方向走來，但照片裡並無 paved road（鋪好的道路），故 (D) 也不對。

錄音內容
(A) The audience is **facing** each other.
(B) **Several seats** are unoccupied.
(C) They are watching **a baseball** game.
(D) A person is crossing **a paved road**.

錄音翻譯
(A) 觀眾們正彼此面對著面。
(B) 有幾個座位空著。
(C) 他們正在看棒球比賽。
(D) 有個人正在穿越鋪好的路。

Exercises

答案與解析 → p. 22

1.

(A) (B) (C) (D)

2.

(A) (B) (C) (D)

3.

Ⓐ Ⓑ Ⓒ Ⓓ

4.

Ⓐ Ⓑ Ⓒ Ⓓ

5.

Ⓐ Ⓑ Ⓒ Ⓓ

🔑 答案與解析

1. 答案：D ★　🇨🇦

錄音內容

(A) Children are strolling along the walkway.

(B) Children are playing on the swings.

(C) Children are on the alert for a landslide.

(D) Children are about to fall into the water.

錄音翻譯

(A) 孩子們正沿著步道漫步。

(B) 孩子們正在盪鞦韆。

(C) 孩子們正小心戒備著山崩。

(D) 孩子們即將落入水中。

破題關鍵

照片中呈現出孩子們正從游泳池的滑水道滑下的樣子。此處並非 walkway（步道），所以 (A) 不對。(B) 則是遊樂器材的種類敘述不對：swing 指的是「鞦韆」。而 (C) 的 landslide 是指「山崩」之意，請勿與 slide（滑道）混淆。由於幾乎可確定孩子們接著就會衝入水中，所以 (D) 為正確答案。

注意 正因為照片所捕捉的是快門被按下的瞬間，所以 Part 1 的答案不太可能是未來式。而這裡的 be about to ...（即將……）雖屬於描述未來的句型，但仍罕見地出現在 Part 1 且為正確答案。

☐ **stroll** [strol] *vi.* 漫步；散步　　　　☐ **walkway** [ˋwɔk͵we] *n.* 步道

☐ **swing** [swɪŋ] *n.* 鞦韆　　　　　　　☐ **on the alert** 警戒著；處於戒備狀態

☐ **landslide** [ˋlænd͵slaɪd] *n.* 山崩

---

2. 答案：C ★★ 🇬🇧

(MP3 005)

錄音內容

(A) They are watching a musical performance.

(B) He's positioning a tripod.

(C) People are wearing caps.

(D) They are operating heavy machinery.

錄音翻譯

(A) 他們正在欣賞音樂演奏。

(B) 他正在調整三腳架的位置。

(C) 人們都戴著帽子。

(D) 他們正在操作重型機械。

破題關鍵

這是管樂器演奏者們在街道上演奏的情景。由於此照片並未拍出觀看演奏的人們，所以 (A) 不對。又因為照片中較顯眼的樂器是 trumpet（喇叭），和 tripod（三腳架）發音相似，所以要小心別搞混而錯選了 (B)。照片中演奏者們全都戴著 cap（帽子），所以 (C) 為正確答案。至於 (D)，樂器雖然看起來很重，但 heavy machinery 是「重型機械」的意思，因此也不對。

 注意 heavy machinery 是指用於工地的起重機等「重型機械」。另外，即使有「樂器很重」的選項可選，但東西是否「很重」仍為主觀性的判斷，因此也不會是正確答案。

☐ **position** [pəˋzɪʃən] *vt.* 定位；調整位置　　☐ **tripod** [ˋtraɪpɑd] *n.* 三腳架

☐ **operate** [ˋɑpə͵ret] *vt.* 操作　　　　　☐ **heavy machinery** 重型機械

3. 答案：D ★★

錄音內容

(A) A woman is packing a suitcase.

(B) A woman is strolling on the trail.

(C) The ground is being resurfaced.

(D) Some goods are displayed under the awnings.

錄音翻譯

(A) 一名女子正在打包行李。

(B) 一名女子正在小徑上漫步。

(C) 地面正在重新鋪設。

(D) 有些商品陳列在遮陽棚下。

破題關鍵

這張照片除了前景處的一名女性外，其他的人物都不顯眼。就選項 (A) 來說，照片裡是看得到 A woman 但是看不出有 pack（打包）的動作，而且她手上拿的也不是 suitcase（行李箱）而是 backpack（背包），因此 (A) 不對。而這位女性並沒有在小徑上漫步，所以選項 (B) 也不對。另，照片中看不出任何在鋪路的跡象，故 (C) 亦非正解。而照片左側可看到有許多遮陽棚，且有一些物品置於其下，所以 (D) 為正確答案。

☐ **pack** [pæk] *vt.* 打包
☐ **trail** [trel] *n.* 小徑
☐ **awning** [ˋɔnɪŋ] *n.* 遮陽棚
☐ **suitcase** [ˋsutˏkes] *n.* 行李箱
☐ **resurface** [riˋsɝfɪs] *vt.* 重新鋪設

....

4. 答案：A ★

錄音內容

(A) Two girls are standing side by side.

(B) Two girls are facing each other.

(C) Two girls are distributing materials.

(D) Two girls are serving refreshments.

錄音翻譯

(A) 兩個女孩正肩並肩地站著。

(B) 兩個女孩正彼此面對著面。

(C) 兩個女孩正在分發材料。

(D) 兩個女孩正在供應茶點。

破題關鍵

主詞全都為 Two girls（兩個女孩），所以要注意位置關係與動作。照片中的兩個女孩確實是肩並肩地站著，故 (A) 為正確答案。而 face 做為及物動詞使用時，是「面對」之意，因此 (B) 不對。另外要注意，別因桌子上看似放了些材料，所以一聽到 (C) 的 materials（材料；教材）就誤選了 (C)。至於 (D)，雖然無法確定女孩們在做什麼，但顯然不是在供應茶點，所以此選項也不對。

□ **side by side** 肩並肩地；並列　　　　　　□ **face** [fes] *vt.* 面對
□ **distribute** [dɪ`strɪbjut] *vt.* 分配；分發　□ **material** [mə`tɪrɪəl] *n.* 材料；教材
□ **serve** [sɜv] *vt.* 供應；招待
□ **refreshments** [rɪ`frɛʃmənts] *n.* 茶點；便餐（複數）

5. 答案：A　★★　🇨🇦

（MP3 008）

錄音內容

(A) People are standing near a wall.
(B) People are lining up to board a ship.
(C) People are waiting with their passports.
(D) People are walking toward a building.

錄音翻譯

(A) 人們正靠近牆壁站著。
(B) 人們正在排隊等候上船。
(C) 人們正拿著護照在等待。
(D) 人們正走向一棟建築物。

破題關鍵

主詞都統一為 People（人們），故應注意動詞和修飾片語。選項 (A) 說的是「站在靠近牆壁的地方」，為正確答案。(B) 所描述的「排隊」動作雖符合照片內容，但照片裡沒看到 ship（船），故此選項不對。而 (C) 中 waiting（等待）的動作也符合照片內容，但因看不出人們有拿護照，所以也不可選。至於 (D) 中 walking（步行）的動作和照片內容不符，故非正確答案。

注意 即使聽到與照片內容一致的動作，如「排隊」、「等待」等，也不能立刻就認定答案一定是該選項！

□ **line up** 排隊　　　　　　　　　　　□ **passport** [`pæs‚port] *n.* 護照

攻略 3 掌握物體的位置關係
「風景、室內照」→ 物體間位置關係的說明方式

1 常見的模式

在 Part 1 照片題中，就位置關係的描述而言，經常會以現在簡單式、現在進行式表達，或以 There is ... / There are ...（有……）等起頭，並以介系詞片語（表示位置關係，如 on the table 等）結尾。因此在聽到 There is ...、There are ... 等之後，若能確定接在其後的名詞有出現在照片裡，描述其位置關係的介系詞片語也都符合情況，那麼該選項就是正確答案。

另外，務必要能立即判斷出與 There are ... 發音相似但實為不同句型的 They are ...（他們是……），以免搞混。

2 表示位置關係的介系詞片語

以介系詞起頭、用來表示位置的片語相當常見，必須練到一聽見語音就能想像出畫面的程度才行。

- ☐ **at a store** 在商店
- ☐ **in the room** 在房間裡
- ☐ **from the sink** 從水槽
- ☐ **under the chair** 在椅子下
- ☐ **across the street** 在對街
- ☐ **next to a rack** 在架子旁

- ☐ **on the wall** 在牆上
- ☐ **into a glass** 進入玻璃杯裡
- ☐ **to the kitchen** 到廚房
- ☐ **behind the counter** 在櫃台後
- ☐ **along the shore** 沿著岸邊
- ☐ **in front of the car** 在車子前面

3 若聽到照片裡沒有的東西，那肯定不是正確答案！

和**攻略 1** 的「人物照」一樣，只要是說到照片裡沒有的東西，該選項就肯定不對。例如在 Example 1 的照片中，除了明顯可見的「桌子」、「椅子」、「畫」、「鏡子」、「地板」、「植物」以外，選項中還提到了 beds、desks、stepladder、door 等物體。這些都可在聽取時立即排除於答案之外。

Example 1

注意！

(A)(B)(C)(D)

答案：A ★★ 🇬🇧

破題關鍵

　　只要是照片裡沒有的單字出現在選項裡，或是位置關係的敘述不對，都能立即判斷為錯誤選項。

1 選項 (A) 以 There are ... 起頭，說「牆上掛著幾幅圖畫」，與照片情境相符，故為正確答案。

3 選項 (B) 的描述到 There is a mirror（有面鏡子）為止都還是對的，但之後說的「在床鋪之間」與照片內容不符，故非正解。

2 選項 (C) 雖以照片右側的 Potted plant（盆栽）為主詞，但「置於桌上」的敘述並不正確，所以也不對。

3 雖然在鏡子裡可見到類似 ladder（梯子）的東西，但無法判斷是否為 stepladder（摺疊梯），而且照片裡並沒有門，由此便可判斷 (D) 是錯的。

錄音內容
(A) **There are** several pictures hanging on the wall.
(B) There is a mirror **between the beds**.
(C) Potted plants are **placed on top of desks**.
(D) **A stepladder** is set next to the **door**.

錄音翻譯
(A) 牆上掛著幾幅圖畫。
(B) 在床鋪之間有一面鏡子。
(C) 盆栽被放置在桌面上。
(D) 有個摺疊梯被安置在門的旁邊。

攻略 4　留意被動句型
「風景、室內照」→ 物體狀態的說明方式

1 用來說明物體狀態的片語

務必自我訓練，以達成一聽到以介系詞起頭、用來描述物體狀況的修飾片語時，就能立即想像出畫面的情境。

☐ **in a row** 排成一列　　　　　☐ **side by side** 並列；並肩

☐ **in a circle** 圍成一圈　　　　☐ **upside down** 上下顛倒

2 要能分辨「現在進行式被動式」和「現在完成式被動式」

除了「現在簡單式」、「現在進行式」、「There is ... / There are ...」等之外，用以描述物體狀態的「現在進行式被動式」及「現在完成式被動式」也很常出現於選項中。

3 現在進行式被動式

超越900　現在進行式被動式為「be + ~ing + 過去分詞」，可表示「正在被……」的狀況。當照片中沒有人物時，就很難表達「正被某人……」的意思，故此描述方式經常被用在錯誤選項中。

以 Example 2 的選項 (A) The windows are being cleaned. 來說，可能會有兩種狀況：

【狀況 ①】照片中有人物，且正在清理窗戶。　→　○

【狀況 ②】照片中沒有人，或是雖然有人，但並未呈現在清掃的狀態。　→　×

而在此照片中並沒有任何人物。這時要小心，別自行臆測並做出「窗戶看來挺乾淨，或許被清理過」的判斷而誤選了 (A)。

4 現在完成式被動式

超越900　現在完成式被動式為「has / have + been + 過去分詞」，可表示動作已被完成的狀態。原本所謂的現在完成式，就是用來描述「過去所發生的動作、狀態與現在產生關連的情況」。由於照片能夠充分呈現出動作已完成的狀態，因此採用這種句型的選項為正確答案的可能性相當高。

Example 2

注意！

ⒶⒷⒸⒹ

答案：D ★★

破題關鍵

3 選項 (A) 提到的 windows 在照片中處處可見，但由於用的是現在進行式被動式，故其意思為「現在正在被清理」。這是個相當典型的錯誤選項。而 tree 上確實滿布著 leaves，但沒看到任何 fruit（果實），所以選項 (B) 也不對。

1 4 至於選項 (C)，一直到 Chairs have been arranged 為止，其主詞與時態都沒問題，但後面的介系詞片語 on the lawn（在草坪上）並不正確，故非正解。

4 選項 (D) A sun umbrella has been placed upright. 正確描述了照片狀態，因此為正確答案。

 照片中的遮陽傘筆直地立著，由此可推斷它應是在不久之前，由某人所立起來的。因此以「現在完成被動式」描述的「遮陽傘已被立直放好」便是正確答案。

錄音內容
(A) The windows **are being cleaned**.
(B) The tree is covered with leaves and **fruit**.
(C) Chairs have been arranged **on the lawn**.
(D) A sun umbrella **has been placed** upright.

錄音翻譯
(A) 窗戶現在正在被清理。
(B) 樹上滿布著樹葉與果實。
(C) 椅子已被排列在草坪上。
(D) 遮陽傘已被立直放好。

Exercises

答案與解析 → p. 33

1.

Ⓐ Ⓑ Ⓒ Ⓓ

2.

Ⓐ Ⓑ Ⓒ Ⓓ

3.

Ⓐ Ⓑ Ⓒ Ⓓ

4.

Ⓐ Ⓑ Ⓒ Ⓓ

5.

Ⓐ Ⓑ Ⓒ Ⓓ

🔑 答案與解析

1. 答案：B ★

MP3 011

錄音內容

(A) Tables have been arranged in a circle.

(B) Most of the chairs have backrests.

(C) Chairs have been stacked in the corner.

(D) The shape of the tables is square.

錄音翻譯

(A) 桌子已被排成一圈。

(B) 大部分的椅子都有椅背。

(C) 椅子已被堆放在角落。

(D) 桌子的形狀是方形的。

破題關鍵

房間裡的桌子和椅子四散於各處，而桌子排列的形狀呈圓弧形，並不是圓形，因此 (A) 不對。而椅子的形狀幾乎都相同，也都附有椅背，故 (B) 為正確答案。另，由於椅子並沒有被統一堆放在角落，而是散布在房間各處，所以 (C) 是錯的。最後，(D) 指出桌子的形狀是 square（方形），顯然也是錯的。

> **注意** 務必弄清楚 square（方形）、circle（圓形）等字眼所描述的到底是該物體本身的形狀，還是其排列狀態。

☐ **arrange** [əˋrendʒ] *vt.* 安排；排列
☐ **stack** [stæk] *vt.* 堆放
☐ **square** [skwɛr] *n.* 方形
☐ **backrest** [ˋbækˌrɛst] *n.* 靠背
☐ **shape** [ʃep] *n.* 形狀

....

2. 答案：B ★★

MP3 012

錄音內容

(A) There is a lot of traffic on the street.

(B) The roofs of the houses are slanted.

(C) All of the vehicles are covered with snow.

(D) The cars have stopped for a traffic signal.

(A) 街道上交通繁忙。

(B) 房子的屋頂都是斜的。

(C) 所有車輛都被積雪覆蓋。

(D) 車子因交通信號而停住。

破題關鍵

這是一張街道雪景照，但是正確答案卻是不含 snow（雪）的 (B)。（slant 有「使傾斜」的意思）。而由於街道並不壅塞，所以 (A) 並不正確。另，此照片中的四台車裡，有一台沒被積雪覆蓋，因此 (C) 也不對。至於 (D)，因為照片裡看不到任何交通信號，故亦非正確答案。

 注意 　請小心別因過度堅信已聽到的 snow（雪）一字，就誤選了 (C)。

☐ **slant** [slænt] *vt.* 使傾斜　　　　　☐ **vehicle** [ˋviɪkl] *n.* 車輛
☐ **signal** [ˋsɪgnl] *n.* 信號

---

3. 答案：**A** ★ 🇦🇺 (MP3 013)

錄音內容

(A) One of the doors has been left open.

(B) A man is refueling his car.

(C) A man is pulling a cart.

(D) The car has reached a parking lot.

錄音翻譯

(A) 有一個車門是敞開的。

(B) 一名男子正在替他的車加油。

(C) 一名男子正在拉動一台手推車。

(D) 此車已到達停車場。

破題關鍵

照片中車子右側的車門敞開著，故 (A) 就是正確答案。而男子雙手都放在口袋裡，並非正在加油的狀態，因此 (B) 不對。此外，照片裡根本沒有任何 cart（手推車），所以 (C) 也不對。最後，由於這場景是加油站，不是 parking lot（停車場），故 (D) 亦非正解。

☐ **leave** [liv] *vt.* 使處於⋯⋯的狀態　　☐ **refuel** [riˋfjuəl] *vt.* 加油；補給燃料
☐ **cart** [kɑrt] *n.* 手推車　　　　　　　☐ **parking lot** 停車場

4. 答案：C ★★

MP3 014

録音內容

(A) People are pushing their motorbikes.
(B) Passengers are exiting an excursion ship.
(C) The boat is flying a flag.
(D) Divers are examining a water-bus.

録音翻譯

(A) 人們正在推他們的摩托車。
(B) 乘客們正在下遊覽船。
(C) 這艘船懸掛著一面旗子。
(D) 潛水員們正在檢查一台水上巴士。

破題關鍵

這題屬於焦點並未聚集在單一人物身上的團體照型問題。選項 (A) 的主詞和動詞部分「人們正在推」與照片內容一致，但推的並不是 motorbike（摩托車），故 (A) 非正解。選項 (B) 只有 passenger（乘客）符合照片內容，「正在下船」的動作不對，而且此船看起來也不像 excursion ship（遊覽船）。而由於船上確實掛著一面旗子，所以 (C) 為正確答案。至於 (D)，因為無法確認照片中的人是否為 divers（潛水員），且其動作也與照片內容不一致，故非正解。

 注意　當照片並未聚焦於單一人物時，請記得多留意描述周邊事物的選項。

☐ **motorbike** [`motəˌbaɪk] *n.* 摩托車
☐ **exit** [`ɛksɪt] *vt.* 離去；退場
☐ **fly** [flaɪ] *vt.* 懸掛（旗子）
☐ **examine** [ɪg`zæmɪn] *vt.* 檢查

☐ **passenger** [`pæsṇdʒə] *n.* 乘客
☐ **excursion ship** 遊覽船
☐ **diver** [`daɪvə] *n.* 潛水員

5. 答案：D ★ 🇦🇺

(MP3 015)

錄音內容

(A) A man has jumped into the stream.

(B) One of the canoes is empty.

(C) They are waiting in line with their tickets.

(D) They are rowing boats on the river.

錄音翻譯

(A) 一名男子跳入了河中。

(B) 有一艘獨木舟是空的。

(C) 他們都拿著票在排隊等待。

(D) 他們正在河上划船。

破題關鍵

這張照片呈現的是坐在兩艘獨木舟上的人們在划船的樣子。選項 (A) 裡的 stream 是指「小河」，但是沒有看到有任何人跳入河中，故此選項不對。而照片裡找不到沒坐人的獨木舟，所以 (B) 也不對。另外，要小心別被 in line（成一列）誘騙而選擇了 (C)，因為這些人根本不是拿著票在排隊。而由於他們確實是在河上划船，因此 (D) 是正確答案。

- ☐ **stream** [strim] *n.* 小河；溪流
- ☐ **empty** [ˋɛmptɪ] *adj.* 空的
- ☐ **row** [ro] *vt.* 划船
- ☐ **canoe** [kəˋnu] *n.* 獨木舟
- ☐ **in line** 成一列

第 2 章

Part 2：應答題
Question-Response

Part 2 是聽力測驗中唯一不靠任何照片、文字題目等視覺資訊，徹徹底底只考驗聽力的部分。故 Part 2 的致勝關鍵就在於能否在問題播放的短短數秒內集中注意力，並掌握整體狀況。而為了能清楚聽取語音、了解其意義以找出正確答案，就必須好好熟悉 Part 2 中從典型至應用的各種題型。

DAY 3
- **攻略 5** 掌握句首的疑問詞
- **攻略 6** 想像對話狀況

DAY 4
- **攻略 7** 清楚區別題目問的是「數」還是「量」
- **攻略 8** 熟記基本疑問句型與回答方式

DAY 5
- **攻略 9** 熟悉否定疑問句、附加疑問句及其回答方式
- **攻略 10** 參透選擇疑問句的正確答案模式

DAY 6
- **攻略 11** 精通提議、建議、遊說、邀請、請求、拜託等的表達方式
- **攻略 12** 掌握非疑問句形式的題目

攻略 5　掌握句首的疑問詞
以疑問詞起頭的問題

1 句首的疑問詞務必要牢記！

　　Part 2 的問題約有一半都是以疑問詞起頭的問句。請專心聽取句首的 Who / When / Where / What / Why /（How / Which 將於**攻略 7** 中說明），且務必在前一題答完後、下一題播放前的空檔時做好準備。聽取問題中的疑問詞後，將 (A)(B)(C) 各選項都聽完，在找出正確答案前，絕對不能忘了該疑問詞為何。

2 別花時間思考那些不太確定意思的單字

超越900　一般考生最容易犯的錯誤之一就是試圖想出不熟悉的單字是什麼意思。如 Example 1 的 medical thermometer（體溫計）就是一例。由於 Part 2 在播完問題後，就會緊接著播放三個簡短選項，所以實在沒時間思考那些不太確定的單字中文意思到底是什麼。你應該在聽取句首疑問詞 Where 後，在腦海中重複著「哪裡？哪裡？哪裡？」。請務必徹底反覆進行這種聽取第一個字的練習。

Where do you usually keep the medical thermometer?

　　⇧　　　　　　　　　　　　　　　　　　⇧
「哪裡？哪裡？哪裡？」　　　　　　　　忍著別去想中譯為何！

3 從聽到疑問詞至答題完成為止

　　戰勝 Part 2 的第一階段就是要一邊在腦中重複著「哪裡？哪裡？哪裡？」（以 Example 1 為例），一邊聆聽從 (A) 開始播放的各選項。(A)「我要去看醫生」根本沒回答到問題，所以不對；(B)「要記得截止日是今天」也跟「地點」沒關係；(C)「電話旁的什麼箱子裡」有提到地點，應該是正確答案吧……就像這樣訓練自己持續尋找針對「哪裡？」的答案。

4 以 Yes / No 開頭的選項幾乎都是錯的

　　以疑問詞起頭的問句，幾乎不可能出現以 Yes、No 為開頭的回答。所以一旦聽見以 Yes、No 開頭的選項，就可直接排除掉！

Example 1

Mark your answer on your answer sheet.　　　Ⓐ Ⓑ Ⓒ

答案：**C**　★　🇨🇦 ▸ 🇺🇸

破題關鍵

1 這是以疑問詞 Where 起頭的問句，用 Where ...?（在哪裡……？）的句型詢問「體溫計的所在位置」，因此與位置有關的選項極有可能是答案。medical thermometer 的意思是「體溫計」，但只要能大概理解這是「與醫療有關，進行某種測量用的東西」就行了，因為大部分的題目都只須聽出疑問詞，即使聽不出後半句在說什麼，也能找出正確答案。

選項 (A) 雖包含問題所使用的 medical 一詞，提到了 medical advisor（醫療顧問），但並未回答體溫計的所在位置，所以不對。

而選項 (B) 的 keep in mind that ...（記住……）也使用了問題裡的 keep 這個字，可是「截止日是今天」和體溫計的保存「位置」無關，因此也不對。

3 最後的 (C) 才是與位置有關的回答，故為正確答案。

錄音內容　　Where do you usually keep <u>the medical thermometer</u>?
　　　　　　(A) I am going to see my **medical** advisor this afternoon.
　　　　　　(B) Well, **keep in mind** that the deadline is today.
　　　　　　(C) In a first-aid kit next to the telephone.

錄音翻譯　　你通常把體溫計收在哪兒？
　　　　　　(A) 我今天下午要去看醫生。
　　　　　　(B) 嗯，要記得截止日是今天。
　　　　　　(C) 在電話旁的急救箱裡。

攻略 **6** 想像對話狀況
要能想像出說話者當時的狀況

1 掌握對話情況！

能做到**攻略 5** 的「記住句首疑問詞，直到找出答案」後，接著就該掌握對話狀況。要注意的是，發生在辦公室等場所的 Part 2 日常會話題材都是相當實際、生動的對話，像是詢問各種問題、指責對方的不是、談及休假的感想等，這些都不一定完全符合文法及句型規則。Part 2 題目的核心要點其實在於掌握「對話的整體狀況」。所以覺得 Part 2 很難的考生，往往都是因為無法掌握「對話狀況」。

2 為何常有例外的回答？

戰勝 Part 2 的訣竅就在於，不論是以疑問詞開頭的問句還是其他形式的問題，回答時都要想像一下提問者當時的狀況。

例如 Example 2 是個針對 Where ...? 問句，以「人」為主詞回答，而非以「地點」來回答的例子。在日常生活中，這樣的問答本來就存在，而且非常自然。這時若只聽到 Where ...?，卻未想像說話者當時的狀況，那麼很可能就會一心等著有關「哪裡？」的回答，而誤選了指出地點的 (A) The store near the campus（校園附近的商店）。

3 一邊投入感情一邊重複問題！

超越**900** 為了避免發生 **2** 的誤答情形，你可試試「一邊投入感情，一邊重複主詞和動詞」的練習方法。以此例來說，就是一邊投入感情一邊重複默念 Where can I get ...?（我可以在哪裡找到⋯⋯？），藉此思考說話者提出此問題時的狀況。從全句可推論這位說話者應該是「想喝好喝的咖啡」。換言之，就是要一邊在腦海裡想像「我要去哪裡才能喝到好喝的咖啡？」，一邊反覆默念 Where can I get a decent cup of coffee?。如此一來，你便能推論出最合適的答案為 (B)「桑卻斯先生會帶你去」。

Example 2

Mark your answer on your answer sheet.　　　Ⓐ Ⓑ Ⓒ

答案：**B** ★★

破題關鍵

　　這是以疑問詞 Where 起頭的問句，而雖然問的是 Where ...?（在哪裡……？），卻不只是單純地詢問「地點」，應試者必須針對發問者「想喝好喝的咖啡」這項意圖，選擇最合適的回應選項。

　　若是因問題裡的 cup 一字，將發問者的意思誤解為「想找好的杯子」，就可能會誤選 (A)。

2 選項 (B) 雖是以 Mr. Sanchez 這個人物名為主詞，但其意思是「那個人會帶你去喝咖啡的好地方」，故為正確答案。選項 (C) 則是針對「來杯咖啡如何？」之類的建議的回應方式，所以在此並非正確答案。

錄音內容　　Where can I get a decent cup of coffee?
　　　　　　(A) The store near the campus has a good selection
　　　　　　　　of tableware.
　　　　　　(B) Mr. Sanchez will show you.
　　　　　　(C) You are kind to say such things.

錄音翻譯　　我可以在哪裡喝到好喝的咖啡呢？
　　　　　　(A) 校園附近的商店有很多餐具可供挑選。
　　　　　　(B) 桑卻斯先生會帶你去。
　　　　　　(C) 您這麼說真是親切。

陷阱　　記住「掌握對話狀況」的原則後，再以第 39 頁 Example 1 的問題「你通常把體溫計收在哪兒？」來說，若出現乍看與問題無關的 Are you running a fever?（你發燒了嗎？）選項時，應該也能判斷這是正確答案。換句話說，以問句回答問句的情況也可能是正確答案。

1. Mark your answer on your answer sheet.　　　Ⓐ Ⓑ Ⓒ

2. Mark your answer on your answer sheet.　　　Ⓐ Ⓑ Ⓒ

3. Mark your answer on your answer sheet.　　　Ⓐ Ⓑ Ⓒ

4. Mark your answer on your answer sheet.　　　Ⓐ Ⓑ Ⓒ

5. Mark your answer on your answer sheet. Ⓐ Ⓑ Ⓒ

6. Mark your answer on your answer sheet. Ⓐ Ⓑ Ⓒ

7. Mark your answer on your answer sheet. Ⓐ Ⓑ Ⓒ

8. Mark your answer on your answer sheet. Ⓐ Ⓑ Ⓒ

1. 答案：B ★★

(MP3 018)

錄音內容 Can you send these packages to Dr. Han by the end of this week?
(A) It was on Saturday.
(B) That's out of the question.
(C) No announcement has been made.

錄音翻譯 你能在本週結束前把這些包裹送給韓博士嗎？
(A) 那是在週六。
(B) 那是不可能的。
(C) 還未發布任何公告。

破題關鍵

這是以 Can you ...? 開頭的請求拜託類句型。若在聽取問題時，僅因為句子最後的 by the end of this week? 而留下「週末」的印象，那就很容易落入選項 (A) 這個陷阱。選項 (B) That's out of the question 為正確答案，而能否答對，就要看應試者能否瞬間想到其意義是「不可能」。至於最後的選項 (C) 根本沒回答到問題，因此不可選。

☐ **package** [ˋpækɪdʒ] *n.* 包裹
☐ **out of the question** 不可能的
☐ **announcement** [əˋnaʊnsmənt] *n.* 公告

....

2. 答案：B ★★

(MP3 019)

錄音內容 What is the dollar-yen exchange rate today?
(A) No, he is from Korea.
(B) Why don't you visit a financial web site?
(C) The training wear is reversible.

錄音翻譯 今天的美元兌日圓匯率是多少？
(A) 不，他來自韓國。
(B) 你何不上財經網站看看？
(C) 該訓練服是可以雙面穿的。

這是以疑問詞 What ...? 起頭的問句。對於「美元兌日圓匯率是多少？」的提問，若是不知不覺聯想到「兌換外幣」及「出國旅遊」等事項，就很容易落入選項 (A) 的陷阱。而 (B) 雖然沒有直接回答問題，但以「何不上網查看？」的講法提供了相關資訊的取得方法，故為正確答案。至於最後的 (C) 則與問題毫不相干，所以不對。

☐ **exchange rate** 匯率
☐ **reversible** [rɪˋvɝsəbl] *adj.* 可反轉的；雙面可用的

3. 答案：A ★★

録音内容　When is the questionnaire for membership satisfaction due?
(A) It is on the survey sheet.
(B) The shop will open on March 25th.
(C) Sorry, I was late due to the accident.

録音翻譯　會員滿意度的問卷調查何時截止？
(A) 就寫在調查表上。
(B) 那家店將於 3 月 25 日開幕。
(C) 抱歉，我因為意外事故所以遲到了。

破題關鍵

這是以疑問詞 When ...? 起頭的問句。正確答案 (A) 針對「何時……？」的提問，不直接以「時間」回答，而改以「就寫在調查表上」的說法來提示找出截止日期的方法。選項 (B) 雖然包含明確的日期 March 25th，但說的是某家店的「開幕日」，就此問題來說毫無關聯。而最後的 (C) 只有 due 這個字和問題扯得上關聯，意思卻毫不相關，故也不正確。

> 注意　即使未針對 When ...? 問句回答日期、時間，只要對話邏輯能順暢連接，就是正確答案！

☐ **questionnaire** [͵kwɛstʃənˋɛr] *n.* 問卷調查
☐ **survey** [sɚˋve] *n.* 調查
☐ **due to** 由於……；因為……

4. 答案：A ★ 🇺🇸 ▸ 🇬🇧

錄音內容 Have you heard the employment statistics for August yet?

(A) They are better than last year by 2 percent.

(B) Mr. Armstrong, our new boss.

(C) There were many people at an employment examination.

錄音翻譯 你聽說 8 月份的就業統計數據了沒？

(A) 比去年改善了 2 個百分點。

(B) 阿姆斯壯先生，我們的新老闆。

(C) 有很多人參加了就業考試。

破題關鍵

此題是以 Have you ...? 起頭、未使用疑問詞的問句。針對「你聽說就業統計數據了沒？」這樣的提問，回答「比去年改善了 2 個百分點」的 (A) 就是正確答案。而 (B) 選項提到的 our new boss（我們的新老闆）或許會讓人覺得和人事有關，但與「就業統計數據」的公布毫無關聯，故非正解。選項 (C) 則只有 employment 這個字和問題裡的用字一致，可是整句句意顯然不適合做為此問題的答案。

☐ **employment** [ɪm`plɔɪmənt] *n.* 雇用

☐ **statistics** [stə`tɪstɪks] *n.* 統計數據（複數）

5. 答案：B ★ 🇦🇺 ▸ 🇨🇦

錄音內容 Which lawn mower is more reasonable?

(A) I loaned my snowboard to my brother.

(B) The heavy one without warranty.

(C) It is very expensive.

錄音翻譯 哪台割草機的價格比較實惠？

(A) 我把我的滑雪板借給我弟弟了。

(B) 沒保固、比較重的那台。

(C) 它非常昂貴。

破題關鍵

此題是以疑問詞 Which ...? 起頭的問句。此處的 reasonable 是「（價錢）公道的；實惠的」之意。就算不知道 lawn mower（割草機）的意思，也必須能將整句理解為「哪個……的價錢比較實惠？」。由於題目問的是「哪一台」，故可知沒針對問題回答的 (A) 不對。（小心，別被發音類似 lawn 的 loaned 混淆。）而選項 (B) 回答了「沒保固、比較重的那台」，因此是正確答案。(C) 則是用了和問題中 reasonable 一字意思相反的 expensive（昂貴的），為陷阱選項。

☐ **lawn mower** [ˋlɔn ˏmoɚ] *n.* 割草機
☐ **loan** [lon] *vt.* 借出
☐ **warranty** [ˋwɔrəntɪ] *n.* 保證書；保固

---

6. 答案：**A** ★★　🇬🇧 ▸ 🇦🇺
(MP3 023)

錄音內容　The price tag reads "Special Offer."
　　　　　(A) Yes, it's 15 percent off.
　　　　　(B) I can't read such small letters.
　　　　　(C) They will offer a brochure at the ticket booth.

錄音翻譯　價格標籤上寫著「特價」。
　　　　　(A) 是的，是打八五折。
　　　　　(B) 我看不清楚這麼小的字。
　　　　　(C) 他們會在售票處提供宣傳手冊。

破題關鍵

這題是要對直述句做回應。針對「價格標籤上寫著 "Special Offer"」這句話，選項 (A) 以「打八五折」回應，亦即說明折扣比例，因此 (A) 就是正確答案。而選項 (B) 雖用了和題目中 reads 一樣的字 read，但整句話的意思是「那麼小的字我看不清楚」，此反應不符合對話邏輯，故不對。選項 (C) 也用了問題裡有的 offer 這個字，不過意思為「售票處有提供宣傳手冊」，和原句毫無關係，所以也不正確。

注意　須針對非問句形式的直述句做回應時，應選擇能讓對話邏輯順暢連接的選項！

☐ **price tag**　價格標籤
☐ **offer** [ˋɔfɚ] *n.* / *vt.* 提供、出價
☐ **brochure** [broˋʃʊr] *n.* 宣傳手冊；小冊子

7. 答案：A ★★

MP3
024

錄音內容 I ran into Douglas at the station.

(A) Is he back from his business trip already?

(B) Check the bulletin board for the timetable.

(C) Right next to the baggage claim area.

錄音翻譯 我在車站遇到了道格拉斯。

(A) 他已經出差回來了嗎？

(B) 時刻表請查看布告欄。

(C) 就在行李提領處的旁邊。

破題關鍵

這題是要對直述句做回應。針對「我在車站遇到了道格拉斯」這句話，選項 (A) 的「他已經出差回來了嗎？」藉由提出疑問的方式來表示說話者的驚訝，故為正確答案。而選項 (B) 包含可由問句裡的「車站」聯想到的 timetable 一詞，是故意引誘考生誤答的陷阱。至於選項 (C) 的「在行李提領處的旁邊」則無法讓對話成立，所以不對。

☐ **run into** 偶遇……

☐ **bulletin board** 布告欄

☐ **baggage claim** 行李提領處

8. 答案：A ★★

MP3
025

錄音內容 Did you hear that Richard has been officially appointed as a Sales Director?

(A) That's not the way I heard it.

(B) She's got some weak points.

(C) How did you know that it was a sales product?

錄音翻譯 你有沒有聽說理查已經被正式任命為銷售總監了？

(A) 我聽說的不是這樣。

(B) 她有一些弱點。

(C) 你怎麼知道那是個銷售商品？

破題關鍵

這是以 Did you ...? 起頭、未使用疑問詞的問句。針對「你有沒有聽說理查已被正式任命為銷售總監了？」的提問，選項 (A) 以「我聽說的不是這樣」作為回應，表示自己獲得的資訊不同，故為正確答案。而 Richard 是男性的名字，選項 (B) 卻用了 she，不知指的到底是誰。至於選項 (C)，只有 did you 及 sales 等字和問題中的用字相同，句意則完全無關，故不對。

 注 意　就最近的出題趨勢來說，Did you hear ...? 這種問句的答案多半都不是 Yes, I did. / No, I didn't.。

☐ **officially** [əˋfɪʃəlɪ] *adv.* 正式地
☐ **appoint** [əˋpɔɪnt] *vt.* 任命；指派

49

攻略 **7** 清楚區別題目問的是「數」還是「量」
以疑問詞 How / Which 起頭的疑問句

1 掌握對話情況！

　　能夠掌握**攻略 6** 所說的「對話狀況」後，接著讓我們來熟悉以 How 起頭之疑問句的表達方式。這類句子所問的內容會依據 How 之後銜接的形容詞、副詞而產生變化。請熟記下列各常見形式。

☐ **How much ...?** 有多少？　　　　　☐ **How many ...?** 有幾個？

☐ **How long ...?** 期間、長度有多長？　☐ **How far ...?** 有多遠？

☐ **How often ...?** 頻率有多高？　　　☐ **How soon ...?** 有多快？

2 How much ...? 句型不見得是在問價格！

　　當句首疑問詞為 How 時，並不適用只反覆默念以記住 How 的策略（**攻略 5** 之 **1**）。而且麻煩的是，即使聽出句子是以 How much ...? 起頭，它問的也不一定是「價格」。這時便要依據**攻略 6** 之 **3** 所說的，想像說話者當時的狀況，然後選出符合對話邏輯的答案。

3 出現以 which 起頭的疑問句，必須做比較！

　　出現 Which 的時候，請注意聽「名詞」與「動詞」，並想像整體狀況。

問題 **Which financial accountant is more efficient in processing the customer data?**（哪位財務會計師處理客戶資料的效率較高？）

請一邊反覆默念問題，一邊以「我想知道哪位會計師做事效率較高」的心情來聆聽選項。而正確選項的回應方式可能有下列幾種狀況：

❶ 有明確指出人物的情況

　　Mr. Reed looks better to me.（在我看來，理德先生比較好。）→ ○

❷ 不知道的情況

　　Sorry, I'm not really sure.（抱歉，我不太清楚。）→ ○

❸ 現在還不知道，但表示自己會去查的情況

　　Let me check their entry card.（讓我看看他們的帳簿記錄卡。）→ ○

Example 1

Mark your answer on your answer sheet.　　Ⓐ Ⓑ Ⓒ

答案：B　★　🇦🇺 ▶ 🇬🇧

破題關鍵

　　不管你斷句斷在 How、How much 還是 How much time，只要掌握不到說話者的狀況，就無法找出正確答案。在此，說話者想問的不是「價格」也不是「頻率」，而是「時間」。

② 聆聽問題時，若將斷句斷在 How much 而誤解為「多少錢？」的話，便會選到錯誤選項 (A)。

② 若能掌握問句整體的意思，知道這題問的是核發薪資明細表所需花費的時間，就會知道正確答案為 (B)「至少要兩天」。

② 若將問句斷在 How much time ...?，則有可能會籠統地誤解以為問的是「頻率」，於是便可能誤選 (C) 的「每週三次」。

錄音內容　　How much time do you need to issue a payment
　　　　　　　statement?
　　　　　　　(A) Less than 3,700 dollars.
　　　　　　　(B) At least 2 days.
　　　　　　　(C) 3 times in a week.

錄音翻譯　　你需要花多少時間來核發薪資明細表？
　　　　　　　(A) 不到 3,700 美元。
　　　　　　　(B) 至少要兩天。
　　　　　　　(C) 每週三次。

注意　以 How 起頭的問句還有如 How can I use this keyboard?（這個鍵盤怎麼用？）或 How do you like the new assistant?（你覺得新助理如何？）等詢問方法、意見的用法，請一併記牢。

攻略 8　熟記基本疑問句型與回答方式
要小心以 Yes / No 起頭的回答

1　Yes-No 疑問句（以 Do、Does、Did、Are、Is、Were、Have、Can、Should 等起頭）

在學校學習的一般 Yes-No 疑問句多採取 Yes, I do. 或 No, I'm not. 等以 Yes / No 起頭的回答方式。但在日常會話中，許多人卻不見得會以 Yes, I do. 這麼制式、簡單的方式來回應 Do you have an apple?，更何況是要考驗對話理解度的 TOEIC。因此，在 TOEIC 裡極少遇到包含 Yes / No 的正解選項。

以下一頁的 Example 2 為例，正確的回應可能有兩種：

問題 **Is this airplane going to Birmingham?**

【回應 ①】**Yes, it is.** →　△（很少有這種選項）
由於這種答案太過簡單，所以幾乎不可能有這種選項。

【回應 ②】**I'm afraid that flight will depart from gate 11.** →　○
這句告訴了對方往伯明罕的飛機在幾號登機門，故為正確答案。

2　「不知道」通常就是正確答案

對於別人提出的問題，有時也可能以「我不知道」做為回答。的確，似乎沒有什麼問題是不能用「我不知道」來回答的。正因如此，在 Part 2 中，只要是包含 I'm not sure. 或 I have no idea. 等的選項，幾乎都會是正確答案。

3　以反問的方式回應

超越 900　以問句回應問句，也是延續對話很自然的方式之一，故也可能為正確答案。

問題 **Is this airplane going to Birmingham?**
（這班飛機是飛往伯明罕的嗎？）

【回應 ①】**Do you have your boarding pass with you?** →　○ 自然
（你有帶你的登機證嗎？）

【回應 ②】**Shall I ask the ground staff?** →　○ 自然
（要不要我問問地勤人員？）

這兩個回應都是在理解提問者「想去伯明罕」的意圖後，嘗試幫助對方的自然回應，所以都可能是正確答案。

Example 2

Mark your answer on your answer sheet. Ⓐ Ⓑ Ⓒ

答案：A　★★　

破題關鍵

本題是以 Is ...? 起頭的一般疑問句。作答時不僅要從「這班飛機是飛往伯明罕的嗎？」這個問句聽出提問者想詢問「飛機的目的地」，更重要的是要能察覺其「想去伯明罕」的意圖。

1 選項 (A) 雖未針對「這班飛機」回答，但已直接告訴對方他想搭的飛機是在哪個登機門，這符合自然的對話邏輯，故為正確答案。

而 (B) 雖回答了 No，但卻是在點菜，點的是發音和問句中的 airplane 有些類似的 plain omelet（原味煎蛋捲），這與搭飛機完全無關，所以不對。

至於 (C)，在 Yes 後接著聽到 go Dutch，或許會以為是前往某個都市的意思，但 go Dutch 其實是個片語，意思為「各付各的」。這樣的回應無法讓對話成立，所以也不對。

錄音內容　　Is this airplane going to Birmingham?
(A) I'm afraid that flight will depart from gate 11.
(B) No, **a plain omelet** please.
(C) Yes, let's go **Dutch** today.

錄音翻譯　　這班飛機是飛往伯明罕的嗎？
(A) 那台飛機恐怕是從 11 號登機門出發喔。
(B) 不，請給我原味煎蛋捲。
(C) 好，今天我們就各付各的。

Exercises

答案與解析 → p. 56

1. Mark your answer on your answer sheet.　Ⓐ Ⓑ Ⓒ

2. Mark your answer on your answer sheet.　Ⓐ Ⓑ Ⓒ

3. Mark your answer on your answer sheet.　Ⓐ Ⓑ Ⓒ

4. Mark your answer on your answer sheet.　Ⓐ Ⓑ Ⓒ

5. Mark your answer on your answer sheet.　　　Ⓐ Ⓑ Ⓒ

6. Mark your answer on your answer sheet.　　　Ⓐ Ⓑ Ⓒ

7. Mark your answer on your answer sheet.　　　Ⓐ Ⓑ Ⓒ

8. Mark your answer on your answer sheet.　　　Ⓐ Ⓑ Ⓒ

1. 答案：B ★★★

MP3
028

錄音內容　What will it take to encourage Jake to apply for the position?

(A) It will take 3 hours for me to go to the airport.

(B) You should tell him he has a good chance.

(C) At least 2 years experience in a trading firm.

錄音翻譯　該怎樣才能鼓勵傑克去應徵那個職務呢？

(A) 我得花三小時才能到機場。

(B) 你應該告訴他他成功的機會很大。

(C) 至少要有在貿易公司兩年的經驗。

破題關鍵

這是以疑問詞 What ...? 起頭的問句。針對「該如何鼓勵傑克應徵那個職務？」一問，選項 (A) 一開始包含了與問句句首類似的幾個單字，結果回答的卻是「所需時間」，故非正解。而用「你應該告訴他他成功的機會很大」這句來回答，以提供鼓勵方式的 (B) 便是正確答案。至於 (C)，其內容雖與應徵條件有關，但並不適合做為此題的答案。

注意　What will it take ...? 是「為了……，必須做些什麼？」的意思，後接 to encourage Jake ... 之後，整句話就成了「為了鼓勵傑克，必須做些什麼？」。

☐ **encourage** [ɪn`kɝɪdʒ] *vt.* 鼓勵
☐ **apply for** 應徵……；申請……
☐ **trading firm** 貿易公司

2. 答案：A ★★

MP3
029

錄音內容　Brooks Corporation has developed a new electric vehicle.

(A) Who would have thought such a small business could do that?

(B) I think Philips has a good choice.

(C) Is there someone like that?

| 錄音翻譯 | 布魯克斯公司已開發出一種新的電動車。 |

(A) 誰會想到這麼小的公司竟然能做到這件事？

(B) 我認為菲利浦有個很不錯的選擇。

(C) 有這種人嗎？

破題關鍵

這題是要對直述句做回應。對於「布魯克斯公司已開發出一種新的電動車」這樣不經意的一句發言，選項 (A)「誰會想到那麼小的公司竟然能做到這件事？」以問句的方式做回應，為正確答案。而 (B) 雖然和問題一樣都包含專有名詞，但此句無法讓對話成立，所以不對。最後，選項 (C) 也是以問句「有這種人嗎？」回應，但原句談的並不是「人」，所以 (C) 也不對。

 注意 若遇上針對直述句做回應的問題，就要想像說話者當時的狀況。若以問句回應也十分自然，該選項就會是正確答案。

☐ **develop** [dɪ`vɛləp] *vt.* 開發

☐ **vehicle** [`viɪk]] *n.* 車輛

---

3. 答案：B ★
(MP3 030)

| 錄音內容 | Where can I find the storage room? |

(A) I bought them from a wholesale dealer.

(B) It's on the third floor, next to the counseling room.

(C) I went to Egypt with my coworker.

| 錄音翻譯 | 儲藏室在哪兒？ |

(A) 我是從一個批發商那兒買到這些的。

(B) 在三樓，心理諮商室的旁邊。

(C) 我和我同事去了埃及。

破題關鍵

這是以疑問詞 Where ...? 起頭的問句。針對 Where ...?（在哪裡？）回答出儲藏室位置的選項，就是正確答案。選項 (A)「從批發商那兒買來」回答的是進貨來源，所以不對。而指出儲藏室所在樓層和「在心理諮商室旁邊」的選項 (B) 即為正確答案。至於 (C) 的「去了埃及」則是回答去過的旅遊地點，與題目不符。

 注意 這是與地點、位置有關的問題，(C) 卻以「國名」為答案，根本不適合做為「儲藏室」的位置。另，以此例來說，選項 (C) 的時態也和問題不一致。

☐ **storage room** 儲藏室

☐ **wholesale** [ˋholˌsel] *adj.* 批發的

☐ **counseling** [ˋkaʊnslɪŋ] *n.* 諮商服務

☐ **coworker** [ˋkoˌwɝkə] *n.* 同事

....

4. 答案：C ★ 🇨🇦 ▸ 🇦🇺

MP3
031

錄音內容　The saxophonist gave a terrific performance.

(A) My nails are probably too long.

(B) The service at the oyster bar was quite terrible.

(C) I'm glad you liked it.

錄音翻譯　該薩克斯風吹奏者做了一次極為精彩的表演。

(A) 我的指甲可能太長了。

(B) 那個生蠔吧的服務相當糟糕。

(C) 我很高興你喜歡它。

破題關鍵

這題是要對直述句做回應。而題目「該薩克斯風吹奏者做了一次極為精彩的表演」是在敘述感想。其中的 terrific 是「非常棒的；了不起的」之意。選項 (A) 無法延續對話邏輯，故不對。選項 (B) 用了與題目中 terrific 發音近似但意義幾乎完全相反的 terrible（糟透了的），但整句回應也與題目毫不相干。只有 (C) 的「很高興你喜歡」是適合作為對方提出看法或感想時的回應。

注意　請注意 terrific 和 terrible 這兩個形容詞的意思不同！

☐ **saxophonist** [ˋsæksəˌfonɪst] *n.* 薩克斯風吹奏者

☐ **terrific** [təˋrɪfɪk] *adj.* 非常棒的；了不起的

☐ **oyster** [ˋɔɪstə] *n.* 牡蠣；生蠔

☐ **terrible** [ˋtɛrəbl̩] *adj.* 糟透了的；很差勁的

5. 答案：B ★

 錄音內容　How soon are you taking maternity leave?

(A) He said he will leave it to you.

(B) In 3 weeks.

(C) It's quarter past 7.

錄音翻譯　妳多快就要請產假了？

(A) 他說他會交給你處理。

(B) 三週內。

(C) 現在 7 點 15 分。

破題關鍵

這是以疑問詞 How ...? 起頭的問句。對於「多快就要請產假？」一問，選項 (A) 並未提出與「時間長度」有關的答案，僅是利用 leave 這個字所設計的陷阱。而「還有三週」很符合「距離產假的時間長度」，所以 (B) 是正確答案。至於 (C)，雖回答了時間，但答的卻是「現在的時間」，就此題來說也不正確。

注意　How soon ...? 是「有多快？」的意思。

☐ **maternity leave** 產假

6. 答案：A ★★

錄音內容　Do you mind if I borrow your car again?

(A) I don't if you fill it up this time.

(B) Yes, I'd love to.

(C) The red convertible was parked outside.

錄音翻譯　你介不介意我再跟你借一次車子？

(A) 不介意，只要這次你幫我加滿油就行了。

(B) 是的，我很樂意。

(C) 那台紅色的敞篷車停在外頭。

本題是以 Do you mind if I ...? 起頭、用來求取對方許可的問句。直譯為中文就是「你是否介意我再借一次你的車？」。選項 (A) 的回答是「我不介意，只要這次你幫我加滿油就行了。」，顯然為合理答案。而選項 (B) 乍聽之下似乎合理，但 Do you mind ...? 的句子若以 Yes 回答，意思就變成「我很介意」，其後再接 I'd love to「我很樂意」，明顯自相矛盾。最後，選項 (C) 雖然談的也是「車」的話題，不過根本無從得知「那台紅色的敞篷車」指的到底是哪台車。

 注意 對於 Do you mind if I ...? 這種疑問句，在你徹底習慣其意思之前，最好都直譯成「若做……你會介意嗎？」以便確認答案。

☐ **fill up** 加滿油；裝滿
☐ **convertible** [kən`vɜtəbl] *n.* 敞篷車

7. 答案：C ★★

MP3 034

錄音內容 I would be glad if you accept the new position in Alaska.
(A) I visited my family in Florida.
(B) I think he is just hired.
(C) Let me think it over.

錄音翻譯 如果你願意接受在阿拉斯加的新職務，我會很高興。
(A) 我拜訪了我在佛羅里達的家人。
(B) 我想他最近剛被雇用。
(C) 讓我好好想一想。

破題關鍵

這題也是要對直述句做回應。遇上需對直述句做回應的問題時，只要想像說話者當時的狀況，就很容易找出答案。由題目「如果你接受在阿拉斯加的職務，我會很高興」可推測，這應是上司在對下屬說話。選項 (A) 說的是「去拜訪了在佛羅里達的家人」，並未針對「是否接受該職務」做回答，所以不對。而選項 (B) 所提到的「他」到底指的是什麼人物，讓人一頭霧水，所以也不對。最後，(C) 的「讓我好好想一想」雖未對提問做出願意或不願意的明確回應，但也是很合乎常理的回應方式。

☐ **hire** [haɪr] *vt.* 雇用
☐ **think over** 仔細考慮

8. 答案：**A** ★

MP3 035

錄音內容	When will Peter quit his job?

When will Peter quit his job?
(A) How should I know?
(B) He is working in the garden.
(C) He needs to be at the office by 9:00 A.M.

錄音翻譯　彼得何時會辭去他的工作？
(A) 我怎麼會知道？
(B) 他正在花園裡工作。
(C) 他必須在上午九點前抵達辦公室。

破題關鍵

這是以疑問詞 When ...? 起頭的問句。對於「彼得何時會辭職？」一問，表示「我不知道」的 (A) 為合理回應。選項 (B) 回答的是「地點」，所以不對。選項 (C) 雖針對 When ...? 問句提出包含了時間的答案，但回答的是「他應該到辦公室的時間」，故 (C) 亦非正解。

 注意 在 Part 2 中，針對問題回答「我不知道」的選項，多半就是正確答案。

☐ **quit** [kwɪt] *vt.* 辭去；辭職

攻略
9

熟悉否定疑問句、附加疑問句及其回答方式
否定疑問句的雙重陷阱

1 否定疑問句（以 Don't、Doesn't、Didn't、Aren't、Isn't、Weren't、Haven't、Can't、Shouldn't 等起頭）

　　許多人在學習英語時，會發現自己較不擅長英文的否定表達，不過就 TOEIC 的 Part 2 來說，當遇到以否定起頭的疑問句時，只要能立刻轉換成「不是……嗎？」的中譯句型，應該就能順利作答。

2 不是……嗎？

　　Don't ...?、Doesn't ...?、Didn't ...?、Aren't you?、Isn't ...?、Weren't ...?、Haven't ...?、Can't ...?、Shouldn't ...? 等否定疑問句，都包含了「我是這樣看的，你不是嗎？」的意涵。若能依據不同的句子內容，感受到或多或少對於對方的情緒，那就算是通過了否定疑問句的第一階段門檻。

3 有就是 Yes，沒有就是 No

　　對於英語學習者來說，否定疑問句的問題還有第二個主要陷阱，那就是 Yes / No 的回答方式。還不習慣時或許會覺得猶豫困惑，但其回答方式其實和一般疑問句相同。

Didn't you say ...?（你不是說……嗎？）
「有說」→ **Yes,** I did.　　　「沒說」→ **No,** I didn't.

　　而附加疑問句，如：You said you would be able to lose more weight by the end of the month, didn't you? 的回答方式也與上述答法一樣。也就是說，針對英文的疑問句做回答時，不論是一般疑問句、否定疑問句，還是附加疑問句，都採用「有就是 Yes，沒有就是 No」的邏輯。

4 除了 Yes、No 以外的回答

　　要注意的是，在 Part 2 的問題中，也經常出現不以「有或沒有」、「是或不是」回答，而是以「現在情況已改變，因此已無必要性」的態度為正解的例子。

Example 1

Mark your answer on your answer sheet. Ⓐ Ⓑ Ⓒ

答案：C ★★

破題關鍵

這是以 Didn't ...? 起頭的否定疑問句。Did you say ...? 這樣的一般疑問句只是以中性立場詢問你是否說過某段話，但否定疑問句則包含「難道不是如此嗎？」的語氣在內，而這部分應試者必須聽得出來才行。

選項 (A) 雖以 No 回答，但接著只用了和問題一樣的 lose 這個單字，實際是針對「是否迷路」做回應，所以不對。

而選項 (B) 的 wanted、see 聽起來和問句裡的 weight、say 有點像，但結果是雞同鴨講，所以也不對。

4 選項 (C) 則表達了「那正是我希望做到的」的意願，故為正確答案。

錄音內容　　Didn't you say you would be able to lose more weight by the end of the month?
(A) No, I didn't **lose** the way.
(B) She is just the person I **wanted** to **see**.
(C) That's what I hope to do.

錄音翻譯　　你不是說你在月底前還能再瘦一點嗎？
(A) 不，我沒迷路。
(B) 我想見的人就是她。
(C) 那正是我希望做到的。

攻略
10
參透選擇疑問句的正確答案模式
兩個都選和兩個都不選，也可能是正確答案

　　「是 A 還是 B ？」的選擇疑問句問題不僅問題本身較長，其正確答案的形式也種類繁多。以下就來看看常見的幾種正解模式。

1 選擇其中一個的情況（但採取不同的表達方式）

　　針對選擇疑問句，選定 A 或 B 其中一方的選項當然就是正確答案。然而絕大部分的選項都會採取和問題不同的表達方式。例如 Example 2 就是在「已經決定好」和「再試穿一次」這兩個選擇中，以改換了前者講法的 (A)「我要這件」做為正確答案。

2 「哪個都行」、「兩個都不要」、「兩個都要」的情況

　　例如以餐廳服務生會問的問題來說，正確答案可能是「哪個都好」、「兩個都不要」，也可能是「兩個都要」。

問題 **Would you like a sandwich or a strawberry tart?**
（您想點個三明治還是草莓塔呢？）

【選項 ①】 **Either would be great.** → ○（哪個都很棒。）

【選項 ②】 **Neither. I'd like a glass of lemonade.** → ○（都不要。我想點一杯檸檬汁。）

【選項 ③】 **I'll have both of them.** → ○（我兩個都要。）

3 「還沒決定」也可能是正確答案

　　以 Example 2 來說，若有 I haven't decided yet.（我還沒決定）的選項，那也會是正確答案。

4 Yes、No 不會是正確答案

　　對於選擇疑問句的問題，以 Yes 或 No 起頭的選項幾乎都不是正確答案。但若是針對兩者的某一個，以 Yes / No 來回應，那麼就需要好好了解整體狀況，再決定該選項是否為正解。以 Example 2 為例，Yes, may I try this on again?（是的，我可以再試穿一次這套嗎？）的選項也會是正確答案。

Example 2

Mark your answer on your answer sheet.　Ⓐ Ⓑ Ⓒ

答案：A ★★★ 🇨🇦 ▸ 🇺🇸

破題關鍵

　　本題是「選擇疑問句」形式的問題。由「您已決定了嗎？」之後又接著問「或是還要再試穿一次」可推測，這應是店員對顧客提出的問題。

1 選項 (A) 沒用 Yes，且將「已經決定好」這句改用「我要這套」來表達，因此為正確答案。

 選項 (B) 用了和題目一樣的 have，而 shirt 和 suit 聽起來又有些像，很容易造成混淆。當一個選項包含與問題相同的單字或發音類似的單字時，就該懷疑它可能是陷阱。此外，「沒有存貨」顯然該是店員講的話而非顧客，所以 (B) 不對。而若是將問題中的 would you ...? 誤解為餐廳服務生提出的問題，則很可能誤選 (C)。

錄音內容　　Have you already decided, or would you like to try on the suit again?
(A) I'll take this one.
(B) Sorry, we don't <u>have</u> the <u>shirt</u> in stock.
(C) I <u>would like</u> a sandwich, please.

錄音翻譯　　您已經決定好了，還是想再試穿一次這套西裝呢？
(A) 我要這套。
(B) 抱歉，這件襯衫已無庫存。
(C) 麻煩你，我想點一份三明治。

1. Mark your answer on your answer sheet.　　　　　Ⓐ Ⓑ Ⓒ

2. Mark your answer on your answer sheet.　　　　　Ⓐ Ⓑ Ⓒ

3. Mark your answer on your answer sheet.　　　　　Ⓐ Ⓑ Ⓒ

4. Mark your answer on your answer sheet.　　　　　Ⓐ Ⓑ Ⓒ

5. Mark your answer on your answer sheet.　　Ⓐ Ⓑ Ⓒ

6. Mark your answer on your answer sheet.　　Ⓐ Ⓑ Ⓒ

7. Mark your answer on your answer sheet.　　Ⓐ Ⓑ Ⓒ

8. Mark your answer on your answer sheet.　　Ⓐ Ⓑ Ⓒ

答案與解析

1. 答案：C ★

錄音內容　Where is the best place to buy a flower vase?

(A) The official report is based on statistics.

(B) How about buying a bouquet of orange gerberas?

(C) There's a store four blocks down.

錄音翻譯　哪裡是購買花瓶的最佳地點？

(A) 該官方報告是以統計數據為基礎。

(B) 買一束橘色的非洲菊如何？

(C) 往下走四個街區處有家商店。

破題關鍵

這是以疑問詞 Where ...? 起頭之問句，詢問花瓶的購買地點。選項 (A) 用了發音和問句裡的 vase（花瓶）類似的 base 為陷阱。而選項 (B) 則利用與「花瓶」有關的「花束」回答了「花的種類」，並未針對原問題作答，所以不對。最後，(C) 回答的是商店位置，故為正確答案。

☐ **vase** [ves] *n.* 花瓶

☐ **statistics** [stəˋtɪstɪks] *n.* 統計數據（複數）

☐ **bouquet** [buˋke] *n.* 花束

☐ **gerbera** [ˋgɜbərə] *n.* 非洲菊

2. 答案：A ★★

錄音內容　Why don't you renew your subscription?

(A) That all depends on my boss.

(B) The broadcast reported a detailed description of the incident.

(C) Because I don't want to read the magazine.

錄音翻譯　你何不續訂？

(A) 一切都要看我老闆的意思。

(B) 該廣播節目詳細報導了那個事件。

(C) 因為我不想看那本雜誌。

破題關鍵

這是以 Why don't you ...? 開頭的「提議類」句型，相當於提出「你何不……？」這樣的建議。針對「你何不續訂？」一問，回答「是否續訂的決定權在老闆手上」的 (A) 為正確答案。而選項 (B) 雖用了發音與 subscription（訂閱）類似的 description（描述），但回答內容和問題毫無關聯，所以不對。至於用 Because ... 回答的 (C)，其內容看似和「訂閱」相關，不過題目問的並非「理由」，所以也不恰當。

 注意　針對 Why don't you ...? 問句回答 Because ...，可說是最典型的錯誤之一。

☐ **renew** [rɪ`nju] *vt.* 更新；續訂
☐ **subscription** [səb`skrɪpʃən] *n.* 訂閱
☐ **broadcast** [`brɔd͵kæst] *n.* 廣播
☐ **description** [dɪ`skrɪpʃən] *n.* 描述
☐ **incident** [`ɪnsədn̩t] *n.* 事件

3. 答案：B　★　

(MP3 040)

錄音內容　Kate, would you vacuum the floor?
(A) This is my floor.
(B) Okay, can I do it after a break?
(C) That picture is taken near Buckingham Palace.

錄音翻譯　凱特，妳可以用吸塵器吸一下地板嗎？
(A) 這是我的樓層。
(B) 好，我可以休息一下再做嗎？
(C) 那張照片是在白金漢宮附近拍的。

破題關鍵

這是以 Would you ...? 開頭的「請求類」句型。說話者在呼叫凱特之後，拜託她「用吸塵器吸一下地板」。選項 (A) 是要下電梯的人對其他人說的話。而在回答「好」表示接受委託後，接著反問「休息一下再做行嗎？」的 (B) 就是正確答案。至於選項 (C) 的 That picture is ...（那張照片是……），一聽就知道不對，但由於 vacuum 與 Buckingham 的發音有點像，故有可能因此落入陷阱。

☐ **vacuum** [`vækjuəm] *vt.* 用吸塵器清掃
☐ **break** [brek] *n.* 休息
☐ **Buckingham Palace** 白金漢宮

4. 答案：A ★

錄音內容 How often do you shut down your computer?

(A) Every time after I use it.

(B) Once and for all, I don't like green peppers.

(C) There is something wrong with the shutter of my camera.

錄音翻譯 你多常將電腦關機？

(A) 每次用完後我都會關。

(B) 我說最後一次，我不喜歡青椒。

(C) 我相機的快門有點問題。

破題關鍵

這是以疑問詞 How ...? 起頭的問句，問的是「將電腦關機的頻率有多高？」。選項 (A) 以「每次用完後」回答了頻率，故為正確答案。小心別因聽到 (B) 開頭處的 Once，就以為是「1 次」，而錯選了 (B)，此選項提到的「討厭青椒」和問題根本毫無關聯。最後 (C) 的 shutter 雖然和問題裡的 shut down 發音類似，但內容說的是「相機快門有問題」，這無法使對話成立，所以也不對。

 注意 How often ...? 就是「……的頻率多高？」之意。

- [ ] **once and for all** 最後一次；一勞永逸地
- [ ] **green pepper** 青椒
- [ ] **shutter** [ˋʃʌtɚ] *n.* 快門

5. 答案：C ★★

錄音內容 Wasn't there any explanation before the field study?

(A) They are still working energetically.

(B) I am good at science and mathematics.

(C) There was, but unfortunately I missed it.

錄音翻譯 在田野調查之前沒有任何說明嗎？

(A) 他們還在積極地工作中。

(B) 我擅長科學和數學。

(C) 有，但是很不幸地我錯過了。

破題關鍵

這是以 Wasn't ...? 起頭的「否定疑問句」，其中的 field study 指「田野調查」，而此句問的重點是「沒有任何說明嗎？」。選項 (A) 說的「他們還在積極地工作中。」並未針對問題回答，所以以不對。而要是將問題裡的 study 誤解為「學習；念書」之意，便可能錯選包含 science（科學）和 mathematics（數學）的 (B)。最後，回答「有，但是我錯過了」的 (C) 才是正確答案。

 注意 針對表示「沒有……嗎？」之意的否定疑問句，要回答「有」就用肯定，回答「沒有」就用否定。

- ☐ **field study** 田野調查
- ☐ **explanation** [ˌɛkspləˈneʃən] *n.* 說明；解釋
- ☐ **energetically** [ˌɛnəˈdʒɛtɪklɪ] *adv.* 積極地；起勁地
- ☐ **mathematics** [ˌmæθəˈmætɪks] *n.* 數學
- ☐ **unfortunately** [ʌnˈfɔrtʃənɪtlɪ] *adv.* 不幸地；很可惜地
- ☐ **miss** [mɪs] *vt.* 錯過

---

6. 答案：B ★★

MP3 043

錄音內容 Haven't we met before?

(A) Yes, I will attend a meeting this afternoon.

(B) No, I don't believe we have.

(C) He looked run-down.

錄音翻譯 我們以前沒見過面嗎？

(A) 是的，我今天下午要參加一個會議。

(B) 對，我不認為我們見過面。

(C) 他看起來似乎精疲力盡。

破題關鍵

這是以 Haven't ...? 起頭的「否定疑問句」。選項 (A) 說的是「要參加下午的會議」，並不合適做為此題的答案。選項 (B) 直譯為中文就是「沒有，我不認為我們見過面。」，為正確答案。而選項 (C) 中的 He 根本不知所指為誰，無法使對話成立，所以也不對。

注意 否定疑問句多多少少都含有驚訝的情緒在內。

☐ **attend** [əˋtɛnd] *vt.* 參加；出席
☐ **run-down** [ˋrʌnˏdaʊn] *adj.* 筋疲力盡的

....

7. 答案：B ★★

錄音內容 It's been 7 hours since we departed Toronto.
　　　　(A) How often do you go to the school library?
　　　　(B) Yes, my back is getting stiff.
　　　　(C) I'll be right there.

錄音翻譯 我們從多倫多出發到現在已經過了七個小時。
　　　　(A) 你多常去學校的圖書館？
　　　　(B) 是啊，我的背都僵硬了。
　　　　(C) 我馬上就到。

破題關鍵

這題是要對「直述句」做回應。題目說的是「從多倫多出發已經過七個小時」，由此可推測這段對話可能發生在飛機上，或其他移動中的交通工具內。選項 (A) 的「多常去學校圖書館？」顯得牛頭不對馬嘴。而選項 (B) 說話者以微微不滿的情緒表達了認同感，使對話得以成立，故為正確答案。最後，(C) 的「我馬上就到。」完全不知所云。

注意 遇上需對直述句做回應的問題時，必須想像其發言情境與情緒，才能找出正確答案。

☐ **depart** [dɪˋpɑrt] *vt.* 啓程；出發
☐ **stiff** [stɪf] *adj.* （肌肉、關節等）僵硬的

MP3 044

8. 答案：C ★

MP3
045

錄音內容　Do you have this shirt in a different color?

(A) Please tell me the name of the caller.

(B) He is shorter than his father.

(C) We also have this in blue but the pocket is smaller.

錄音翻譯　你們有不同顏色的同款襯衫嗎？

(A) 請告訴我來電者的姓名。

(B) 他比他父親矮。

(C) 我們這款也有藍色的，但是口袋比較小。

破題關鍵

這是以 Do you ...? 起頭、未使用疑問詞的問句。選項 (A) 用了發音和問句裡 color 類似的 caller，但此題顯然不是在轉接電話的情境，所以 (A) 非正解。而 (B) 的 shorter 也和 shirt 發音相似，但問題與「身高」完全無關，故此選項也不對。最後, (C) 針對「有不同顏色的同款襯衫嗎？」回應了「有藍色的，但口袋較小」，所以是正確答案。

☐ **caller** [ˋkɔlɚ] *n.* 打電話來的人；來電者

攻略 **11**

精通提議、建議、遊說、邀請、請求、拜託等的表達方式
針對 Why don't you ...? 的句型，不會以「因為……」來回答

在此我們要學習的是「提議」、「建議」、「遊說」、「邀請」、「請求」、「拜託」等類句型及其回答方式。請注意，這些句子雖然都採取疑問句形式，但其實是在表達「提議」、「邀請」、「拜託」等意思。

【邀請、提議】　**Why don't you ...?** 你何不……？（為何……？）
　　　　　　　　Would you like to ...? 你想要……嗎？
　　　　　　　　Let's ...? 讓我們……吧？
　　　　　　　　What about ...? / How about ...? 做……如何？
　　　　　　　　Shall we ...? 咱們是不是要做……？
【請求拜託】　　**Could you ...?** 可以請你做……嗎？（你有做……的能力嗎？）
【請求許可】　　**Would you mind ...? / Do you mind if I ...?** 你介不介意我做……？
【回答方式】　　**Not at all. / Sure, no problem.** 一點都不介意。/ 沒問題。

1 回答「當然！」、「好主意！」的情況

以 Example 1 為例，題目的「我們何不去大廳陪陪哈里斯醫師呢？」是在提出邀請，所以回應 That's fine with me. 的 (A) 便是正確答案。

表示「當然！」、「好主意！」等意思的說法
☐ **Sure.**
☐ **That sounds like a good idea.**
☐ **That's okay with me.**
☐ **No problem. I'd love to.**
☐ **That's fine by me.**
☐ **That's great!**

2 「拐彎抹角地婉拒」、「以問句回應」的情況

以 Example 1 來說，若有 I have to hurry and call my client.（我得趕緊打電話給我的客戶。）這個選項，就等於是在委婉地拒絕，故可為正確答案。

另外像 Is he the doctor from Olson Memorial Hospital?（他是奧爾森紀念醫院的醫師嗎？）這樣的反問句，也可能是正確答案。

Example 1

Mark your answer on your answer sheet.　　　Ⓐ Ⓑ Ⓒ

答案：**A** ★★ ▸

破題關鍵

　　本題是以 Why don't we ...? 開頭的提議、邀請類句型。Keep ... company 是「與……在一起；陪伴」之意。

1 選項 (A) 的「好，我沒問題」表示贊成該提議，故為正確答案。

陷阱 請注意，若只將焦點放在 Why don't we ... 的 why 上，就可能聽成 Why 與 because 相對應的形式，而這正是典型的錯誤選項。

此外選項 (B) 還用了容易從問題中 lobby 聯想到的 reception desk（櫃台），刻意造成混淆，因此並非正解。

至於 (C) 這類包含與問句類似發音的選項，也要多多熟悉才好。由於 accompany 和 company 很類似，所以要立刻懷疑這可能是陷阱。而該選項的內容為「他有保鑣陪同」，所以顯然不對。

錄音內容

Why don't we go to the lobby and keep Dr. Harris company?
(A) **That's fine with me.**
(B) Because I haven't dropped in at the reception desk.
(C) He was **accompanied** by a bodyguard.

錄音翻譯

我們何不去大廳陪陪哈里斯醫師呢？
(A) 好，我沒問題。
(B) 因為我還沒去櫃台。
(C) 他有保鑣陪同。

攻略 12　掌握非疑問句形式的題目
即使不是問句，對話也能成立！

Part 2 的最後一個解題攻略，就是對付「非疑問句形式題目」的方法。遇到這種題目時，雖然無法採取「只聽疑問詞」之類將注意力集中於重點的做法，但只要能遵循 Part 2 的基本原則——掌握「對話狀況」，能夠清楚想像出說話者當時的情況，就沒問題了。

1 表達意見、情感的情況

Example 2 是一名女性以「真高興能見到我們公寓的房東」這句話來表達其感覺的情況。由此可想像，她應是不經意地對一同居住的某個親近人物說出這句話，所以像選項 (B) 那樣表達認同之意的選項，就是正確答案。

2 針對題目，以反問方式回應的情況

以 Example 2 的題目來說，像 Did you notice that she keeps a puppy in the yard?（你有沒有注意到她在院子裡養了一隻小狗？）這樣以反問方式回應的選項，也可能會是正確答案。

3 提出報告或提供資訊的情況

當題目是在報告或提供資訊時，可能的回答方式有以下幾種：

問題 **Mr. Arnold is giving a special course in stress management tomorrow.**
（阿諾德先生明天將教授有關壓力管理的特別課程。）

【回應 ①】**Really? I don't want to miss that.** → ○
（真的嗎？我可不想錯過了。）

【回應 ②】**Is he a psychology teacher?** → ○
（他是心理學老師嗎？）

【回應 ③】**Then, I'll pick you up at noon.** → ○
（那我中午去接你吧。）

Example 2

Mark your answer on your answer sheet. Ⓐ Ⓑ Ⓒ

答案：B　★ ★　🇨🇦 ▸ 🇺🇸

破題關鍵

　　這題是要對「直述句」做回應。請針對「真高興能見到公寓的房東」這句敘述選出最合適的回應選項。

　　選項 (A) 針對關於公寓的話題，回答了與飯店訂房有關的內容，顯然不對。

1　選項 (B) 以「我們應該能與她相處融洽」表達認同之意，故為正確答案。而選項 (C) 用了發音和題目中 owner 類似的 honor，可見是引人上當的陷阱，因此不可誤選。

錄音內容
It was such a pleasure to meet the owner of our apartment.
(A) I reserved a twin room for a week.
(B) Yeah, I guess we can get along with her.
(C) It is a great **honor** to meet you.

錄音翻譯
真高興能見到我們公寓的房東。
(A) 我訂了一間雙人房，為期一週。
(B) 是啊，我想我們應該能與她相處融洽。
(C) 很榮幸能見到你。

 務必小心乍聽之下像自言自語，但其實是在發問的題型。

問題 I'm wondering why you canceled your magazine subscription.
（我在想，不知道你為什麼取消了你的雜誌訂閱。）

【回應 ①】I'll take a newspaper instead of the magazine. → ○
（我打算用報紙取代雜誌。）

【回應 ②】Haven't you told me it was a waste of money? → ○
（你不是跟我說那很浪費錢嗎？）

Exercises

 ~

1. Mark your answer on your answer sheet.   Ⓐ Ⓑ Ⓒ

2. Mark your answer on your answer sheet.   Ⓐ Ⓑ Ⓒ

3. Mark your answer on your answer sheet.   Ⓐ Ⓑ Ⓒ

4. Mark your answer on your answer sheet.   Ⓐ Ⓑ Ⓒ

5. Mark your answer on your answer sheet.   Ⓐ Ⓑ Ⓒ

6. Mark your answer on your answer sheet.   Ⓐ Ⓑ Ⓒ

7. Mark your answer on your answer sheet.   Ⓐ Ⓑ Ⓒ

8. Mark your answer on your answer sheet.   Ⓐ Ⓑ Ⓒ

答案與解析

1. 答案：B ★

MP3 048

錄音內容 Who's on the line?

(A) Tell her I'll call back.

(B) It's for you, from a printing house.

(C) You should keep the children in line.

錄音翻譯 來電的是誰？

(A) 告訴她我會回電。

(B) 找你的，是印刷廠打來的。

(C) 你應該要讓孩子們排成一列。

破題關鍵

這是以疑問詞 Who ...? 起頭的問句。Who's on the line? 直譯為中文就是「在電話線上的是誰？」。想像對話的情況可推斷，這應是沒接電話的人詢問接了電話的人，想知道是誰打來的。若選 (A)「告訴她我會回電。」會變成沒接電話的一方又再度發言，所以不對。而 (B) 一開始的「找你的」似乎沒回答到問題，但隨後又加上「是印刷廠打來的」明確回覆提問，故為正確答案。另外要小心別被 (C) 的 line 給迷惑，此 line 非彼 line，答非所問，所以不對。

注意 請想像是誰在對誰發問。

- □ **on the line** 在電話線上
- □ **call back** 回電話
- □ **in line** 排成一列

---

2. 答案：C ★★

MP3 049

錄音內容 I'll have 2 hamburgers, a coconut muffin and a large glass of grape juice.

(A) May I take your order?

(B) Add more milk and flour and make sure there are no lumps.

(C) You'll get fat if you eat all of that.

錄音翻譯	我要兩個漢堡、一個椰子馬芬和一杯大杯的葡萄汁。

(A) 可以幫您點菜了嗎？

(B) 加入更多牛奶和麵粉，並確保沒有結塊。

(C) 如果你把那些全都吃完，一定會發胖。

破題關鍵

這題是要對「直述句」做回應。說話者要點「兩個漢堡、一個馬芬和大杯葡萄汁」。以 (A)「您要點菜了嗎？」回應顯然很不合適，但是在參加正式考試時有可能會因緊張而誤選，故須特別小心。而選項 (B) 雖然和問題一樣都提到了食品，不過由 add（加入）、lumps（結塊）等字彙可推測，這應是與做菜步驟有關的說明，所以也不對。最後，由於說話者點的東西很多，因此選項 (C)「如果全都吃完的話會發胖」這樣的回應相當合理，故為正確答案。

 注意 若沒仔細聆聽，有時可能會沒注意到發言前後順序顛倒的問題。因此必須特別留意哪一句是該先問的問題，別弄錯了！

☐ **muffin** [ˋmʌfɪn] *n.* 馬芬；鬆糕

☐ **flour** [flaur] *n.* 麵粉

☐ **lump** [lʌmp] *n.* 結塊

3. 答案：B　★　

錄音內容	Do you know whether he is going to finish off the financial statement today?

(A) The weather is humid today.

(B) I'm sure he will.

(C) I don't know where Finland is.

錄音翻譯	你知不知道他今天是否會完成財務報表？

(A) 今天的天氣很潮溼。

(B) 我確定他會完成。

(C) 我不知道芬蘭在哪裡。

破題關鍵

這是以 Do you ...? 起頭、未使用疑問詞的問句，問的是「你知不知道他今天是否會……？」。選項 (A) 只有最後的單字 today 和問題的內容一致，但仍很容易誤選，務必要特別注意。而回答了「我確定他會完成」的 (B) 就是正確答案。至於 (C)，是利用問題裡的 finish off 和 financial 的 f 發音與 Finland 的 f 發音來混淆考生。

☐ **finish off** 完成
☐ **statement** [ˋstetmənt] *n.* 報告書；報表
☐ **humid** [ˋhjumɪd] *adj.* 潮溼的

....

4. 答案：B ★★

MP3
051

録音內容　How is your job hunting coming along?
(A) You can get started right now.
(B) Well, it's progressing.
(C) To Los Angeles.

録音翻譯　你工作找得怎麼樣了？
(A) 你現在就可以開始。
(B) 嗯，還在進行中。
(C) 去洛杉磯。

破題關鍵

這是以疑問詞 How ...? 起頭的問句。而針對以 How ...? 詢問求職狀況的問句，選項 (A) 並未對該狀況做回應，卻告訴對方「現在就可以開始」，也沒說清楚要開始什麼，所以不對。選項 (B) 以「進行中」來回答狀況，故為正確答案。另外要是因為問題裡的 coming，而把對話情境想成是要去某個地方，便可能誤選 (C)「去洛杉磯」。

☐ **job hunting** 求職；找工作
☐ **come along** 進展
☐ **progress** [ˋprɑgrɛs] *vi.* 進行；進步

....

5. 答案：C ★★

MP3
052

録音內容　We are planning to try and merge with one of the beverage giants.
(A) There are a lot of notices on the bulletin board.
(B) The plastic bottle is too big.
(C) Mr. White, I don't think it'll succeed.

82

錄音翻譯　我們打算嘗試與飲料大廠之一合併。

(A) 布告欄上有很多通知訊息。

(B) 這塑膠瓶太大了。

(C) 懷特先生，我不認為這件事會成功。

破題關鍵

這題是要對「直述句」做回應。針對「我們打算嘗試與飲料大廠合併」這樣普通的陳述，選項 (A) 的回應完全不相干，所以不對。而選項 (B) 包含了可由 beverage 聯想到的 plastic bottle，以及與 giant 意思相近的 too big 等詞彙，但「塑膠瓶太大」和「合併」的話題根本扯不上關係，所以也不對。最後，表達出「我不認為這件事會成功」之意見的 (C) 才是正確答案。

☐ **merge** [mɜdʒ] *vi.* 合併

☐ **beverage** [ˋbɛvərɪdʒ] *n.* 飲料

☐ **bulletin board** 布告欄

6. 答案：A　★★　

（MP3 053）

錄音內容　Where should I go to speak with someone about my insurance policy?

(A) Ms. Adams will explain it to you.

(B) Our immediate supervisor is from Liverpool.

(C) Sam is an apple polisher.

錄音翻譯　關於我的保單，我該找誰談才對？

(A) 亞當斯小姐會為您說明。

(B) 我們的直屬上司來自利物浦。

(C) 山姆是個馬屁精。

破題關鍵

本題是以疑問詞 Where ...? 起頭的問句。乍聽之下會以為問的是「在哪裡？」，但其實發問者想知道的不是地點，而是「該去哪裡和誰談有關保單的事？」，因此回答「亞當斯小姐會為您說明。」的 (A) 便是正確答案。而 (B) 提到的「直屬上司」和問題毫無關聯，所以不對。至於 (C) 的「山姆是個馬屁精」同樣地不知所云，所以也非正確答案。

☐ **insurance policy** 保單；保險單

☐ **immediate** [ɪˋmidɪɪt] *adj.* 直接的

☐ **supervisor** [ˌsupɚˋvaɪzɚ] *n.* 上司；主管；監督者

☐ **apple polisher** 馬屁精；逢迎諂媚之人

....

7. 答案：B ★

錄音內容	May I place an order over the phone?

　　May I place an order over the phone?
　　(A) The events are described in chronological order.
　　(B) Sure, your name and address please.
　　(C) That place was beautiful and sunny.

錄音翻譯

　　我可以用電話下單嗎？
　　(A) 那些事件是依據時間順序描述的。
　　(B) 當然，請告訴我您的姓名和地址。
　　(C) 那個地方很漂亮，而且陽光燦爛。

破題關鍵

這是以 May I ...? 開頭，表達「請求」的句型。對於「我可以用電話下單嗎？」一問，選項 (A) 將問題中的 order（訂單）做為不同意思的 order（順序）來使用，所以不對。而 (B) 在回答「當然」之後，又問了姓名與地址，顯然是在進行訂購手續，故為正確答案。另外 (C) 是將問題中的 place（下〔訂單〕）做為不同意義的 place（地方）來使用，所以也是個陷阱。

 請注意，像 order、place 等拼字完全相同的單字可能會在問題和選項中分別以不同的意義或詞性來使用。

☐ **place** [ples] *vt.* 下（訂單）

☐ **describe** [dɪˋskaɪb] *vt.* 描述

☐ **chronological** [ˌkrɑnəˋlɑdʒɪk]] *adj.* 依時間順序的

8. 答案：C　★　　MP3 055

錄音內容　Can you watch the final game with your cell phone?
(A) It will be difficult for our team to win the tournament.
(B) That old model is not selling very well.
(C) Of course, the picture is really clear.

錄音翻譯　你能用你的手機看最後一場比賽嗎？
(A) 我們的隊伍很難贏得錦標賽。
(B) 那個舊機型賣得並不是很好。
(C) 當然，畫面非常清晰。

破題關鍵

本題是以 Can you ...? 開頭，詢問「你的手機能用來看最後一場比賽嗎？」。選項 (A) 回答的是「我們的隊很難贏得錦標賽」，無法順暢連接對話邏輯，所以不對。而選項 (B) 的 That old model 不知所指為何，整句也沒有針對問題做回應，所以也不對。選項 (C) 在回答了「當然」之後，又接著說「畫面很清晰」，所以是正確答案。

☐ **cell phone** 行動電話；手機

有效率的答案卡畫記法

Q：聆聽語音時，若確定 (B) 不是正確答案的話，是否可以在題目上打 × ？

A：TOEIC 測驗有個規定，那就是「考試時不可在試題本上畫記」。例如在聽 Part 1 的語音時，覺得選項 (A) 不對就先在試題本上打「×」的行為，在練習時很常見，但正式測驗時是被禁止的。因此，假設「當你覺得 (B) 應該是正確答案，但又不想事後使用橡皮擦，所以想把最後一個選項 (D) 都聽完後，確定答案沒錯，再去畫記 (B) 的話」，可在聽到選項 (B) 覺得「這就是答案」時，先將鉛筆放在答案卡上 (B) 的位置，再繼續等著聽選項 (C) 和 (D)。待選項全都聽完，確定其他的都不是正確答案時，就把鉛筆所在處的 (B) 給塗黑即可。一般都會採用這種做法，而且這種做法還能同時避免粗心大意造成的錯誤。

Q：在答案卡上畫記答案時，本來就很容易搞錯題號，而且也不容易塗得很黑。

A：考試時，一定要時時對照語音所念的編號與答案卡上的編號，務必要專注！另外，若想讓塗黑這件事變得更輕鬆，那麼可考慮使用 Pentel 一款名為「MARK SHEET」的自動鉛筆，或 STAEDTLER 的製圖用筆。大部分人用的自動筆芯應該都是 0.5mm 的，而要畫記多達 200 題的答案，有時難免會畫到手指發痛。使用傳統的鉛筆也不錯，但最近在考場幾乎看不到有人在削鉛筆了。若要以自動鉛筆畫記答案卡，建議採用 1.3mm 的筆芯（當然也有賣替換用的筆芯）。只是在寫准考證號碼與名字時，多少會覺得筆芯太粗，因此為了保險起見，最好也把普通鉛筆，以及 0.5mm 的自動筆也都一起帶去。

第 3 章

Part 3：簡短對話題
Short Conversations

只要閉上眼睛專注聆聽語音即可順利作答的 Part 2 已結束，接著要進入被許多人認為是聽力測驗最大難關的 Part 3 簡短對話題。在 Part 3 中，考生須聆聽男女兩人的一段對話，然後回答三個問題，而這樣的題組共有 10 組，故總計有連續 30 個題目。這部分也和 Part 2 一樣，必須想像說話者當時的狀況。請好好掌握會話中男女雙方各自的立場，冷靜地選出正確答案，以順利考取高分。

DAY 7
- 攻略 **13** 務必預先讀過問題
- 攻略 **14** 克服類似選項並列的題型

DAY 8
- 攻略 **15** 預先瀏覽題目時須掌握「誰做了什麼事」
- 攻略 **16** 將題目「視覺化」

DAY 9
- 攻略 **17** 牢記常見的情境設定
- 攻略 **18** 牢記常見的問題形式與詞彙

攻略 **13** 務必預先讀過問題
為了獲得高分就必須預先瀏覽題目

　　在聽力測驗的四個部分中，有不少考生覺得 Part 3 比 Part 4 還要難，這或許是因為要掌握只有單一人物在敘述的 Part 4 較容易，而 Part 3 中的人物則有兩個，要跟上會隨對方發言而時時變化的狀況難度較高。

　　此外，相較於 Part 2 應答題那種「問題→回應」只有一輪的對話，Part 3 的對話是「男→女→男→女」或「女→男→女→男」的兩輪式對話（偶爾會有 1.5 輪的），而且對話內容有逐年變長的趨勢。因此應付 Part 3 時，必須能勝任在有限的時間裡，一邊聽取對話內容一邊閱讀問題和選項並畫記答案的高難度作業。

■1 為了獲得高分，預先瀏覽題目是必不可少的步驟

　　Part 3 與 Part 4 共通的致勝關鍵就是要「預先瀏覽題目」。許多具備不錯的英語能力但卻是初次參加 TOEIC 測驗的人都會對這種策略心存疑惑，不過這樣做能確實有效地幫助你理解 TOEIC 的對話內容，因此想拿高分的人就非得預先瀏覽題目不可。

■2 預先瀏覽題目的步驟

　　一進入 Part 3 部分，便會立刻播放約 30 秒的指示說明。這段說明每次都相同，故不須在正式測驗時又重聽一遍。最好能利用這段時間，把第一段對話的 No. 41、42、43 等問題先讀過一遍，並瀏覽一下選項內容。

　　待對話開始播放，就依序將你知道的答案畫記在答案卡上（請參考**攻略 14**）。基本上，同一對話中的題目都以第 1 題「主旨」→ 第 2 題「細節」→ 第 3 題「內容」的順序排列（請參考**攻略 15**）。當然，偶爾會有些例外，不過由於題目幾乎都只需要隨語音播放順序聆聽，就能順利找出答案，所以不必過度擔心，只要從第 1 題開始一一作答就行了。

學習預先瀏覽題目的步驟！

	時間	要做的事
❶ Part 3 的指示說明	30 秒	● 預先瀏覽第 1 組題目（No. 41、42、43）
❷ 播放第 1 組題目（No. 41、42、43）的英文語音	約 20~45 秒	● 專注聽取英文語音 ● 完成作答 ● 在答案卡上畫記「✓」或「○」的記號

⇩ 由此開始進行第 2 組題目的預先瀏覽動作

	時間	要做的事
❸ 播放第 1 組題目中第 1 題，亦即 No. 41 的英文語音	約 5 秒	● 預先瀏覽第 2 組題目的第 1 題，亦即 No. 44
無聲	8 秒	

⇩

	時間	要做的事
❹ 播放第 1 組題目中第 2 題，亦即 No. 42 的英文語音	約 5 秒	● 預先瀏覽第 2 組題目的第 2 題，亦即 No. 45
無聲	8 秒	

⇩

	時間	要做的事
❺ 播放第 1 組題目中第 3 題，亦即 No. 43 的英文語音	約 5 秒	● 預先瀏覽第 2 組題目的第 3 題，亦即 No. 46
無聲	8 秒	

⇩

	時間	要做的事
❻ 播放第 2 組題目（No. 44、45、46）的英文語音	約 20~45 秒	● 專注聽取英文語音

（之後繼續依 ⇨ 順序反覆進行）

簡而言之，就是要預先瀏覽後續的 3 題！這種答題節奏或許會讓人覺得有些喘不過氣來，但若想超越 900 分，這是必須克服的障礙！

攻略 **14**　克服類似選項並列的題型
要「想像」對話狀況

■ 類似的選項

　　預先瀏覽 Part 3 的題目時，若遇上選項都很類似且皆為明確表時間、地點、方法、職業、次數等資訊時，所應聽取重點的線索就會藏在問題裡。以下便是個詢問「時間」的例子。

問題 **What time will Kevin meet the man on Sunday?**

（凱文將於週日的幾點與該名男子會面？）

(A) At 7:00 A.M.

(B) At 8:00 A.M.

(C) At 8:30 A.M.

(D) At 9:00 A.M.

　　以此例來說，不看題目，光看選項就能知道它要問的是「時間」。然而在 Part 3 中，光靠反覆默念「幾點？」是無法在全都表示「時間」的 (A) ～ (D) 選項中找出正確答案的。這時你必須在腦海裡「想像」著「凱文」將在「週日」與某男子「見面」的情境，並等待對話播放至該部分。

凱文　　見面
↓　　　↓

What time will Kevin meet the man on Sunday?

↑ Part 3 的重點不在此

　　若沒在心裡反覆默念就會感到焦慮的話，請別默念「幾點？幾點？幾點？」而要改為「凱文、見面、凱文、見面、凱文、見面……」這樣比較容易想像情境。

　　在前面 Part 2 部分進行牢記疑問詞的練習時，我們反覆默念「何時？何時？何時？」的目的是要藉此將應該回答「時間」一事徹底烙印在腦海中。但對 Part 3 來說，即使題目問的是時間，也不是只注意要回答時間就行得通的。除了預先瀏覽題目外，還必須想像「凱文」將「與某人見面」的對話情境才行。

聽力測驗部分的答案畫記建議

❶ Part 3 與 Part 4 最好不要一聽到答案就立刻塗黑

只要在答案卡的「○」上打個勾就行了。因為要將一個答案框塗滿黑色，平均需花費 2 秒左右，所以每 3 題就會浪費約 6 秒的時間。

❷ 徹底塗黑的最佳時機，是在進行閱讀測驗時

一開始進入閱讀測驗部分應立即以高度的專注力來解答 Part 5、6，而在進入 Part 7 的雙篇文章前，通常專注力會稍有鬆懈，這時便可將聽力測驗（Part 3~4）部分的 60 個橢圓答案框塗滿，藉此喘口氣，也轉換一下心情。一次塗完 60 個答案框約需要 1~2 分鐘時間。塗完後，接著當然就要趕快把最後的雙篇文章部分給解決掉！

答案卡

在進行聽力測驗 (Part 3~Part 4) 時，不要一聽到答案就立刻把答案框塗黑，只要先畫上 ✓ 或 ○ 就好。

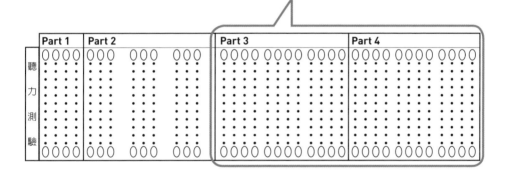

最佳塗黑時機是在閱讀測驗 Part 7 的雙篇文章部分開始前！

Example

MP3
056

1. According to the woman, what is good about the man's proposal?
    (A) The price of the machine
    (B) The contents of the project
    (C) The size of the photo
    (D) The message of the letter

2. How often does the sales department offer a training session?
    (A) Every day
    (B) Once a week
    (C) Twice a month
    (D) Once a month

3. What does the woman suggest they do?
    (A) Clear the documents from the desk
    (B) Attend a training
    (C) Get a shoulder massage
    (D) Design a webpage

解答・解析

Questions 1-3　★★　🇺🇸 ▸ 🇬🇧

1. 答案：B　先讀要點 **What** → 依據女子所言，男子所做的企劃案有何優點？

破題關鍵

男子在前半段發言中請女子協助他處理企劃案，而女子在接受其請求並看過企劃書後，於第二句敘述了其感想：I believe the details are excellent ....。因此，將 details（細節）替換成類似意義的 contents（內容）的 (B) The contents of the project 就是正確答案。

2. 答案：D　先讀要點 **How often** → 銷售部門多久提供一次培訓課程？

破題關鍵

這題問的是銷售部門的培訓頻率。請注意聽女子在第二次發言時說的 The sales department is offering a computer training session on the 4th Friday of every month，而「每個月的第四個星期五」就相當於選項 (D) Once a month「每月一次」。注意，由於每個選項敘述的都是頻率，故重點不在 How often。預先瀏覽後，千萬別反覆默念「多常？多常？多常？」，而應該要針對「銷售部門」提供「培訓」一事，反覆想著「銷售部門、提供、銷售部門、提供……」才能在對話中聽出接在 The sales department is offering ... 之後的答案關鍵。

3. 答案：B　先讀要點 **What** → 女子提出了什麼建議？

破題關鍵

在女子第二次發言的最後，也就是第四句，提議 Why don't you join a session with me this month?，因此將 session 替換成同義字 training 的 (B) Attend a training 就是正確答案。

錄音內容

M: Miss Hanson, could you come to my desk and help me on the new project? I am working on the development of the new foot massager. I would like to show you the image of the proposal design. **Q1** 男子的企劃案優點

W: Okay, let me see your proposal ... Well, I believe the details are excellent but the image of the massager could be clearer.

M: I know, but I have no idea how to display the picture of the product more effectively. **Q2** 培訓的頻率

W: Don't worry. The sales department is offering a computer training session on the 4th Friday of every month. There are many employees who don't know the design software well yet. Why don't you join the session with me this month? **Q3** 女子提出的建議

錄音翻譯

男子： 漢森小姐，妳能否到我的辦公桌這邊來，幫我看看這個新的企劃案？我正在處理新足部按摩機的開發事宜。我想讓妳看看這個企劃設計的圖像。

女子： 好的，讓我看看你的企劃案……這個嘛，我認為細節都很棒，但這按摩機的圖像可以再清晰一些。

男子： 我知道，但我不知道怎樣才能更有效地把這產品圖展示出來。

女子： 別擔心。銷售部門在每個月的第四個星期五都會提供電腦培訓課程。還有許多員工不很了解設計軟體。你何不跟我一起參加這個月的課程呢？

問題 & 選項翻譯

1. 依據女子所言，男子所做的企劃案有何優點？
   (A) 機器的價格
   (B) 企劃的內容
   (C) 照片的大小
   (D) 信件裡的訊息

2. 銷售部門多久提供一次培訓課程？
   (A) 每天
   (B) 每週
   (C) 每月兩次
   (D) 每月一次

3. 女子建議他們該做什麼？
   (A) 清掉辦公桌上的文件
   (B) 參加培訓
   (C) 做肩膀按摩
   (D) 設計一個網頁

☐ **development** [dɪˋvɛləmənt] *n.* 開發

☐ **massager** [məˋsɑʒɚ] *n.* 按摩機

☐ **proposal** [prəˋpozḷ] *n.* 企劃書；提案

☐ **effectively** [ɪˋfɛktɪvlɪ] *adv.* 有效地

☐ **offer** [ˋɔfɚ] *vt.* 提供；提議

☐ **session** [ˋsɛʃən] *n.* 講習會；課程

☐ **attend** [əˋtɛnd] *vt.* 參加

1. What is the purpose of the woman's call?
(A) To listen to a weather report
(B) To rent a room
(C) To put off a due date
(D) To find a mail box

Ⓐ Ⓑ Ⓒ Ⓓ

2. What happened around Columbus last month?
(A) A major bank has started a business.
(B) New factories have been built.
(C) Extreme weather has hit the area.
(D) A series of earthquakes have occurred.

Ⓐ Ⓑ Ⓒ Ⓓ

3. What will the man do for the woman?
(A) Accept her request
(B) Call the accounting section
(C) Appropriate money for the reconstruction
(D) Postpone the meeting

Ⓐ Ⓑ Ⓒ Ⓓ

4. What does the man ask the woman to do?

(A) Go to meet Mr. Hoffman

(B) Reserve a plane ticket

(C) Call Mr. Hoffman

(D) Play golf with Mr. Hoffman

5. What will the woman do before heading to the airport?

(A) Listen to traffic information

(B) Pick up her luggage

(C) Find a golf shop

(D) Join a meeting

Ⓐ Ⓑ Ⓒ Ⓓ

6. Approximately how long will it take for the woman to go to the airport and return?

(A) 3 hours

(B) 6 hours

(C) 12 hours

(D) 1 day

Ⓐ Ⓑ Ⓒ Ⓓ

Questions 1-3 ★★★ 🇨🇦 ▶ 🇦🇺

1. 答案：C 先讀要點 **What** → 女子打電話來的「目的為何」？

破題關鍵

女子在一開始的發言中做了自我介紹，而聽到第二句 I'm calling to .... 便可判斷後面接的就是打電話來的理由，故請做好準備。接著她說 ... ask for a postponement of payment.，因此來電目的就是希望能「延後付款」。而以另一種說法表達此意思的 (C) To put off a due date 便是正確答案。

2. 答案：C 先讀要點 **What** → 上個月「發生了什麼事」？

破題關鍵

在男子第一段話表示出「妳怎麼了？」的擔心態度後，女子才接著說明「有些事情不太順利……」。女子在第二次發言的第二句表示「她們在哥倫布的三間工廠上個月被龍捲風給毀了」。換句話說，該地區曾遭惡劣天候侵襲，因此正確答案為 (C) Extreme weather has hit the area。

3. 答案：A 先讀要點 **What** → 男子將「做什麼」？

破題關鍵

女子的兩段發言都表達了請求「延後付款」之意，而男子接著於後半段表示「沒關係，我們會讓你延期」，也就是接受了女子的請求，故 (A) Accept her request 為正確答案。在此要注意的是，別被 reconstruction、postpone 等詞彙引誘，而錯選了 (C)「撥出重建資金」或 (D)「將會議延期」等選項。

錄音內容

W: My name is Sharon Dixon from Snyder Agency. I'm calling to ask for a postponement of payment. Is Mr. Hudson of the accounting section available? ↑ **Q1** 女子打電話來的目的

M: This is he. You sound a bit gloomy, Sharon. What's the matter with you? ↓ **Q2** 上個月發生的事

W: Well, things haven't been easy. Three of our factories on the outskirts of Columbus were completely destroyed by the tornados we had last month. We need to get down to rebuilding among other things and that will cost a lot. As it is, we request an extension of payment of your bill for a month. ↓ **Q3** 男子要為女子做的事

M: That's quite all right. We will delay your reimbursement until next month. I hope your factories will be fully operational as soon as possible.

錄音翻譯

女子：我是斯奈德公司的莎朗．狄克森。我打電話來是想請求延後付款。請問會計部的哈德森先生有空嗎？

男子：我就是。莎朗，妳聽起來有點沮喪。妳怎麼了？

女子：嗯，有些事情不太順利。我們在哥倫布郊區的工廠有三間上個月被龍捲風給徹底毀了。我們的首要之務就是必須著手重建，而重建的費用將會相當高。因此我們想要求延後一個月支付貴公司的帳款。

男子：那沒什麼問題。我們會把你們的償付期限延到下個月。我希望你們的工廠能盡快恢復全面運作。

問題 & 選項翻譯

1. 女子打電話來的目的為何？
   (A) 為了聽氣象預報　　　　　　　(C) 為了延後截止日期
   (B) 為了租一個房間　　　　　　　(D) 為了找郵筒

2. 上個月在哥倫布附近發生了什麼事？
   (A) 一家主要銀行已經開始營業。　(C) 惡劣的天候侵襲了該區域。
   (B) 新工廠已經建好。　　　　　　(D) 發生了一連串的地震。

3. 男子將為女子做些什麼？
   (A) 接受她的請求　　　　　　　　(C) 撥出重建資金
   (B) 打電話給會計部　　　　　　　(D) 將會議延期

☐ **agency** [ˋedʒənsɪ] *n.* 代理商
☐ **accounting** [əˋkaʊntɪŋ] *n.* 會計
☐ **Things haven't been easy.** 事情不太順利。
☐ **tornado** [torˋnedo] *n.* 龍捲風；颶風
☐ **rebuild** [riˋbɪld] *vt.* 重建
☐ **bill** [bɪl] *n.* 帳單
☐ **reimbursement** [ˏriɪmˋbɝsmənt] *n.* 償還；退款
☐ **put off** 延遲；延後
☐ **extreme** [ɪkˋstrim] *adj.* 極端的
☐ **appropriate** [əˋproprɪˏet] *vt.* 撥出（款項等）

☐ **postponement** [postˋponmənt] *n.* 延期
☐ **gloomy** [ˋglumɪ] *adj.* 憂鬱的；陰沉的
☐ **outskirts** [ˋaʊtˏskɝts] *n.* 郊區（複數）
☐ **get down to** 著手進行……
☐ **extension** [ɪkˋstɛnʃən] *n.* 延期
☐ **That's quite all right.** 沒什麼關係。
☐ **operational** [ˏɑpəˋreʃənl] *adj.* 可用的；可運作的
☐ **due date** 期限；截止日期
☐ **occur** [əˋkɝ] *vi.* 發生
☐ **reconstruction** [ˏrikənˋstrʌkʃən] *n.* 重建

4. 答案：A 先讀要點 **What** →「男子要求」女子做「什麼」？

破題關鍵

一開頭男子就問女子下午的行程安排。接著就說「霍夫曼先生希望有人去機場接他」。由此可知，男子是希望女子能夠去接霍夫曼先生，所以 (A) Go to meet Mr. Hoffman 為正確答案。

5. 答案：D 先讀要點 **What** → 在前往機場前，「女子會做些什麼」？

破題關鍵

女子在第一次發言中表示她「11 點半有會議，但是不會花太多時間。最晚 1 點能離開辦公室」。由此可知，在離開辦公室前，她是要參加會議，故正確答案是 (D) Join a meeting。

6. 答案：B 先讀要點 **How** → 女子往返機場要「花多久時間」？

破題關鍵

這是預先瀏覽能發揮極大效果的題目。只要預先看過問題，就知道這題問的是「往返時間」，如此便能留心聽取出發時間和到達時間這兩部分。女子在第一次發言時說她「最晚下午 1 點能離開辦公室」，在第二次發言時則說她「晚上 7 點左右會回來」。由此可知，所需時間約為 7 − 1 = 6 小時，故正確答案為 (B)。要是本題沒有預先瀏覽題目，就有可能會被其他數字誤導而答錯。

錄音內容

M: Patricia, how does your schedule look for this afternoon? Mr. Hoffman from the Silver Church Enterprise called and he wants someone to meet him at the airport at 3:30 P.M.
　　　↑ **Q4** 男子拜託女子做的事

W: Sure, I can pick him up. I have a lunch meeting at 11:30 but it won't take long. I'll be able to leave the office at 1:00 P.M., at the latest.
　　　↑ **Q5** 女子在前往機場前做的事

M: Okay. Oh, I heard Mr. Hoffman is an eager golfer. Can you take him to the sports shop on the way from the airport?

W: No problem. I enjoy golf too, so it'll be fun to show him the shop. I will be back here around 7:00 P.M., then.
　　　↑ **Q6** 女子往返機場所需花費的時間

錄音翻譯

男子：派翠西亞，妳今天下午的行程如何？銀色教會企業的霍夫曼先生打電話來說，他希
望有人能在下午 3 點半到機場去接他。

女子：當然，我可以去接他。我 11 點半有個午餐會議，但是不會花太多時間。我最晚能
在下午 1 點離開辦公室。

男子：好。噢，我聽說霍夫曼先生很喜歡打高爾夫球。妳能不能在從機場回來的路上帶他
去一趟運動用品店？

女子：沒問題。我也喜歡打高爾夫球，所以帶他去運動用品店應該會很愉快。那，我大約
7 點左右回來。

問題 & 選項翻譯

4. 男子要求女子做些什麼？

    (A) 去見霍夫曼先生

    (B) 訂一張機票

    (C) 打電話給霍夫曼先生

    (D) 和霍夫曼先生打高爾夫球

5. 在前往機場前，女子會做什麼？

    (A) 聽取交通資訊

    (B) 拿她自己的行李

    (C) 找一家高爾夫球用品店

    (D) 參加一場會議

6. 女子去機場再回來大約要花多久時間？

    (A) 3 小時

    (B) 6 小時

    (C) 12 小時

    (D) 1 天

☐ **pick up** 開車去接

☐ **eager** [ˋigɚ] *adj.* 渴望的；熱切的

☐ **reserve** [rɪˋzɝv] *vt.* 預約；預訂

☐ **luggage** [ˋlʌgɪdʒ] *n.* 行李

☐ **approximately** [əˋprɑksəmɪtlɪ] *adv.* 大約；近乎

攻略
15

預先瀏覽題目時須掌握「誰做了什麼事」
出題模式

預先瀏覽題目並不只是為了節省作答時間。與其只用聽的方式來理解對話,若能預先讀過問題,就能在這些問題裡找到與對話內容有關的重大線索。Part 3 的每一組題目幾乎都依循著相同的模式來命題,只要熟悉並反覆練習便能輕鬆突破此大題!

■ 出題模式

第 1 題 與「主旨」有關的問題

第 1 題多半是與整體對話有關的題目,通常只要聽完第一段話就能知道答案。

例如

• **What is the woman's problem?**
「女子有什麼問題?」(狀況)

• **What is the purpose of this conversation?**
「這段對話的目的為何?」(目的)

• **Where is this conversation taking place?**
「這段對話發生於何處?」(地點)

• **Who probably are the speakers?**
「進行對話的兩人可能是誰?」(情境設定)

第 2 題 與「細節」有關的問題

最能發揮預先瀏覽效果的,就屬「細節」相關問題中與日期、時間有關的題目了。比起不具任何先前知識就直接聽語音的情況,若能預先看過各選項出現的日期或時間,那麼要找出正確答案肯定會容易得多。

例如

• **What time does the seminar begin?**
「研討會幾點開始?」(時間)

- **How many people are attending the meeting?**
  「有多少人會出席該會議？」（具體數字）

- **What information is provided by the man?**
  「該名男子提供了什麼資訊？」（細節）

第 3 題 與「後續行動」、「最新資訊」有關的問題

　　這是指將「主旨」與「細節」綜合起來，詢問結果要做什麼、接著要做什麼等，亦即與對話中之最新資訊、後續將發生的事情相關的問題。只要能專心聽取對話的最後部分，找出正確答案的機率就很高。

例如

- **What does the man suggest?**
  「男子提出什麼建議？」（建議內容）

- **What will the man probably do next?**
  「男子接著可能會做什麼？」（後續行動）

- **What will the woman ask the man to do?**
  「女子將請求男子做什麼？」（請求的內容）

 首先要確認主詞為何，務必了解「題目問的是誰的行動？」。

　　請特別留意並記住問題中的主詞是 man 還是 woman，然後聆聽語音。主詞是 man 就要注意男方發言，是 woman 則注意女方的發言，以便精準掌握答案線索。

攻略 **16**

將題目「視覺化」
進階的預先瀏覽技巧

超越 900 預先瀏覽並不是心不在焉地瞄過題目，而必須理解問題問的是什麼，並達成可邊聽邊解答的「視覺化」目標。也就是，在瀏覽題目時必須一邊思考主詞是誰、動詞為何，一邊在腦海中把說話者的正面或負面狀況描繪出來。若能在預先瀏覽的階段就將對話情境視覺化一次，那麼在聆聽語音時只要聽到與想像情境一致的內容，就等於找到了正確答案，可立即在答案卡上打勾。

❏ 第 **1** 題的常見出題模式

• **What is** the woman's problem ?

「女子」　　「麻煩」（到底是什麼麻煩？）

視覺化 從題目中了解「女子」這方「遇到某些麻煩」，先試著將她所遇到的負面情況「視覺化」，然後仔細聆聽對話中女方提到的問題或麻煩。

預測答案 有時在對話最後，說話者會提出解決方案。

• **What is the** purpose **of** the man's call ?

「目的」　　「男子」「電話」（男子打電話的目的為何？）

視覺化 明確理解「男子」是「為了某種特定目的而打電話」。

預測答案 一邊想像男子打電話的情境，一邊仔細聆取第一段話中接在 I'm calling because ... 或 I'm calling to ... 之後的內容。

❏ 第 **2** 題的常見出題模式

• **When will** the man attend the meeting ?

「男子」　　「出席會議」

| 視覺化 | 在聽到對話前，就知道「男子」要「出席會議」。 |
| 預測答案 | 聆聽時請等待包含正確答案的 It will be held .... / ... will be scheduled .... / I am going to attend a meeting on .... 等句子。 |

❏ 第 3 題的常見出題模式

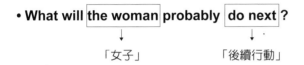

• What will the woman probably do next ?

　　　　　　「女子」　　　　　　　「後續行動」

| 視覺化 | 「女子」說出其「後續行動」的時候，很可能就是對話要結束時。 |
| 預測答案 | 請仔細聽取女子在後半段發言中，接在 I'll ... 或 I'm going to ... 之後的內容。 |

• What does the man offer to do?

　　　　　「男子」　「提議」

| 視覺化 | 由 What does the man offer to do? 可知，「男子」很可能在對話最後「提議了某事」，這屬於正面情境。 |
| 預測答案 | 請注意聽男子發言中，接在 Why don't we ...? / I'll ...? / Would you ...? 等句子之後的部分，這些部分很可能包含正確答案。 |

Example

1. What is happening in the purchasing department today?
(A) Relocation of the office
(B) Application to installment credit
(C) Discussion between IT staffs
(D) Setup of the computer system
Ⓐ Ⓑ Ⓒ Ⓓ

2. What is the man's problem?
(A) He doesn't know where the IT members are.
(B) He forget his passport.
(C) He can't log in.
(D) He can't figure out the system.
Ⓐ Ⓑ Ⓒ Ⓓ

3. What will the man probably do next?
(A) Acquire a one-day card
(B) Learn how to use the spreadsheet
(C) Build a log cabin
(D) Consult a lawyer personally
Ⓐ Ⓑ Ⓒ Ⓓ

解答・解析

Questions 1-3　★★　🇦🇺 ▸ 🇬🇧

1. 答案：D　先讀要點 **What** → 採購部門今天「發生什麼事」？

破題關鍵

請注意聆聽男子第一次發言裡，接在第三句 In our purchasing department, ... 之後的部分。該部分提到的 the new computer system is being installed by IT.「新的電腦系統正在被安裝」就等同於 Setup of the computer system，因此 (D) 為正確答案。注意，(B) 中的 Installment 是「分期付款」之意。

2. 答案：C　先讀要點 **What** → 男子的「問題為何」？

破題關鍵

一開始男子就問女子，是否有可讓他使用的電腦。而他需要電腦的理由可從第二次發言的第二句 It's just that I forgot to bring my ID card today.（我今天忘了帶我的識別證）及第四句的 Without the card, I can't log in to my computer.（沒有識別證，我就無法登入我的電腦）得知。正確答案為 (C) He can't log in.。

3. 答案：A　先讀要點 **What** → 男子接著打算「做什麼」？

破題關鍵

由女子最後說的 ... I think you can obtain a card and password for one-day .... 可知，(A) Acquire a one-day card 為正確答案。要小心別被選項 (B) 所包含的電腦相關詞彙 spreadsheet 誤導。而選項 (C) 雖包含 log，但 log cabin 指的是「小木屋」，與此對話毫無關聯。此外，若對會話中的 personal experience（個人經驗）一詞印象太過深刻，便很可能誤選 (D) Consult a lawyer personally（親自諮詢律師），請特別留意。

錄音內容

M: Hi, Ellen. Do you have any computers that I can use? In our purchasing department, the new computer system is being installed by IT. They asked all the staff to reconfigure the E-mail system. ↑ **Q1** 採購部門正在發生的事

W: Of course we do, but what is wrong with your computer?

M: Nothing. It's just that I forgot to bring my ID card today. I didn't know that all of us need to change the password of our IDs. Without the card, I can't log in to my computer.
↑ **Q2** 男子的問題

W: I see. From my personal experience, I think you can obtain a card and password for one-day if you go and ask someone in the IT section. ↑ **Q3** 男子接著要做的事

錄音翻譯

男子： 嗨，艾倫。妳們有任何我可以用的電腦嗎？資訊部人員正在幫我們採購部安裝新的電腦系統。他們要求所有工作人員重新設定電子郵件系統。

女子： 我們當然有，但你的電腦有什麼毛病？

男子： 什麼毛病都沒有。只是我今天忘了帶我的識別證。我不知道我們所有人都必須更改識別證的密碼。沒有識別證，我就無法登入我的電腦。

女子： 我懂了。依據我的個人經驗，我想如果你去問一下資訊部的人，就應該能拿到一日用的識別證與密碼。

問題 & 選項翻譯

1. 採購部今天發生了什麼事？
   (A) 搬遷辦公室
   (B) 申請分期付款
   (C) 進行資訊人員之間的討論
   (D) 設置電腦系統

2. 男子的問題為何？
   (A) 他不知道資訊人員在哪兒。
   (B) 他忘了他的護照。
   (C) 他無法登入。
   (D) 他無法理解該系統。

3. 男子接著可能會做什麼？
   (A) 取得一日識別證
   (B) 學習試算表的使用方法
   (C) 建造一間小木屋
   (D) 親自諮詢律師

☐ **purchase** [`pɔtʃəs] *vt.* 採購；購買
☐ **department** [dɪ`pɑrtmənt] *n.* 部門
☐ **reconfigure** [ˌrɪkən`fɪgjə] *vt.* 重新設定
☐ **obtain** [əb`ten] *vt.* 得到；取得
☐ **practice** [`præktɪs] *vt.* 實行
☐ **relocation** [rilo`keʃən] *n.* 搬遷
☐ **application** [ˌæplə`keʃən] *n.* 申請
☐ **installment** [ɪn`stɔlmənt] *n.* 分期付款
☐ **credit** [`krɛdɪt] *n.* 賒帳；信用
☐ **figure out** 理解
☐ **acquire** [ə`kwaɪr] *vt.* 取得；獲得
☐ **spreadsheet** [`sprɛdˌʃit] *n.* 試算表
☐ **log cabin** 小木屋

1. What was the man planning to send in the beginning?

(A) Gift voucher

(B) A graduation certificate

(C) A calculator

(D) Assortment of pears   Ⓐ Ⓑ Ⓒ Ⓓ

2. What does the woman say about the budget for the quarter?

(A) Largely increased

(B) Slightly increased

(C) Remain on the same price

(D) Seriously decreased   Ⓐ Ⓑ Ⓒ Ⓓ

3. Approximately how much money will the man spend for the gift for the assemblyman?

(A) $40

(B) $250

(C) $400

(D) $500   Ⓐ Ⓑ Ⓒ Ⓓ

4. What does the man suggest to the woman?
(A) To fix lunch for her
(B) To establish an new project team
(C) To hit a ball against a wall
(D) To eat out together   Ⓐ Ⓑ Ⓒ Ⓓ

5. Where is the new building located?
(A) In front of the station
(B) Next to their work place
(C) Inside the residential area
(D) Near the parking area   Ⓐ Ⓑ Ⓒ Ⓓ

6. How did the woman feel about the food court?
(A) It was filthy.
(B) It was crammed.
(C) It was gorgeous.
(D) It was spacious.   Ⓐ Ⓑ Ⓒ Ⓓ

Questions 1-3 ★★ 🇺🇸▸🇨🇦

1. 答案：A 先讀要點 **What → 男子一開始打算「送什麼」？**

破題關鍵

男子在第一次發言的第二句說 I would like to send ...，故請留意接在這之後的受詞。接著的內容為 gift certificate to an assemblyman（禮券給議員），所以正確答案是 (A) Gift voucher。

2. 答案：B 先讀要點 **What → 關於這一季的預算，女子說了些什麼？**

破題關鍵

女子在第一次發言中先以 Impossible. 否決了男子的要求後，在第二句說到 Our department's budget for this quarter was ...，由此可推測接在之後的應是與預算有關的內容。而接著說的是 only increased about 2% ...，可見女子認為 2% 很少，所以才說出這段話，因此正確答案為 (B) Slightly increased。

3. 答案：B 先讀要點 **How much money → 男子將「花多少錢」在議員身上？**

破題關鍵

只要預先瀏覽過題目，就知道應要注意聽取數字資訊，但此資訊須由多處的訊息組合出來。首先是男子一開始說的「想申請 500 美元」，但此要求被女子否決了。接著男子又在其第二次發言的第二句問到「申請該金額的一半，是否可行？」而女子對此表示贊同，所以男子將使用的金額就是 500 美元的一半，因此正確答案為 (B) $250。

錄音內容   ↓ **Q1** 男子打算要送的東西

M: Hi, Melissa. I would like to send a gift certificate to an assemblyman who always helps us find clients. I'd like to request $500 for that purpose.   ↓ **Q2** 女子所說的，與這一季預算有關的資訊

W: Impossible! Our department's budget for this quarter was only increased about 2% even though the sale of the last quarter increased 40% compared with last year.

M: Well, mmm, let me think … Oh, if I ask for half the amount, would that be acceptable?   ↑ **Q3** 男子花在議員身上的金額

W: That's a good idea. I was just having a hard time finishing the sales and budget statistics of this quarter. That would be helpful if you limited the gift within the budget.

錄音翻譯

男子：嗨，梅莉莎。我打算送個禮券給一位總是幫我們找客戶的議員。我想申請 500 美元以用於此目的。

女子：這是不可能的！我們部門這一季的預算只增加了 2%，儘管上一季的銷售額與前年度相比增加了 40%。

男子：這樣啊，嗯，讓我想想⋯⋯。噢，如果我只申請該金額的一半，是否可行呢？

女子：這是個好主意。我正為了完成本季的銷售額和預算統計而焦頭爛額。如果你能將禮品金額限制在預算內，會很有幫助。

問題 & 選項翻譯

1. 男子一開始打算送什麼？
   (A) 禮券
   (B) 畢業證書
   (C) 計算機
   (D) 綜合梨子禮盒

2. 關於這一季的預算，女子說了什麼？
   (A) 大幅增加
   (B) 微幅增加
   (C) 仍維持相同價格
   (D) 嚴重縮減

3. 男子大約將花費多少錢在送給議員的禮物上？
   (A) 40 美元
   (B) 250 美元
   (C) 400 美元
   (D) 500 美元

- [ ] **gift certificate** 禮券
- [ ] **assemblyman** [əˋsɛmblɪmən] n. 議員
- [ ] **budget** [ˋbʌdʒɪt] n. 預算
- [ ] **compare with** 與⋯⋯相較
- [ ] **amount** [əˋmaunt] n. 總額
- [ ] **acceptable** [əkˋsɛptəbl] adj. 可接受的
- [ ] **statistics** [stəˋtɪstɪks] n. 統計數據
- [ ] **voucher** [ˋvautʃə] n. 商品券；憑單
- [ ] **certificate** [səˋtɪfəkɪt] n. 證書
- [ ] **calculator** [ˋkælkjəˌletə] n. 計算機
- [ ] **assortment** [əˋsɔrtmənt] n. 綜合搭配
- [ ] **pear** [pɛr] n. 梨子
- [ ] **approximately** [əˋprɑksəmɪtlɪ] adv. 大約；近乎

4. 答案：D 先讀要點 **What** → 男子對女子提出了「什麼建議」？

破題關鍵

男子一開始就說「讓我們完成手邊的工作，然後吃個午飯吧」，但是題目中並沒有「吃午飯」的選項。這時要小心，別因此就草率地誤選了 (A)「替她做午飯」。在男子第二段發言中，他先向女方道謝後，於第二句提到 But how about we eat out ...?（不過，我們出去吃如何？），由此可知正確答案是 (D) To eat out together。

5. 答案：B 先讀要點 **Where** → 新大樓位於何處？

破題關鍵

男子第二次發言的第二句提到 But how about ... try the new building next door.。因此改用不同說法表達此意的 (B) Next to their work place 就是正確答案。

6. 答案：B 先讀要點 **How** → 女子對美食街「有何感受」？

破題關鍵

女子第二次發言的第二句提到 I'd really like to go but I dropped by the place yesterday and it was ...（我真的也很想去，但是我昨天經過時，那裡……），故請注意聽取在這之後的內容。後面接的是 absolutely packed with people.，因此正確答案就是以同義表達的 (B) It was crammed.。

錄音内容

M: Let's finish up what we are doing and have lunch.

W: Okay, I'll go out for a few minutes and pick up some lunch for us. Do you have any suggestions?

↓ **Q4** 男子對女子提出的建議　　　　↓ **Q5** 新大樓的所在位置

M: Thank you, Lisa. But how about we eat out and try the new building next door. I heard the food court opened last week and it is a hit with all the office people in the area.

W: Sounds good. I'd really like to go but I dropped by the place yesterday and it was absolutely packed with people.

↑ **Q6** 女子先前去該大樓時的感想

録音翻譯

男子：讓我們完成手邊的工作，然後吃個午飯吧！

女子：好的，我會出去幾分鐘，並買點午餐回來。你有任何建議嗎？

男子：謝謝妳，麗莎。不過，我們出去吃，到隔壁的新大樓吃吃看如何？我聽說那兒的美食街上週新開張，而且很受本區所有上班族的歡迎。

女子：聽起來很不錯。我真的很想去，但是我昨天經過時，那裡可是擠滿了人呢！

問題＆選項翻譯

4. 男子向女子提出了什麼建議？

    (A) 替她做午飯   (C) 把球打向牆壁

    (B) 建立新的專案團隊   (D) 一起出去吃飯

5. 新大樓位於何處？

    (A) 在車站前   (C) 在住宅區內

    (B) 在他們工作場所的旁邊   (D) 在停車場附近

6. 女子對那個美食街有何感覺？

    (A) 它很髒。   (C) 它很豪華。

    (B) 它很擠。   (D) 它很寬敞。

☐ **suggestion** [səˋdʒɛstʃən] *n.* 建議

☐ **hit** [hɪt] *n.* 擊中；成功的事物

☐ **drop by** 順道拜訪；路過時順便看看

☐ **absolutely** [ˋæbsəˌlutlɪ] *adv.* 完全地；絕對地

☐ **pack** [pæk] *vt.* 將……塞入；擠滿

☐ **fix** [fɪks] *vt.* 準備（飯菜）

☐ **establish** [əˋstæblɪʃ] *vt.* 設立；建立

☐ **locate** [loˋket] *vt.* 設置於；定位於

☐ **midst** [mɪdst] *n.* 中央；當中

☐ **residential** [ˌrɛzəˋdɛnʃəl] *adj.* 住宅的

☐ **filthy** [ˋfɪlθɪ] *adj.* 骯髒的

☐ **cram** [kræm] *vt.* 把……擠滿；把……塞進

☐ **gorgeous** [ˋgɔrdʒəs] *adj.* 豪華的；華麗的

☐ **spacious** [ˋspeʃəs] *adj.* 寬敞的

攻略 17　**牢記常見的情境設定**
Part 3 的狀況說明題一點也不難！

對於英語學習者來說，無法理解英文的原因大致可分為以下兩種：

原因 ① ⇨ 缺乏背景知識（不了解狀況）→ **攻略 17**
原因 ② ⇨ 字彙能力不足（不認得某些單字／認得單字但沒有運用能力）→ **攻略 18**

換句話說，英語學習者只要從這兩大原因著手，就能有效提升英語實力。接著我們就先來看看原因 ① 的解決方案。

原因 ❶　**缺乏背景知識**

問題所在：未曾接觸過與對話主題有關的事物，或者因該對話內容不屬於自己熟悉的領域，而覺得聽起來很難。

解決方案：與其他的檢定考試相比，TOEIC 較不會出現一般人在日常生活中不曾經歷過的情境，或特別困難的演說內容。因此只要熟記一些商務及日常生活的對話情境就可以應付。

以下列出 Part 3 常見的幾種商務及日常生活對話情境。

❏ 電話
（透過電話處理工作委託、作業程序，以及確認各種事項等）
開頭 → 在電話裡提出請求

☐ **Good morning, Leafy Dentist.**（早安，這裡是利菲牙科診所。）
☐ **May I help you?**（我能為您服務嗎？）
☐ **I'm calling to purchase ....**（我打電話來購買⋯⋯。）
☐ **Hello. Mark Thompson speaking.**（您好。我是馬克·湯普森。）

❏ 預約、變更
（向餐廳訂位、預約掛號、訂票、預約牙科診療等，以及各種預約的變更）
開頭 → 預約狀況及預約方的情況

☐ **Hi, I would like to book a table for ....**（嗨，我想訂……的桌位。）

☐ **I have an appointment at 3:00 P.M., but ....**（我下午 3 點有約，但是……。）

❑ 與店員的對話

（想退換已購買的商品，或者選購商品）

開頭 → 問題

☐ **Hello, I bought this printer yesterday, but ....**
（你好，我昨天買了這台印表機，但是……。）

☐ **Thank you for shopping with ....**（感謝您在……購物。）

❑ 在飯店裡

（在飯店櫃台的對話、從房間打電話給櫃台、在餐廳裡）

開頭 → 員工與住宿客人間的溝通

☐ **Excuse me sir, ...**（抱歉，先生，……。）

☐ **Welcome to ....**（歡迎光臨……。）

☐ **May I take your order?**（可以為您點菜了嗎？）

❑ 與同事的對話

（公司內的人事、問題、未來政策、業務內容、午餐、旅遊、休假安排等）

開頭 → 煩惱的、想商量的或期待的事物

☐ **I don't believe the trouble ....**（我不相信這種麻煩……。）

☐ **I can't attend the seminar ....**（我無法參加該研討會……。）

☐ **Do you think the new manager can ...?**（你覺得新來的經理能夠……嗎？）

❑ 朋友、同事間的日常會話

（行程安排、雜事的委託處理、對餐廳的評價、經濟、資訊科技、運動、興趣嗜好等）

開頭 → 從簡單的時事議題到男女兩人在家相互請求對方處理雜務等內容

☐ **I heard you want to ....**（我聽說你想要……。）

☐ **Robert, could you help me?**（羅伯，你可以幫我一下嗎？）

☐ **Have you been to ...?**（你去過……嗎？）

攻略 **18** **牢記常見的問題形式與詞彙**
記住常見的詞彙後還要多多朗讀，如此他人說到時才能聽得出來。

以下要看的是**攻略 17** 所提到的原因 ② 的解決方案。

原因 ❷ 字彙能力不足

問題所在：不認識某些單字，或只知道單字直譯為中文的意思，但是無法以
片語或有意義的句子來應用。

解決方案：「將耳朵所聽到的聲音當成有意義的內容來認知、理解」──只要
以此為目標，學習英語就會變得很愉快，同時還能在學習過程中
發現自己新的弱點。

超越 **900** 每個考生都希望自己能「聽懂英語」，但這不僅僅是指「聽得懂英語發音」
吧？到底該怎樣才能聽出正確的英語內容呢？以 Part 3 來說，首先一定要將
常見的單字背起來，並試著自己練習發音。只要達到聽到單字時就能將其意義「視
覺化」，往後再聽到這個字，應該就能聽懂。

【各情境常見的詞彙與問題形式】

❏ 電話

☐ **consult** 商量；商議　　☐ **delivery** 配送　　☐ **regularly** 定期地
☐ **detail** 細節　　　　　　☐ **subscribe** 訂閱　　☐ **available** 有空的
☐ **confirm** 確認

問題形式

☐ **Why is the man calling?**（男子為何打電話來？）
☐ **Who is the man probably talking to?**（男子可能正在和誰講話？）

❏ 預約、變更

☐ **appointment** 約定　　　☐ **reschedule** 重新安排……的時間
☐ **cancel** 取消　　　　　　☐ **diagnose** 診斷　　☐ **serious** 嚴重的

問題形式

☐ **What is the man's problem?**（男子的問題為何？）

☐ **Who most likely is the man?**（男子最有可能是誰？）

❏ 與店員的對話

☐ **product** 產品　　☐ **replace** 替換；取代　　☐ **refund** 退款
☐ **defect** 瑕疵　　☐ **top-of-the-line** 頂級的
☐ **trend** 趨勢　　☐ **item** 品項

問題形式

☐ **Where most likely are the speakers?**（說話者最有可能在何處？）
☐ **What does the woman offer to do?**（女子提議要做什麼？）

❏ 飯店、餐廳

☐ **chain** 連鎖店　　☐ **suggestion** 建議　　☐ **guide** 嚮導
☐ **reception desk** 接待櫃台　　☐ **course** 一道菜
☐ **appetizer** 開胃菜；前菜　　☐ **appeal** 吸引力

問題形式

☐ **Where does this conversation take place?**（這段對話發生於何處？）
☐ **What will the man probably do next?**（男子接下來可能會做什麼？）

❏ 與同事的對話

☐ **agenda** 議程　　☐ **perspective** 觀點；看法　　☐ **yield** 收益
☐ **bring up** 提起　　☐ **invoice** 發票　　☐ **job opening** 職缺

問題形式

☐ **Why is the man concerned?**（男子為何擔心？）
☐ **What are the speakers mainly discussing?**（說話者主要在談論什麼？）

❏ 朋友、同事間的日常會話

☐ **transaction** 交易　　☐ **dividend** 股利；股息　　☐ **adjacent** 鄰接的
☐ **perform** 表演　　☐ **release** 公開；發行

問題形式

☐ **What does the woman suggest the man do?**（女子建議男子做什麼？）
☐ **What will they do next?**（他們接著將做什麼？）

Example

MP3
062

1. Why does the woman think she got several wrong phone calls today?
(A) Because she has a lecture.
(B) Because she is an executive officer.
(C) Because it is a busy period.
(D) She doesn't know the reason.

2. Who most likely is Mr. Scott?
(A) A manager at the Gregory Department store
(B) Telephone operator
(C) An engineer
(D) A successor in the communication industry

3. What does the man think about the possible success of the project?
(A) It rests on the amount of money they receive.
(B) It depends on the new computer system.
(C) It can be controlled by the woman.
(D) They should wait for the opportunity more patiently.

解答・解析

Questions 1-3 ★★★ 🇬🇧 ▶ 🇦🇺

1. 答案：D 先讀要點 **What →** 女子認為是因為「什麼原因所以她會接到打錯的電話」？

破題關鍵

女子一開始的發言就對男子表達出了「你知道問題何在嗎？」的困擾情緒。而接著在第二句又提到「這是我今天第四次接到打錯的電話了」，由此可推測她應該是「想知道接到錯誤電話的原因」，因此正確答案應為 (D) She doesn't know the reason.。

2. 答案：A 先讀要點 **Who →** 史考特先生最有可能是誰？

破題關鍵

女子在第二次發言的第四句表示「格雷戈里百貨公司的史考特先生會打一通重要的電話來」。接著男子在其第二次發言的第二句又說到「專案成功與否，取決於他所貢獻的資金金額」，由此可知史考特先生至少是具有資助其他公司之決定權的人物。而選項中最符合史考特先生的敘述應為 (A) A manager at the Gregory Department store（格雷戈里百貨公司的一位經理）。

3. 答案：A 先讀要點 **What →** 男子對該專案未來成功的可能性「有何看法」？

破題關鍵

由男子第二次發言的第二句 The success of our next project depends on how much funding he contributes this time. 可知，正確答案即 (A) It rests on the amount of money they receive.（取決於他們收到的資金金額）。

錄音內容

W: Do you know what the problem is? This is the fourth time I've had the wrong phone call today. ↑ **Q1** 女子想知道她接到打錯電話的原因

M: Seems like the extension number has been set up incorrectly. Let me go to the general affairs office and ask one of the staff.

W: Thanks. Oh, could you do it now? I need the phone to work correctly. I'm expecting an important call from Mr. Scott from the Gregory Department Store at 2:30 this afternoon.

↑ **Q2** 史考特先生最有可能是誰？

M: Oh, dear! The success of our next project depends on how much funding he contributes this time. Yes, I will do it immediately.

↑ **Q3** 男子認為專案能成功的理由

錄音翻譯

女子：你知道到底是什麼問題嗎？這是我今天第四次接到打錯的電話了。

男子：看來似乎是分機號碼設錯了。我去總務處找個人問問。

女子：謝謝。噢，你可不可以現在就去問？我需要電話運作正常。我正在等一通今天下午兩點半從格雷戈里百貨公司史考特先生那兒打來的重要電話。

男子：哎呀！我們下一個專案的成功都取決於他這次貢獻的資金多寡。好的，我會馬上處理。

問題&選項翻譯

1. 女子認為是因為什麼原因，所以她今天會接到了數通打錯的電話？

   (A) 因為她有一場演講。

   (B) 因為她是一位主管人員。

   (C) 因為這是繁忙時期。

   (D) 她並不知道原因。

2. 史考特先生最有可能是誰？

 (A) 格雷戈里百貨公司的一位經理

 (B) 電話接線生

 (C) 一個工程師

 (D) 通訊業界的接班人

3. 男子對該專案未來成功的可能性有何看法？

 (A) 取決於他們所收到的資金金額。

 (B) 取決於新的電腦系統。

 (C) 可由女子來控制。

 (D) 他們應該更有耐性地等待機會。

☐ **extension** [ɪk`stɛnʃən] *n.* 電話分機

☐ **incorrectly** [ˌɪnkə`rɛktlɪ] *adv.* 錯誤地

☐ **depend on** 取決於⋯⋯；依⋯⋯而定

☐ **funding** [`fʌndɪŋ] *n.* 資金；基金

☐ **contribute** [kən`trɪbjut] *vt.* 貢獻

☐ **immediately** [ɪ`midɪɪtlɪ] *adv.* 立即

☐ **lecture** [`lɛktʃə] *n.* 演講；講課

☐ **executive officer** 主管人員

☐ **period** [`pɪrɪəd] *n.* 期間；時期

☐ **successor** [sək`sɛsə] *n.* 接班人

☐ **rest on** 依靠⋯⋯；取決於⋯⋯

☐ **amount** [ə`maʊnt] *n.* 總額；總數

☐ **patiently** [`peʃəntlɪ] *adv.* 有耐性地

1. Who is Mr. Cooper?
(A) An instructor
(B) A sports therapist
(C) An interviewer
(D) An applicant
Ⓐ Ⓑ Ⓒ Ⓓ

2. According to the woman, how does the visitor look?
(A) He is fresh from university.
(B) He is full of enthusiasm.
(C) He has an outstanding ability.
(D) He doesn't look like a job candidate.
Ⓐ Ⓑ Ⓒ Ⓓ

3. What are the applicants supposed to do in their interview?
(A) Demonstrate an exercise arrangement
(B) Take a personality test
(C) Take an academic examination
(D) Give an oral speech
Ⓐ Ⓑ Ⓒ Ⓓ

4. Why is the man wearing sunglasses?
(A) To be looked nice
(B) To avoid a pollen allergy
(C) To keep away from sunlight
(D) To prepare for surgery Ⓐ Ⓑ Ⓒ Ⓓ

5. What was the purpose of the woman's operation two years ago?
(A) To treat heart disease
(B) To treat a vision problem
(C) To prevent infection
(D) To prevent a repetition of heat stroke Ⓐ Ⓑ Ⓒ Ⓓ

6. How does the man feel about the surgery?
(A) Relieved
(B) Anxious
(C) Astonished
(D) Thrilled Ⓐ Ⓑ Ⓒ Ⓓ

Questions 1-3 ★★ 🇨🇦 ▸ 🇺🇸

1. 答案：**C** 先讀要點 **Who →** 庫伯先生是什麼人？

破題關鍵

女子在對話一開始時通知庫伯先生有訪客，接著又於第二句向他確認「你 10 點開始要面試一位應徵者」。因此，只要想想「要面試應徵者」的是什麼人，就會知道正確答案是 (C) An interviewer（面試官）。

2. 答案：**D** 先讀要點 **How →** 根據女子的意見，「訪客看起來如何」？

破題關鍵

女子在其第二次發言中提到 I am not sure that he is a candidate.，表示「她不認為該名訪客是應徵者」，而她這麼想的理由則描述於接下來所說的「穿得很隨便」、「看起來有四十幾歲」。因此，本題正確答案應為 (D) He doesn't look like a job candidate.。

3. 答案：**A** 先讀要點 **What →**「應徵者」在面試時「該做什麼」？

破題關鍵

男子在其第二次發言的第三句說到 I told the applicants to show us one of their exercise routines（我要求應徵者示範一段他們例行的運動課程給我們看看）。於是以另一種說法表達此意思的 (A) Demonstrate an exercise arrangement 便是正確答案。

錄音內容

W: Mr. Cooper, there is a man at the entrance who says he has an appointment with you at 10:30. But you have an interview with an applicant from 10:00. ↑ **Q1** 庫伯先生是什麼人？

M: The man may be one of the applicants. Could you ask his name and show him to the waiting room? ↓ **Q2** 訪客給人的印象

W: I am not sure that he is a candidate. He is dressed very casually! And on top of that, he seems to be in his mid 40s.

M: We are also looking for aerobics instructors. He must be coming for the third interview for that position. I told the applicants to show us one of their exercise routines. That's probably why he's dressed casually. ↑ **Q3** 應徵者在面試時應做的事

錄音翻譯

女子：庫伯先生，門口有位男子說他 10 點半與你有約。但是你 10 點開始要面試一位應徵者。

男子：那位男子可能是應徵者之一。能否請妳問一下他的姓名，並帶他到等候室去？

女子：我不確定他是不是應徵者。他穿得很隨便！除此之外，他看來已經四十好幾了。

男子：我們也在找有氧運動教練。他一定是為了該職務的第三次面試而來。我要求應徵者示範一段他們例行的運動課程給我們看看。這大概就是他穿得很隨便的原因吧！

問題 & 選項翻譯

1. 庫伯先生是什麼人？
   (A) 教練
   (B) 運動治療師
   (C) 面試官
   (D) 應徵者

2. 根據女子的意見，訪客看起來如何？
   (A) 他剛從大學畢業。
   (B) 他充滿熱忱。
   (C) 他有出色的能力。
   (D) 他看起來不像是應徵工作的人。

3. 應徵者在面試時該做什麼？
   (A) 示範一段運動課程
   (B) 接受性向測驗
   (C) 參加學術測驗
   (D) 發表口頭演說

☐ **applicant** [ˋæpləkənt] *n.* 應徵者；申請者
☐ **candidate** [ˋkændədet] *n.* 應徵者；候選人
☐ **aerobics** [ˏeəˋrobɪks] *n.* 有氧運動
☐ **therapist** [ˋθɛrəpɪst] *n.* 治療師
☐ **outstanding** [ˋautˋstændɪŋ] *adj.* 顯著的；傑出的
☐ **demonstrate** [ˋdɛmənˏstret] *vt.* 示範
☐ **arrangement** [əˋrendʒmənt] *n.* 編排；課程規劃
☐ **oral** [ˋorəl] *adj.* 口頭的

☐ **show** [ʃo] *vt.* 展示；介紹
☐ **on top of that** 除此之外
☐ **routine** [ruˋtin] *n.* 例行公事；慣例
☐ **enthusiasm** [ɪnˋθjuzɪˏæzəm] *n.* 熱忱

4. 答案：**C**　先讀要點 **What** → 該名男子「為何戴著太陽眼鏡」？

破題關鍵

男子先是接受了女子對其太陽眼鏡的稱讚，於前半段發言中表達出感謝之意。然後在第二句說了 I have to wear them because ...，由此可知接在後面的就是他戴著太陽眼鏡的理由。他說「我的眼睛最近有些問題」，還在第三句提到「昨天動了眼睛的手術，醫生叫我要避開直射的陽光」。因此正確答案是 (C) To keep away from sunlight。

5. 答案：**B**　先讀要點 **What** →「女子做手術的目的」為何？

破題關鍵

請注意女子在第二次發言的第二句說了 I had an operation on my eyes two years ago, ...，接著提到的是 ... for my shortsightedness（為了矯正近視），由此可知手術的目的是與治療眼睛有關，正確答案為 (B) To treat a vision problem。

6. 答案：**A**　先讀要點 **How** → 男子對手術的「感覺如何」？

破題關鍵

男子在其第二次發言的第三句說了 I'm glad that I did it.，所以這題的正確答案為 (A) Relieved。此外他還在第四句補充說明「（因手術已完成）不必再擔心，也不用緊張了」。

錄音內容

W: Hi, Roland. You're wearing sunglasses—they look good on you.

↓ **Q4** 男子戴著太陽眼鏡的原因

M: Thanks for the compliment. But actually, I have to wear them because I've been having trouble with my eyes recently. I had eye surgery yesterday and the doctor told me to avoid direct sunlight. So the sunglasses.

↓ **Q5** 女子做手術的目的

W: I'm sorry to hear that. I had an operation on my eyes two years ago for my shortsightedness. But they gave me a pair of goggles to wear to keep the wind and dust from my eyes.

M: Oh, you had eye procedure too? What a coincidence. I'm glad that I did it. Now I don't have to worry or stress anymore about my eyes.

↑ **Q6** 男子對手術的感覺如何？

錄音翻譯

女子：嗨，羅藍。你戴太陽眼鏡耶，很適合你喔！

男子：謝謝妳的讚美。但是其實是因為我的眼睛最近有些問題，所以不得不戴著太陽眼鏡。我昨天動了眼睛的手術，醫生告訴我要避開直射的陽光。所以我才弄了這副太陽眼鏡。

女子：聽了真令人難過。我兩年前也曾為了矯正近視，而動了眼睛的手術。不過他們給了我一副護目鏡戴著，以防止風和灰塵傷到眼睛。

男子：喔，妳也動過眼睛的手術啊？真是太巧了。我很高興我動了這項手術。現在我就不必再對我的眼睛感到擔心或緊張了。

問題&選項翻譯

4. 男子為何戴著太陽眼鏡？
   (A) 為了好看
   (B) 為了避免花粉過敏
   (C) 為了避開陽光
   (D) 為了準備動手術

5. 女子在兩年前動手術的目的為何？
   (A) 為了治療心臟疾病
   (B) 為了治療視力問題
   (C) 為了防止感染
   (D) 為了避免再度中暑

6. 男子對手術的感覺如何？
   (A) 鬆了一口氣
   (B) 焦慮
   (C) 很驚訝
   (D) 很興奮

☐ **compliment** [ˋkɑmpləmənt] *n.* 恭維；讚美
☐ **surgery** [ˋsɝdʒərɪ] *n.* 手術
☐ **shortsightedness** [ˋʃɔrtˋsaɪtɪdnɪs] *n.* 近視
☐ **procedure** [prəˋsidʒə] *n.* 手續；程序
☐ **pollen** [ˋpɑlən] *n.* 花粉
☐ **heart disease** 心臟疾病
☐ **infection** [ɪnˋfɛkʃən] *n.* 傳染病；感染
☐ **heat stroke** 中暑
☐ **astonished** [əˋstɑnɪʃt] *adj.* 驚訝的

☐ **actually** [ˋæktʃuəlɪ] *adv.* 實際上；其實
☐ **avoid** [əˋvɔɪd] *vt.* 避免；避開
☐ **goggles** [ˋgɑglz] *n.* 護目鏡（複數）
☐ **coincidence** [koˋɪnsɪdəns] *n.* 巧合
☐ **allergy** [ˋælədʒɪ] *n.* 過敏
☐ **vision** [ˋvɪʒən] *n.* 視力
☐ **repetition** [ˌrɛpɪˋtɪʃən] *n.* 重複
☐ **anxious** [ˋæŋkʃəs] *adj.* 焦慮的

掌握英語的韻律節奏，就能提升聽力

Q：雖然學過英語音標，但發音還是不好。

A：即使學了字典上標注的音標，你的英語發音通常也不會產生什麼顯著進步。在英語發音中存在著許多中文沒有的子音及節奏、重音等關鍵。實際錄下自己的英語發音並聽聽看，就能聽出與道地發音的不同之處。

　　請試著說說看 Can you help me with the salad?。以中文來說，「沙拉」和「幫我」、「嗎？」的發音可能會提高些。中文就是以這種高低音的差異來表達情感。但英語則是將以下的粗體部分加重力道讀出。

　　例 C**A**N you H**E**LP me with the S**A**LAD?

　　很多人可能不是很熟悉「重音、輕音」的感覺，所以練習發音時，請在念到粗體字部分時，用手打拍子試試。若將拍子打在圓圈處，那麼這句總共就有三拍。在拍手處加強發音，而沒拍手的地方要刻意減低音量。如果用手打拍子行不通，那麼還可以站著一邊左右踏步，一邊用手打拍子，讓身體徹底感受英語的韻律節奏。請以這種方式反覆練習，訓練自己同時習慣英語的重音和節奏。只要能熟悉英語的重音與韻律，那麼說出來的英文通常就能夠聽懂。

Q：可以看著對話原文來練習嗎？

A：進行聽力練習時，不看對話原文比較好。就算聽完 MP3 播放後馬上看對話原文就能理解內容，那也不過是「看得懂」而已，並不是「聽得懂」。請一邊聆聽語音，一邊仔細研究所謂的「連音」、「省略」等發音變化（例如 Can you? 會把兩字連起來發音）。練習時應以 MP3 語音為主，對話原文應只用來確認不論怎麼聽都聽不出來的內容。

第 4 章

Part 4：簡短獨白題
Short Talks

Part 4 的簡短獨白題會播放由單一人物所發表的公告或敘述來做為題目。每篇獨白都會出三個問題，而這樣的題組共有 10 組，故總計有 30 題。此部分也應預先瀏覽問題，做法就和 Part 3 一樣。由於獨白內容較長，因此聽力測驗中的 Part 4 與 Part 3 相同，被視為是難度較高的部分。應試者必須熟悉常見題型，並在考試時維持專注力，才能提高答對率。

DAY 10　攻略 19　先讀過問題和答題指示
　　　　　　攻略 20　找出問題中的關鍵詞

DAY 11　攻略 21　不可擅自臆測，但要能「視覺化」情境！
　　　　　　攻略 22　千萬別立刻連接至相關詞！

DAY 12　攻略 23　戰勝「訊息」、「公告」與「廣告」等題型
　　　　　　攻略 24　戰勝「演說」、「新聞」與「導覽解說」等題型

攻略 19 先讀過問題和答題指示
因為聆聽語音的時間較長，所以比 **Part 3** 容易？

1 單一主題

在聽力測驗的四個 Parts 中，Part 4 的字彙難度較高，文章也往往最長。雖說很多人都覺得 Part 4 不好應付，但畢竟是由單一人物針對單一主題做說明，因此也有人會覺得比一次出現兩人且狀況變化多端的 Part 3 較容易作答。

2 獨白文章較長，反而就不覺得那麼緊迫

Part 4 與 Part 3 一樣，也須一邊聆聽獨白，一邊閱讀問題和選項，然後畫記答案。由於文章較長，所以必須長時間集中注意力於語音獨白，但比起 Part 3，反而有「從答完一題到聽取下一題的解答線索為止，有較充足緩衝時間」的好處。請冷靜以對，徹底集中注意力直到結束為止。

3 和 Part 3 一樣要預先瀏覽題目

進入 Part 4 部分時會播放約 30 秒的指示說明。就和 Part 3 一樣，這段說明在正式測驗時沒必要聆聽。請延續 Part 3 的先讀節奏，利用這段時間把 No. 71、72、73 的問題與選項都先看過一遍。

4 Part 4 會預先提示獨白內容

Part 4 的答題指示會提示出獨白的內容，例如：Questions 71 through 73 refer to the following announcement. （第 71~73 題與以下公告有關）。換句話說，由指示語便可得知該篇獨白文章的種類。

DAY 10

攻略 **20**　找出問題中的關鍵詞
連結關鍵詞以「視覺化」情境

　　與 Part 3 相同，Part 4 題目的大致趨勢也是第 1 題問「主旨」，第 2 題問「細節」，第 3 題問「後續行動」、「最新資訊」等，聆聽時最好能記住這樣的順序，並做好心理準備。

1 在問題中尋找關鍵詞

　　Part 3 的發言者為男女各一人，因此依據問題之主詞為 man 還是 woman 就能判斷該聚焦於男性還是女性的發言內容。不過當你真的開始邊聽對話邊作答就會發現，這不僅需要相當高的專注力，而且很容易令人十分緊張。其實比起 Part 3，在 Part 4 的問題中尋找關鍵詞通常更為簡易輕鬆，舉凡問題中做為主詞使用的專有名詞，或是你不熟悉的動詞，多半就是關鍵詞。

2 掌握關鍵詞，將獨白情境「視覺化」

　　讓我們以下一頁的 Example 為例。

問題1 **When was Zanko Corporation founded?**

選項 (A) 20 years ago　　　(B) 30 years ago
　　　(C) 50 years ago　　　(D) 60 years ago

　　由題目可推測在獨白文章裡一定包含 Zanko Corporation 的成立時間資訊，而且時間點一定在過去。這時最好一邊在心中反覆默念關鍵詞 Zanko Corporation「軟果公司」，一邊聆聽獨白文章。

問題2 **According to the speaker, how does Ms. Kowalski contribute most to the company?**

　　只要預先看過問題，就會知道文中一定會出現 Ms. Kowalski 這號人物，而且她似乎對公司有所貢獻。此例的關鍵詞便為 Ms. Kowalski 和 contribute。因此應把「科瓦爾斯基女士有所貢獻的正面情境」給「視覺化」，並仔細聆聽該獨白文章。

Example

MP3
065

1. When was Zanko Corporation founded?
   (A) 20 years ago
   (B) 30 years ago
   (C) 50 years ago
   (D) 60 years ago   Ⓐ Ⓑ Ⓒ Ⓓ

2. According to the speaker, how does Ms. Kowalski contribute most
   to the company?
   (A) By arranging corporate loans
   (B) By recruiting talented innovators
   (C) By managing new branches
   (D) By submitting new concepts   Ⓐ Ⓑ Ⓒ Ⓓ

3. Who will listeners most likely hear next?
   (A) A retiring employee
   (B) A senior executive
   (C) An award panel member
   (D) A business professor   Ⓐ Ⓑ Ⓒ Ⓓ

解答・解析

Questions 1-3 ★★★ 🇬🇧

1. 答案：A 先讀要點 **When** → 軟果公司「成立於何時」？

破題關鍵

預先瀏覽問題，然後在心中反覆默念 Zanko Corporation「軟果公司」這個專有名詞，同時聆聽獨白文章。聽到文章的第二句以 Founding Zanko Corporation ...（創建軟果公司）起頭，就可立即反應，接在該句之後的 20 years ago 即為正確答案。

2. 答案：D 先讀要點 **How** → 科瓦爾斯基女士「如何對公司做出貢獻」？

破題關鍵

Ms. Kowalski（科瓦爾斯基女士）為專有名詞，因此若預先讀過問題，就能清楚掌握該聽取的部分。在聽到第四句開頭的 Ms. Kowalski continues to contribute most ... 時，應立即有所反應：接在其後的是 to the company through her numerous breakthrough ideas.（〔她〕藉由許許多多具突破性的構想〔對公司做出了貢獻〕），同義表達的 (D) By submitting new concepts（藉由提出新概念）即為正確答案。

超越 900 以進階學習者來說，最好也能將第 2 題的其他選項 (A) 安排貸款、(B) 招募有才華的創新者、(C) 管理新的分公司快速掃描一遍，並加以「視覺化」。

3. 答案：B 先讀要點 **Who** →「聽眾們」接著最有可能「聽到誰的發言」？

破題關鍵

第 3 題是典型與「後續動作」有關的問題，請將注意力集中在談話的最後部分。由第七句 Ms. Kowalski, please come up to the stage to address the audience here tonight.（科瓦爾斯基女士，請您上台為今晚在此的聽眾們說幾句話。）可知，觀眾們接下來應該會聽到 Ms. Kowalski 的致詞。而由先前的第二句可知「科瓦爾斯基女士為軟果公司的創立者」，且她以「十年來最活躍之商業人士」的身分獲獎，所以正確答案就是 (B) A senior executive「一位資深的管理人員」。

超越 900 這是典型詢問「接著會做什麼」的問題，因此可預測「在獨白最後，應會有所提示」。以進階學習者來說，也應對第 3 題的其他選項，即 (A) 要退休的員工、(C) 審查小組成員、(D) 商學教授有一定程度的理解。

錄音內容

Questions 1 through 3 refer to the following speech.

Q1 軟果公司的創立年份

Michelle Kowalski has been one of the most interesting figures followed by the media over the past few years. Founding Zanko Corporation 20 years ago with only a 30,000-euro loan and a small team of dedicated programmers, her company ultimately became one of the top providers of software to large corporations. It now has over 50,000 employees and branches in Europe, North America and Asia. Even as CEO, Ms. Kowalski continues to contribute most to the company through her numerous breakthrough ideas. She is often considered the "lead innovator" of the firm. Considering all of her achievements, it's quite natural that a panel of 60 experts should present Ms. Kowalski this "Businessperson of the Decade" award. Ms. Kowalski, please come up to the stage to address the audience here tonight. **Q3** 聽眾接著將聽到誰的致詞？

Q2 科瓦爾斯基小姐如何對公司做出貢獻？

錄音翻譯

第 1~3 題與以下的致詞內容有關。

蜜雪兒·科瓦爾斯基是這幾年來深受媒體矚目的最有趣人物之一。20 年前，她以區區 3 萬歐元的貸款以及一個由熱心投入的程式設計師所組成的小型團隊，創立了軟果公司，而她這家公司最終成為大型企業的最佳軟體供應商之一。該公司現在擁有超過 5 萬名的員工，且在歐洲、北美及亞洲各地皆有分公司。即使身為執行長，科瓦爾斯基女士仍藉由許許多多具突破性的構想持續為該公司做出最大貢獻。她經常被認為是該公司的「領導創新者」。就她所有的成就而言，由 60 名專家所組成的審查委員會理所當然地該把「十年來最活躍之商業人士」這個獎頒給科瓦爾斯基女士。科瓦爾斯基女士，請您上台來為今晚在此的聽眾們說幾句話。

問題＆選項翻譯

1. 軟果公司成立於何時？
   (A) 20 年前
   (B) 30 年前
   (C) 50 年前
   (D) 60 年前

2. 依據發言者所述，科瓦爾斯基女士如何對公司做出最大貢獻？
   (A) 藉由安排企業貸款
   (B) 藉由招募有才華的創新者
   (C) 藉由管理新的分公司
   (D) 藉由提出新概念

3. 聽眾們接著最有可能聽到誰的發言？
   (A) 一位即將退休的員工
   (B) 一位資深的管理人員
   (C) 一位獎項審查小組的成員
   (D) 一位商學教授

- [ ] **figure** [ˋfɪgjə] *n.* 人物
- [ ] **found** [faʊnd] *vt.* 創立；創辦
- [ ] **dedicated** [ˋdɛdəˌketɪd] *adj.* 專注的；投入的
- [ ] **ultimately** [ˋʌltəmɪtlɪ] *adv.* 最終；最後
- [ ] **contribute** [kənˋtrɪbjut] *vt.* 貢獻
- [ ] **numerous** [ˋnjumərəs] *adj.* 為數眾多的
- [ ] **breakthrough** [ˋbrekˌθru] *adj.* 具突破性的
- [ ] **innovator** [ˋɪnəˌvetə] *n.* 創新者
- [ ] **achievement** [əˋtʃivmənt] *n.* 成就
- [ ] **panel** [ˋpænḷ] *n.* 審查委員會；專門小組
- [ ] **expert** [ˋɛkspət] *n.* 專家
- [ ] **decade** [ˋdɛked] *n.* 十年
- [ ] **address** [əˋdrɛs] *vt.* 對⋯⋯說話；向⋯⋯致詞
- [ ] **loan** [lon] *n.* 貸款
- [ ] **recruit** [rɪˋkrut] *vt.* 徵募；招聘
- [ ] **talented** [ˋtæləntɪd] *adj.* 有才華的
- [ ] **retire** [rɪˋtaɪr] *vi.* 退休
- [ ] **executive** [ɪgˋzɛkjʊtɪv] *n.* 經營管理人員

1. Why does the speaker thank the listeners?
   (A) They achieved a goal.
   (B) They updated a system.
   (C) They improved quality.
   (D) They corrected a mistake.

Ⓐ Ⓑ Ⓒ Ⓓ

2. According to the speaker, what was received on June 8?
   (A) An extended deadline
   (B) Staff training materials
   (C) Customer requests
   (D) Overtime schedules

Ⓐ Ⓑ Ⓒ Ⓓ

3. Who will assist in the new process?
   (A) A marketing committee
   (B) A staffing agency
   (C) An advertising consultant
   (D) A government department

Ⓐ Ⓑ Ⓒ Ⓓ

4. What type of business most likely has this message?
   (A) A real estate firm
   (B) A technology company
   (C) An energy provider
   (D) A security organization   Ⓐ Ⓑ Ⓒ Ⓓ

5. What is indicated by the message?
   (A) Operational hours are changed.
   (B) The company is currently closed.
   (C) Some virtual tours are ended.
   (D) The old membership list is expired.   Ⓐ Ⓑ Ⓒ Ⓓ

6. Where are listeners directed for information on holdings?
   (A) To another office
   (B) To a purchasing manager
   (C) To a different phone number
   (D) To a website   Ⓐ Ⓑ Ⓒ Ⓓ

Questions 1-3 ★★★

1. 答案：A 先讀要點 **Why** → 發言者「為何對聽眾表示感謝」？

破題關鍵

這段發言一開始先提到「員工們為了趕上新客戶的交件日期而努力工作」，接著第二句則以 I thank all of you for ... 起頭，故只要聽取 for 之後的內容就能了解 thank（感謝）的理由。而接在該句後面的是 accomplishing that ....，其中 that 指的正是一開始提到「趕上交件的日期」，因此 (A) Thay achieved a goal.（他們達成了目標）便是正確答案。

2. 答案：C 先讀要點 **What** → 他們在 6 月 8 日收到了什麼？

破題關鍵

由於問題中出現了具體日期，所以該聽取的關鍵點也變得格外明確。只要一邊在心中默念「June 8th ...、June 8th ...」，一邊仔細聆聽，就會注意到第三句所說的 You should know that we received several new orders on June 8 and ...（各位都該知道，我們在 6 月 8 日收到了幾筆新訂單，而……）。因此 (C) Customer requests（顧客的需求）就是正確答案。

3. 答案：B 先讀要點 **Who** →「誰」將在新的進程中「提供協助」？

破題關鍵

在聽到第六句 They will assist our department in this process. 後，就知道 They 所對應的前一句內容便是答案關鍵。而第六句的 They 指的是前一句後半段 we're going to use a staffing agency 中的 staffing agency（人力資源公司），因此本題應選 (B)。

錄音內容

Questions 1 through 3 refer to the following announcement.

Q1 發言者對聽眾表示感謝的原因

Everyone here worked hard to meet the production deadline for our new client, Foster Industries. I thank all of you for accomplishing that, despite the fact that we're short on staff. You should know that we received several new orders on June 8 and those might be hard to fill even if you worked overtime again. Therefore, the operations committee has authorized us to take on up to 35 new temporary employees. Instead of going through the time and expense of advertising for and interviewing these workers, we're going to use a staffing agency. They will assist our department in this process. Your normal work schedules or assignments won't be affected.

Q3 將在新程序中提供協助的人

Q2 6 月 8 日所收到的東西

錄音翻譯

第 1~3 題與以下的宣布內容有關。

在此的每個人為了趕上我們新客戶佛斯特工業的交件期限都非常努力。我很感謝各位儘管在人力短缺的情況下，仍然完成了該項任務。各位都該知道，我們在 6 月 8 日收到了幾筆新訂單，而這次即使你們再度加班，可能也很難趕出這些訂貨。因此營運委員會已授權我們雇用最多 35 名新的臨時員工。我們並不打算將時間和金錢花在刊登徵才廣告及面試這些工作人員上，我們將找一家人力資源公司幫我們處理這件事。他們將在此過程中協助本部門。你們的正常工作時程或任務分配都不會受到影響。

1. 發言者為何對聽眾表示感謝？
   (A) 他們達成了目標。
   (B) 他們更新了系統。
   (C) 他們改善了品質。
   (D) 他們修正了錯誤。

2. 依據發言者所述，他們在 6 月 8 日收到了什麼？
   (A) 延後了的交件期限
   (B) 員工訓練教材
   (C) 顧客的要求
   (D) 加班日程表

3. 誰將在新進程中提供協助？
   (A) 一個行銷委員會
   (B) 一家人力資源公司
   (C) 一位廣告顧問
   (D) 一個政府部門

☐ **production deadline** 產品交件期限

☐ **client** [ˋklaɪənt] *n.* 客戶

☐ **accomplish** [əˋkɑmplɪʃ] *vt.* 完成

☐ **despite** [dɪˋspaɪt] *prep.* 儘管……

☐ **committee** [kəˋmɪtɪ] *n.* 委員會

☐ **authorize** [ˋɔθəˏraɪz] *vt.* 批准；授權

☐ **temporary** [ˋtɛmpəˏrɛrɪ] *adj.* 臨時的

☐ **instead of** 代替……；而不是……

☐ **expense** [ɪkˋspɛns] *n.* 費用

☐ **staffing agency** 人力資源公司

☐ **assist** [əˋsɪst] *vt.* 協助

☐ **assignment** [əˋsaɪnmənt] *n.* 工作；任務

☐ **achieve** [əˋtʃiv] *vt.* 達成

☐ **update** [ʌpˋdet] *vt.* 更新

☐ **correct** [kəˋrɛkt] *vt.* 修正；改正

☐ **extend** [ɪkˋstɛnd] *vt.* 延長

☐ **material** [məˋtɪrɪəl] *n.* 教材

Questions 4-6 ★★

4. 答案：A 先讀要點 **What** → 這應是「哪種行業」的語音訊息？

破題關鍵

這段語音以 Thank you for calling BKT Corporation, ... 起頭，一開始先向打電話給 BKT 公司的人表示感謝，接下來的敘述 meeting the residential and commercial property needs of the metropolitan area（滿足大都會區居住與商業不動產的需求）點出了 BKT 公司的營運宗旨。能否理解其含意是答題的關鍵所在，而符合此敘述的選項 (A) A real estate firm 便是正確答案。

5. 答案：B 先讀要點 **What** → 這段「訊息指示了什麼」？

破題關鍵

以電話語音訊息來說，最典型的形式就是先介紹本身是怎樣的組織，接著依據不同的業務種類分別指示該按的數字鍵或進行說明。而此例也依據不同事項提出了各種指示，其中第四句提到「若要與辦公室內的代銷人員通話，請於營業時間內再次來電」，由此可推斷，本題正確答案應為 (B) The company is currently closed.。注意，(A)、(C)、(D) 分別包含了「時間」、「虛擬導覽」及「清單」等語音中也有的單字，要小心別被誤導。

6. 答案：D 先讀要點 **Where** →「哪裡能取得」與不動產物件相關的資訊？

破題關鍵

第五句提到 To see a list of our holdings ...，由此可知其後接的應該就是檢視 holdings（土地、房產）清單的辦法。而其後接著說的是 please go to: www.bktonline10.com.，亦即介紹了該公司網站，因此本題正確答案為 (D) To a website。

Questions 4 through 6 refer to the following recorded message.

Q4 是哪種行業的語音訊息？

Thank you for calling BKT Corporation, meeting the residential and commercial property needs of the metropolitan area for over 75 years. Our newest branch, at 607 Chelsea Avenue, is now serving the southwestern area. If you know the extension of the party you are calling, please enter it now. To speak with an office agent about selling or purchasing a property, please call back during business hours. To see a list of our holdings or go on virtual tours please go to: www.bktonline10.com. For career opportunities with us, please hang up and call 888-902-1427.

Q6 可獲得房地產物件資訊的地方

Q5 此訊息所指示的事情

錄音翻譯

第 4~6 題與以下的語音訊息有關。

BKT 公司感謝您的來電，本公司滿足大都會區居住與商業不動產的需求超過了 75 年。我們最新的分店，位於切爾西大道 607 號，現正為西南區服務中。如果您知道您要撥的分機號碼，請直接輸入。若要與辦公室內的代銷人員談論不動產的買賣事宜，請於營業時間內再次來電。若要檢視本公司的不動產物件清單或進行虛擬導覽，請至 www.bktonline10.com。要洽詢本公司工作機會的相關資訊，請掛掉後再撥打 888-902-1427。

問題&選項翻譯

4. 哪種行業最可能使用此語音訊息？
   (A) 不動產公司
   (B) 科技公司
   (C) 能源供應商
   (D) 保全機構

5. 這段訊息指示了什麼？
   (A) 營業時間已變更。
   (B) 該公司現在已打烊。
   (C) 有些虛擬導覽已結束。
   (D) 舊的會員清單已過期。

6. 聽語音的人被引導至何處以取得不動產物件相關資訊？
   (A) 另一間辦公室
   (B) 某一位採購經理
   (C) 另一個不同的電話號碼
   (D) 一個網站

☐ **residential** [ˌrɛzə`dɛnʃəl] *adj.* 居住的；住宅的
☐ **commercial** [kə`mɝʃəl] *adj.* 商業用的
☐ **property** [`prɑpətɪ] *n.* 房地產
☐ **avenue** [`ævəˌnju] *n.* 大道
☐ **metropolitan** [ˌmɛtrə`pɑlətn̩] *adj.* 都會的；大都市的
☐ **serve** [sɝv] *vt.* 為……服務
☐ **extension** [ɪk`stɛnʃən] *n.* （電話的）內線；分機
☐ **party** [`pɑrtɪ] *n.* （打電話的）對象；對方
☐ **agent** [`edʒənt] *n.* 代理人；仲介人
☐ **purchase** [`pɝtʃəs] *vt.* 購買
☐ **virtual** [`vɝtʃʊəl] *adj.* 虛擬的
☐ **real estate** 不動產；房地產
☐ **provider** [prə`vaɪdə] *n.* 供應商；供應者
☐ **organization** [ˌɔrgənə`zeʃən] *n.* 組織；機構
☐ **indicate** [`ɪndəˌked] *vt.* 指示
☐ **operational** [ˌɑpə`reʃənl̩] *adj.* 營業的
☐ **currently** [`kɝəntlɪ] *adv.* 現在；目前
☐ **expire** [ɪk`spaɪr] *vi.* （權利的效期）到期
☐ **direct** [də`rɛkt] *vt.* 導向（某個方向）

不可擅自臆測，但要能「視覺化」情境！
初、中級程度者就是這樣答錯的

■ 不可擅自決定關鍵詞！

　　無論考生的程度如何，都可能因為把某些容易留下印象的單字誤認成關鍵字，而誤選了包含類似單字的選項。所謂的關鍵字是指從問題中所找到的重要必聽資訊；請避免在聆聽過程中，擅自將偶然留下印象的單字當成關鍵字。聽取語音時，一邊以英語的詞序處理主詞、動詞，一邊在腦海中把情境「視覺化」是很重要的，但是對於沒有能力做到這點的人來說，容易記住的單字往往不是主詞或動詞，而是位於句子最後的修飾詞。也就是說，在聆聽語音時，容易讓初、中級程度者留下印象的單字幾乎都是不重要的字。若只因聽見句子最後部分感覺較難的單字，就靠著這一點隨便編造出一個中文句子，便會誤解整句話的意思。出題者深知考生的這種心理，所以會刻意在考題中四處散布這類陷阱。

｜初學者容易落入的陷阱｜

不可一邊聆聽語音，一邊擅自決定關鍵詞。

　　以 p.148 的 Example 為例，如果預先瀏覽了問題 1. What is the report mainly about?（此報導內容主要與什麼有關？），然後再聽到語音開頭處的 San Francisco-based Fantel Corporation announced today that it intends to sell its manufacturing division to Rao Industries, headquartered in Bangalore. 部分，應該能立刻判斷出該報導的內容就接在 announced today 之後的 that 子句中。

必須從問題中察覺的資訊 → **announced, that** 子句

聆聽語音時容易落入的詞彙陷阱 → **headquarterd, Bangalore**

但初、中級程度的人往往在聽完這句後，只會記住最後的幾個單字，然後就在心中暗自分析「什麼是 headquarter？好像是總部的意思，太好了，被我想起來了。可是，Bangalore 又是什麼？糟糕……」接著便開始妄自聯想，進而掉入出題者所安排的陷阱。其實正是這些多餘的思慮，讓人忘了好不容易聽到的真正重要的前半部。

DAY 11

攻略
22

千萬別立刻連接至相關詞！
Part 4 也存在著「同音字」陷阱

1 「換句話說」的選項才是正確答案。務必小心「相關詞」、「類似的單字」及「相同的單字」！

　　大體來說，聽力測驗部分的正確答案多半都是將照片、問題、對話內容以「換句話說」方式表達的選項，而包含「類似發音」、「相關詞」、「相同單字」的選項很可能是錯的，因此須特別留意。

　　在 Part 4 中，錯誤選項也大致符合此模式，不過有一項例外，那就是包含相同單字的選項也經常是正確答案。畢竟簡短獨白題的文章和其選項都比 Part 1~3 要長，所以即使不把所有內容都換個方式表達，其難度也已經相當高。

2 別立刻連接至「相關詞」！

　　以下頁的 Example 來說，「換句話說」的選項才是正確答案，包含「類似發音」與「相關詞」的選項通常都是錯的。例如針對 Example 的問題 1. What is the report mainly about?（此報導的內容主要與什麼有關？），將獨白文章中的第一句 Fantel Corporation announced today that it intends to sell its manufacturing division to Rao Industries ....（方泰爾公司今天宣布，它有意將其製造部門賣給拉奧工業）「換句話說」成簡短一句的選項，便是正確答案。

選項 (A) A product campaign → ×
與文中的 producing 為「相關詞」，是錯的。

選項 (B) International trade → ×
這是從文中的 San Francisco、Bangalore 等都市名及 domestic（國內的）可聯想到的「相關詞」。就和 Part 1 一樣，千萬別立刻落入包含「相關詞」選項的錯誤陷阱。

選項 (D) Quarterly performance → ×
「季度業績」與第一句最後的 ... headquartered in Bangalore. 具有「類似發音」，也是錯的。

Example

1. What is the report mainly about?
(A) A product campaign
(B) International trade
(C) A business plan
(D) Quarterly performance

2. According to the report, when will the change take place?
(A) On September 5
(B) On September 10
(C) On September 20
(D) On September 30

3. What has Fantel Corporation succeeded in doing?
(A) Selling more than its competitors
(B) Entering overseas hardware markets
(C) Designing social media sites
(D) Creating new patents

解答・解析

Questions 1-3 ★★★ 🇺🇸

1. 答案：**C**　先讀要點 **What** → 這是「與什麼有關的報導」？

破題關鍵

由一開頭的敘述 San Francisco-based Fantel Corporation announced today ... 可知，這是與方泰爾公司所發表之內容有關的報導。而接著的 that it intends to sell its manufacturing division to Rao Industries「它有意將製造部門賣給拉奧工業」進一步說明了報導內容，因此表達出此意的 (C) A business plan 就是正確答案。

2. 答案：**B**　先讀要點 **When** →「改變」將於何時發生？

破題關鍵

第 2 題經常會問到「數值」，但要注意別一聽到文章中有「類似數值的資訊」，就急著畫記答案。以這段獨白來說，依序出現的數字包括了 300、10、20 等，而此題重點是在第二句後半的 with the transaction being formally completed on September 10.，正確答案為 (B)。

3. 答案：**D**　先讀要點 **What** → 方泰爾公司已「成功地做了什麼」？

破題關鍵

最後一句，也就是第四句，先提到 In a media release, Fantel Corporation stated that it would focus on design（依據媒體所發布的消息，方泰爾公司表示它將專注於設計），其後接著又說 where it has succeeded in developing hundreds of marketable patents.（已成功開發了數百項市場化的專利）。由此可知 (D) Creating new patents（創造新的專利）便是正確答案。

超越 900　在聽力測驗中，只有 Part 4 的正確選項會包含與文章中相同的單字。但是請注意，只有選項為「換句話說 + 相同單字」的情況才是正確答案，「只有」相同單字的選項則多半為錯誤。如此例的正解 (D) Creating new patents 的底線部分，正是獨白語音最後一句後半部 where it has succeeded in developing hundreds of marketable patents. 的一種「換句話說」，而後面的 patents 則為「相同單字」。另外也請注意，(A) 的 competitors、(B) 的 hardware 及 (C) 的 media 都是獨白語音中也有的「相同單字」。

MP3
068

錄音內容

Questions 1 through 3 refer to the following news report.

↓ **Q1** 這是與什麼有關的報導？

San Francisco-based Fantel Corporation announced today that it intends to sell its manufacturing division to Rao Industries, headquartered in Bangalore. The purchase price remains confidential but many analysts estimate it to be around 300 million dollars, with the transaction being formally completed on September 10. Fantel Corporation had been producing telecommunications hardware for domestic businesses for over 20 years but has recently been losing market share to its major competitors. In a media release, Fantel Corporation stated that it would focus on design, where it has succeeded in developing hundreds of marketable patents.

Q3 方泰爾公司已成功做到的事　　　　　　　　**Q2** 改變將發生於何時？

錄音翻譯

第 1~3 題與以下的新聞報導有關。

位於舊金山的方泰爾公司今天宣布，它有意將其製造部門賣給總部位於班加羅爾的拉奧工業。收購價格依舊保密，但是許多分析師預估約為 3 億美元，而該項交易將於 9 月 10 日正式完成。方泰爾公司為國內企業，生產通訊相關硬體已有超過 20 年的歷史，但近來卻只能將已逐漸喪失的市場占有率拱手讓給了主要的競爭對手。依據媒體所發布的消息，方泰爾公司表示它將專注於已成功開發出數百項市場化專利的設計業務。

問題＆選項翻譯

1. 此報導內容主要與什麼有關？
   (A) 一項產品活動
   (B) 國際貿易
   (C) 一項商業計畫
   (D) 季度業績

2. 根據這篇報導，該項改變將於何時發生？
   (A) 9 月 5 日
   (B) 9 月 10 日
   (C) 9 月 20 日
   (D) 9 月 30 日

3. 方泰爾公司已成功地做到了什麼？
   (A) 賣得比競爭對手還多
   (B) 進入海外的硬體市場
   (C) 設計社群媒體網站
   (D) 創造出新的專利

☐ **-based** [-best] *adj.* 以⋯⋯為據點的

☐ **intend to** 打算⋯⋯；有意⋯⋯

☐ **manufacturing** [ˌmænjəˋfæktʃərɪŋ] *adj.* 製造的；製造業的

☐ **division** [dəˋvɪʒən] *n.* 部門

☐ **headquarter** [ˋhɛdˋkwɔrtə] *vt.* 將⋯⋯的總部設在

☐ **remain** [rɪˋmen] *vi.* 仍是⋯⋯；依然⋯⋯

☐ **confidential** [ˌkɑnfəˋdɛnʃəl] *adj.* 機密的

☐ **analyst** [ˋænḷɪst] *n.* 分析師

☐ **estimate** [ˋɛstəˌmet] *vt.* 估計

☐ **transaction** [trænˋzækʃən] *n.* 交易；買賣

☐ **telecommunications** [ˌtɛlɪkəˌmjunəˋkeʃənz] *n.* 通訊（複數型）

☐ **domestic** [dəˋmɛstɪk] *adj.* 國內的

☐ **competitor** [kəmˋpɛtətə] *n.* 競爭對手

☐ **state** [stet] *vt.* 聲明

☐ **marketable** [ˋmɑrkɪtəbḷ] *adj.* 有市場需求的；可銷售的

☐ **campaign** [kæmˋpen] *n.* 活動

☐ **trade** [tred] *n.* 貿易

☐ **quarterly** [ˋkwɔrtəlɪ] *adj.* 季度的；每季的

☐ **performance** [pəˋfɔrməns] *n.* 業績；成果

☐ **take place** 發生；舉行

☐ **patent** [ˋpætṇt] *n.* 專利

1. According to the speaker, what is a problem for many businesspeople?
(A) Finding efficient airports
(B) Having unproductive waits
(C) Purchasing reliable luggage
(D) Getting accurate research

Ⓐ Ⓑ Ⓒ Ⓓ

2. What does the speaker recommend listeners do?
(A) Reserve tickets early
(B) Limit conference time
(C) Expand a small office area
(D) Use telecommunications

Ⓐ Ⓑ Ⓒ Ⓓ

3. What will the listeners most likely hear next?
(A) Travel schedules
(B) Team listings
(C) Business advice
(D) Desk prices

Ⓐ Ⓑ Ⓒ Ⓓ

4. What is mainly being advertised?

　(A) A seminar

　(B) A book signing

　(C) A facility launch

　(D) A product release

5. Where will people have a chance to speak with Mr. Fong?

　(A) In the auditorium

　(B) In the library lobby

　(C) In the garden

　(D) In the coffee shop

6. What restriction does the advertisement mention?

　(A) Reservations are required.

　(B) Fees are non-refundable.

　(C) Receptions are not open to the general public.

　(D) Event space is limited.

Questions 1-3　★★★　🇬🇧

1. 答案：B　先讀要點 **What →** 許多「商務人士都有什麼問題」？

破題關鍵

一開始就要仔細聆聽才能掌握 Wasted time at the airport is regularly identified as a major problem 這句話所包含的意義——「在機場浪費的時間 ＝ 主要問題」。在聽到接下來的 for many businesspeople. 時，便可確定答案為 (B) Having unproductive waits（做無謂的等待）。

2. 答案：D　先讀要點 **What →** 說話者「建議聽眾做什麼」？

破題關鍵

從整段獨白的開頭到超過中段部分，說話者都在闡述「如何有效運用在機場的等待時間」一事。在介紹過機場會議室之後，則提到 You can also stay connected to clients or the main office through airport wireless systems.，也就是，推薦大家使用機場的無線系統。因此，正確答案為同義的 (D) Use telecommunications。

3. 答案：C　先讀要點 **What →** 聽眾接下來將聽到什麼？

破題關鍵

第 3 題是典型與「後續動作」有關的問題，請將注意力集中在文章最後的部分。由最後一句可知，在接下來的一個小時裡說話者將會告訴聽眾「如何把在機場的一小時時間運用得和在辦公桌前的一小時一樣有效」，換句話說，聽眾將聽到「商務方面的建議」。選項 (C) Business advice 為正確答案。

Questions 1 through 3 refer to the following talk.

↓ **Q1** 對商務人士而言的問題

Wasted time at the airport is regularly identified as a major problem for many businesspeople. Some of you may be taking advantage of e-ticket systems or only bringing carry-on pieces of luggage so that you can get to boarding areas quicker. Those are certainly good ideas. However, you don't have to spend your time idly at major airports. Recent research shows that airport time can be used to get a significant amount of work done. For example, many airports now have conference rooms that you can reserve. Whether you're alone or with a team, make good use of these rooms for in-person or online meetings. You can also stay connected to clients or the main office through airport wireless systems. These are just a few of the tips you'll hear from me today. Over the next hour, I'll show you how you can use an hour at the airport as effectively as you would an hour at your desk.

Q2 給聽眾的建議

Q3 聽眾接著將聽到的內容

錄音翻譯
第 1~3 題與以下的演講內容有關。
在機場浪費的時間經常被視為是商務人士的一大主要問題。你們當中可能有一些人會利用電子機票系統或只帶隨身行李，藉此更快到達登機區。這些確實都是好主意。然而，你根本不必浪費時間在那些大機場閒著。最近的研究顯示，在機場的時間可用來完成相當多的工作。例如，現在很多機場都有會議室可供你預約。不論你是一個人還是與一組團隊同行，都可充分利用這些房間進行面對面或線上會議。你還可以透過機場的無線網路系統與客戶或總公司保持聯繫。這些都只是各位今天將從我這兒聽到的一小部分訣竅而已。在接下來的一小時裡，我將告訴各位如何把在機場的一小時時間運用得和在辦公桌前的一小時一樣有效。

1. 依據說話者所言，許多商務人士都有什麼問題？

    (A) 尋找有效率的機場

    (B) 做無謂的等待

    (C) 購買可靠的行李

    (D) 獲得準確的研究結果

2. 說話者建議聽眾們做些什麼？

    (A) 早點預約機票

    (B) 限制會議時間

    (C) 擴展小型的辦公室區域

    (D) 使用電信通訊

3. 聽眾們接下來最有可能聽到什麼？

    (A) 旅遊行程

    (B) 團隊一覽表

    (C) 商務方面的建議

    (D) 桌子的價格

☐ **wasted** [`westɪd] *adj.* 浪費的

☐ **take advantage of** 利用……

☐ **luggage** [`lʌgɪdʒ] *n.* 行李

☐ **idly** [`aɪdḷɪ] *adv.* 無所事事地；閒著

☐ **significant** [sɪg`nɪfəkənt] *adj.* 相當分量的

☐ **make good use of** 善用……

☐ **tip** [tɪp] *n.* 訣竅；提示

☐ **efficient** [ɪ`fɪʃənt] *adj.* 有效率的

☐ **unproductive** [ˌʌnprə`dʌktɪv] *adj.* 無生產力的

☐ **accurate** [`ækjərɪt] *adj.* 準確的

☐ **recommend** [ˌrɛkə`mɛnd] *vt.* 建議

☐ **expand** [ɪk`spænd] *vt.* 擴展

☐ **telecommunications** [ˌtɛlɪkəˌmjunə`keʃənz] *n.* 電信；通訊（複數型）

☐ **listing** [`lɪstɪŋ] *n.* 名單；一覽表（用複數）

☐ **identify** [aɪ`dɛntəˌfaɪ] *vt.* 認定

☐ **carry-on** [`kærɪˌɑn] *adj.* 隨身攜帶的

☐ **boarding** [`bordɪŋ] *n.* 登機

☐ **research** [rɪ`sɝtʃ] *n.* 研究

☐ **conference room** 會議室

☐ **in-person** [ɪn`pɝsn] *adj.* 面對面的；親自

☐ **effectively** [ɪ`fɛktɪvlɪ] *adv.* 有效地

Questions 4-6　★★　

4. 答案：A 先讀要點 **What** → 廣告在「宣傳什麼」？

破題關鍵

此篇獨白一開頭便宣布賽門・馮先生將來訪。接著在第三句中提到「身為曾經獲獎的科學家，也是《時間與空間》一書作者的馮先生，將會談到『最新理論與專業領域趨勢』」，由此可知，廣告應該是在宣傳一場研討會，故答案為 (A) A seminar。

5. 答案：C 先讀要點 **Where** → 人們有機會「在哪裡與馮先生對話」？

破題關鍵

只要預先瀏覽過問題，就會知道這篇獨白裡一定包含了「人們有機會與馮先生對話」之相關資訊。在聽到第四句開頭處的 Afterwards, there will be a coffee reception in the garden outside（之後，在外面的花園中會有一個咖啡接待會）時，應該就能預測這極可能就是可對話的地點。在聽到 to ask Mr. Fong any questions you may have. 時，即可確定正確答案為 (C) In the garden。

6. 答案：D 先讀要點 **What** → 此廣告提到了「什麼限制」？

破題關鍵

這題也能透過預先瀏覽問題的方式，先推測出「文章中有某處會提到某種限制」。在聽到第六句一開始的 Reservations are not necessary（不必預約），即可排除選項 (A)。而由 but seating is limited to the first 300 who arrive.（但座位僅限前 300 名）的敘述即可知，正確答案是 (D) Event space is limited。

Questions 4 through 6 refer to the following advertisement.

Q4 廣告內容

Northwest Library is pleased to announce the upcoming appearance of Simon Fong. This will take place on December 4 at 6:00 P.M. in our main auditorium. Mr. Fong, award-winning scientist and author of the book *Time and Space*, will speak about some of his latest theories and some of the most exciting trends taking place in his field. Afterwards, there will be a coffee reception in the garden outside, where you may have a chance to ask Mr. Fong any questions you may have. This will be an outstanding educational and social opportunity, available to the public at no fee. Reservations are not necessary but seating is limited to the first 300 who arrive. We hope to see you there!

Q6 廣告中所敘述的限制

Q5 在哪裡會有機會和馮先生對話？

第 4~6 題與以下的廣告有關。

西北圖書館很高興地宣布，賽門·馮先生即將來訪。此次活動將於 12 月 4 日下午 6 點在我們的大禮堂舉行。身為曾經獲獎的科學家，也是《時間與空間》一書作者的馮先生，將會談到他的一些最新理論以及在他的專業領域中正在發生的一些最值得矚目的趨勢。而之後，在外面的花園中會有一個咖啡接待會，在那兒您可能有機會問馮先生任何問題。這將是個絕佳的教育和社交機會，免費開放給大眾參與。不必預約，但是座位僅限先到場的前 300 名。我們衷心期盼在會場與您相見！

問題 & 選項翻譯

4. 此廣告主要在宣傳什麼？

    (A) 一場研討會

    (B) 一場簽書會

    (C) 一項設施的啓用

    (D) 一場產品發表會

5. 人們將有機會在哪裡和馮先生對話？

    (A) 在禮堂裡

    (B) 在圖書館大廳中

    (C) 在花園內

    (D) 在咖啡廳裡

6. 此廣告提到了什麼限制？

    (A) 必須預約。

    (B) 無法退費。

    (C) 接待會不公開給一般大眾參與。

    (D) 活動的空間有限。

☐ **pleased** [plizd] *adj.* 高興的

☐ **upcoming** [ˋʌpˏkʌmɪŋ] *adj.* 即將來臨的

☐ **auditorium** [ˏɔdəˋtorɪəm] *n.* 禮堂

☐ **award-winning** [əˋwɔrdˋwɪnɪŋ] *adj.* 曾經獲獎的

☐ **field** [fild] *n.* 領域

☐ **afterwards** [ˋæftəwədz] *adv.* 之後

☐ **reception** [rɪˋsɛpʃən] *n.* 接待會；歡迎會

☐ **outstanding** [ˋautˋstændɪŋ] *adj.* 優秀的；出眾的

☐ **available** [əˋveləbl] *adj.* 可利用的；可獲得的

☐ **facility** [fəˋsɪlətɪ] *n.* 設施

☐ **launch** [lɔntʃ] *n.* 發布；推出

☐ **release** [rɪˋlis] *n.* 發表

☐ **required** [rɪˋkwaɪrd] *adj.* 必需的

☐ **non-refundable** [ˏnɑnrɪˋfʌndəbl] *adj.* 不可退款的

攻略 23 戰勝「訊息」、「公告」與「廣告」等題型
考試時要能記得住聽到的單字

▌考前先針對獨白情境做足準備，增加臨場反應力！

許多人在進行聽力測驗時，只要能聽出最近剛背過的較難單字，往往就感到十分滿足，但這是不夠的！在測驗當中，要做的不是在聽到的英文中尋找已知單字，而是要能夠立即回想起過去學過的英語表達方式、句型結構及背景知識等，以推導出正確答案。因此，請務必在腦中熟記大量單字、句型與背景設定，才能在測驗當中迅速而正確的應答。

而 Part 4 只有說明型的獨白文章，因此可先熟悉各種開場的表達方式與背景情境，然後記住幾種最具代表性的獨白情境設定，如此一來，正式測驗時便能在英文語音開始播放時就先判斷其類型，並掌握在該情境下會出現的流程。請務必學會並徹底掌握在**攻略 23**、**攻略 24** 介紹的幾種文章類型。

❏ 語音類訊息

包括設施、醫院、商店的確認訊息，在商務上與商品及訂購有關的查詢以及電話語音指引等。

聆聽要點 準備好聽取「目的」、「星期幾」、「時間」、「今後的聯絡方式」等細節資訊。

確認訊息

開頭 **This is Healthful Dentist calling to remind Mr. Moore of his appointment on Saturday, 3:00 P.M.**
（這裡是健康牙科診所，我們打電話來是為了提醒穆爾先生關於他週六下午 3 點的預約。）
流程 來電者的自我介紹 → 打電話來的目的 → 解決方案 → 確認事項 → 聯絡方式

商務相關

開頭 **Mr. Hall, this is Roger Taylor speaking.**（霍爾先生，我是羅傑‧泰勒。）
流程 打給誰的電話？ → 來電者的自我介紹 → 聯絡事項 → 解決方案

電話語音

開頭 **Thank you for calling the Peter's Museum.**（感謝您致電彼得美術館。）

You have reached Top Supermarket.（您已接通至頂峰超市。）

流程 電話所打到的地點 → 營業時間、星期幾 → 依不同目的分別指示該按的數字鍵或做其他說明

❑ 公告

包括機場的登機指示，機艙內廣播，在公共設施、商店、購物中心、商務活動會場及公司內部等處的公告通知。

聆聽要點 務必在一開始的幾秒內掌握「地點」和「說話者」。

機場廣播

開頭 **Welcome to Heathrow International Airport.**（歡迎光臨希思洛國際機場。）

流程 問候 → 航班延誤及理由、登機門的變更 → 替代方案及注意事項

機內廣播

開頭 **Good morning, passengers, this is your pilot ....**

（各位乘客早安，我是機長……。）

Attention all passengers.（所有乘客請注意。）

流程 問候 → 現狀說明 → 到達目的地的時間與氣候狀況 → 電影、餐點服務說明

❑ 廣告

包括銷售、新產品介紹、餐廳及飯店等之廣告。

聆聽要點 一開始就要確認「說話者」、「聽話者」以及「所宣傳的事物」。若遇到商品價格、折扣比率等與數值有關的問題時，就要準備好聆聽對應部分的語音。

銷售相關說明

開頭 **Attention shoppers.**（各位購物來賓請注意。）

We will be closing in 10 minutes.（再過 10 分鐘我們就要打烊了。）

流程 說話者的自我介紹 → 商品說明 → 優惠與折扣 → 購買方法

餐廳

開頭 **There will be a banquet tonight at the Toni restaurant from 7:00 P.M. to 9:00 P.M.**（今晚 7 點到 9 點，在東尼餐廳會有一場宴會。）

流程 問候 → 地點 → 菜色說明 → 點菜

攻略 **24**　戰勝「演說」、「新聞」與「導覽解說」等題型
進階程度的人要能理解文章整體內容

為了能正確聽懂 Part 4 的獨白文章，請參考以下所列舉的要點，在做練習時必須將文章的開頭、情境設定等都確認一遍。不過請注意，聽力測驗的高分關鍵不在於所有的單字都能鉅細靡遺地聽清楚，而是要能夠聽出重要訊息並掌握住文章的整體內容。

❏ 演說

包括公司內部的演說、主持人對得獎者的介紹、活動介紹、展示說明、研討會等。

聆聽要點 常見主題包括公司內部的就任與退休演說、活動介紹、展示說明、研討會，以及在主角或得獎者上台前的人物介紹等。遇到這種題型時，請注意這是與什麼有關的演說？聆聽演說的又是誰？

退休演說、人物介紹

開頭 **May I have your attention, please?**（是不是請大家注意聽我說？）
Good morning, thank you all for coming to ....
（早安，感謝你們來到……。）
I regret to inform you that Mr. Ingram, ...
（很遺憾地通知你們，英格蘭先生……。）

流程 聚會主旨 → 演講者的經歷 → 該人物今後的頭銜及對他的期望 → 歡迎

公司內部活動

開頭 **Attention employees, ...**（各位員工請注意，……。）
I'm pleased that the company will expand ....
（我很高興公司將擴大……。）

流程 問候 → 活動時程 → 細節 → 後續作業

❏ 新聞報導

包括新聞、交通資訊（塞車、事故）、天氣預報、災情報告等。

聆聽要點 由於此類型的資訊量較多，故須掌握必要資訊為現狀、原因或指示中的何者，以便準備聽取。

新聞

開頭 **And now for the business update. This is Monica Ramirez with the Market Today.**

（現在為您報導最新商業新聞。我是「今日市場」的莫妮卡・拉米雷斯。）

流程 新聞主題 → 現狀 → 應變方法及指示 → 對未來的預測 → 下一個節目

交通資訊

開頭 **Good afternoon, listeners. This is Thomas Bailey with your traffic news on Tuesday.**

（各位聽眾，午安。我是湯瑪斯・貝利，為您帶來週二的交通資訊。）

流程 自我介紹 → 交通資訊或現狀 → 應變方法及建議 → 對未來的預測 → 下一個節目

❏ 導覽解說

包括觀光地、工廠、美術館等的導覽。

聆聽要點 通常一開始是導遊的自我介紹以及與導覽地點、歷史等有關的說明，而午飯時間和集合時間經常會成為考題。另外也請一邊思考一邊注意聽取下一個要去的地點。

觀光導覽

開頭 **Good morning, My name is Tim Lawrence. I'll be your tour guide today.**

（早安，我叫提姆・羅倫斯。我是你們今天的導遊。）

I'd like to thank you for touring with me.（感謝你們與我一同遊覽。）

Thank you for joining us for the tour ....（感謝您參加我們的……之旅。）

流程 自我介紹 → 觀光行程 → 注意事項 → 飲食相關指引 → 下一步行動及地點

參觀工廠、美術館

開頭 **Welcome to the Central Green Art Museum.**

（歡迎來到中央綠色美術館。）

I'll be showing around the manufacturing plant today.

（今天我將帶各位參觀本製造工廠。）

流程 自我介紹 → 現在位置 → 建築物的結構及歷史 → 注意事項 → 下一步行動及地點

Example

MP3 071

1. What type of business most likely is APO?
(A) A consulting agency
(B) A private hospital
(C) A charity group
(D) An investment firm

Ⓐ Ⓑ Ⓒ Ⓓ

2. Why are listeners directed to a Website?
(A) To post personal feedback
(B) To understand developments
(C) To sign up for work projects
(D) To donate to find cures

Ⓐ Ⓑ Ⓒ Ⓓ

3. Who is Samantha Collins?
(A) A meal server
(B) An educator
(C) A senior vice-president
(D) A financial grant manager

Ⓐ Ⓑ Ⓒ Ⓓ

解答・解析

Questions 1-3 ★★★

1. 答案：C 先讀要點 **What** → APO 屬於哪種行業？

破題關鍵

這段談話一開始先對參加晚宴的人們表達謝意，然而第一句後半 for which each of you paid 5,000 Pounds.（你們每個人都為此付出了 5,000 英鎊）卻提到付款金額，感覺不太像是一般的晚宴致詞。但是在繼續聽完第二句 We at the Atlantic-Pacific Organization, or APO, will use the money we raise here to fund various research in the medical field. 便會發現，這是個提供資金給醫療領域中各種研究的團體。而接著的第三句也以 As a non-profit organization（做為一個非營利組織）起頭，由此可確定正確答案是 (C) A charity group。

2. 答案：B 先讀要點 **Why** → 聽眾「為何被引導至一個網站」？

破題關鍵

談話第四句提到了 We encourage you to visit our Website（我們鼓勵您上我們的網站），這時只要注意聆聽接下來 to 之後的部分即可。後面說的是 to find out more details about the work we're involved in.（以了解更多有關我們所參與之工作的細節），因此，表達類似意思的 (B) To understand developments 就是正確答案。

3. 答案：B 先讀要點 **Who** → 莎曼莎・柯林斯是什麼人？

破題關鍵

莎曼莎・柯林斯這個名字到了第五句才首次出現。聽見 we're going to hear from Samantha Collins, ... 時就要馬上做好仔細聆聽的準備。而依據接著的 senior professor at Baker University. 可知，她是個「教育工作者」。正確答案為 (B) An educator。

錄音內容

Questions 1 through 3 refer to the following speech.

Q1 APO 的行業別

Thank you for attending this dinner, for which each of you paid 5,000 pounds. We at the Atlantic-Pacific Organization, or APO, will use the money we raise here to fund various research in the medical field. As a non-profit organization, our funds enable researchers to look for cures for many of the most severe diseases. We encourage you to visit our Website to find out more details about the work we're involved in. Before we begin serving you the promised 4-course meal, we're going to hear from Samantha Collins, senior professor at Baker University. She's going to explain how her institution has benefitted from receiving regular financial grants from us.

Q3 莎曼莎·柯林斯是什麼人？　　　　　　Q2 將聽眾引導至網站的理由

錄音翻譯

第 1~3 題與以下的致詞內容有關。

感謝各位出席本晚宴，為此你們每個人都支付了 5,000 英鎊。我們大西洋－太平洋組織，或稱 APO，將運用這些募得的款項來資助醫學領域中的各種研究。做為一個非營利組織，我們的資金讓研究人員能夠去尋找治療許多最嚴重疾病的方法。我們鼓勵您上我們的網站，以了解更多有關我們所參與之工作的細節。在開始上預定的四道菜餐點前，我們要先請貝克大學的資深教授，莎曼莎·柯林斯來為我們說幾句話。她將說明她所屬的機構如何受益於我們的定期財務補助。

問題 & 選項翻譯

1. APO 最有可能屬於哪種行業？

    (A) 顧問公司

    (B) 民營醫院

    (C) 慈善團體

    (D) 投資公司

2. 聽眾們為何被引導至一個網站？

    (A) 為了張貼個人意見

    (B) 為了了解發展狀況

    (C) 為了申請工作專案

    (D) 為了捐款以找出治療方法

3. 莎曼莎·柯林斯是什麼人？

    (A) 上菜的服務生

    (B) 教育工作者

    (C) 資深副總裁

    (D) 財務補助經理

□ **raise** [rez] *vt.* 募集

□ **non-profit organization** 非營利組織 (NPO)

□ **disease** [dɪˋziz] *n.* 疾病

□ **institution** [ˌɪnstəˋtjuʃən] *n.* 機構

□ **financial** [faɪˋnænʃəl] *adj.* 財務的；金融的

□ **consulting** [kənˋsʌltɪŋ] *adj.* 諮詢的

□ **investment** [ɪnˋvɛstmənt] *n.* 投資

□ **feedback** [ˋfidˌbæk] *n.* （來自接收資訊與問題方的）回饋意見

□ **donate** [ˋdonet] *vi.* 捐贈

□ **educator** [ˋɛdʒʊˌketə] *n.* 教育工作者

□ **fund** [fʌnd] *vt.* 提供資金

□ **cure** [kjʊr] *n.* 治療方法

□ **involve** [ɪnˋvɑlv] *vt.* 涉及

□ **benefit** [ˋbɛnəfɪt] *vi.* 受益

□ **grant** [grænt] *n.* 補助金

1. According to the speaker, when was the equipment last replaced?

(A) 1 year ago

(B) 3 years ago

(C) 4 years ago

(D) 6 years ago

Ⓐ Ⓑ Ⓒ Ⓓ

2. Where was the factory cited as one of the best?

(A) Over the Internet

(B) In an employee survey

(C) At a government facility

(D) In a university study

Ⓐ Ⓑ Ⓒ Ⓓ

3. What are listeners asked to do?

(A) Speak with company staff

(B) Wear protective clothing

(C) Enjoy a free meal

(D) Contact a fitness center

Ⓐ Ⓑ Ⓒ Ⓓ

MP3
073

4. What is mainly being advertised?

(A) A line of cars

(B) A vacation package

(C) A repair center

(D) A business service　　　Ⓐ Ⓑ Ⓒ Ⓓ

5. What feature is mentioned in the advertisement?

(A) Competitive prices

(B) High speed

(C) Large profits

(D) Significant comfort　　　Ⓐ Ⓑ Ⓒ Ⓓ

6. According to the advertisement, who provided an endorsement?

(A) A taxi corporation

(B) A business association

(C) A news service

(D) A car manufacturer　　　Ⓐ Ⓑ Ⓒ Ⓓ

🔑 答案與解析

Questions 1-3 ★★

1. 答案：B 先讀要點 **When** → 最後一次「替換設備是在何時」？

破題關鍵

預先瀏覽過問題後，在等待獨白播放時心中反覆默念 when、equipment、replace 等單字，就會注意到第三句的 For instance, most of its equipment was replaced with the newest models ...（比如說，它的大部分設備都替換成了最新型號），而其後接著說 only 3 years ago.，因此正確答案便是 (B) 3 years ago。

2. 答案：A 先讀要點 **Where** → 此工廠「在何處被列舉」為最佳設施之一？

破題關鍵

由第四句提到的 One year ago, it was even cited by www.production21.com 可知，該工廠曾被網站列舉出來，而依據接在其後的 as "one of the best facilities in its industry"（為「業界中的最佳設施之一」），更可確認題目問的就是這部分。因此，正確答案即為 (A) Over the Internet（在網路上）。

3. 答案：B 先讀要點 **What** → 聽眾們被要求做什麼？

破題關鍵

根據最後一句 Please put on your safety helmets and glasses ...（請戴上您的安全帽與護目鏡）可知，將確保安全用的「安全帽」與「眼鏡」改以「防護衣物」來表達的 (B) Wear protective clothing 就是正確答案。

錄音內容

Questions 1 through 3 refer to the following talk.

Q1 設備是何時替換的？

The Waterston Chemical Factory Number 7 has been in operation for over 48 years. Yet, it's a very up-to-date facility because it has been regularly upgraded. For instance, most of its equipment was replaced with the newest models only 3 years ago. One year ago, it was even cited by www.production21.com as "one of the best facilities in its industry." We also have very motivated and loyal staff. That's because we have a large number of conveniences for them, including a fitness center, cafeteria that offers one free meal per work shift, and a fully-stocked lounge that has audio and video players. Please put on your safety helmets and glasses and I'll lead you inside.

Q3 聽眾被要求做的事   Q2 列舉了該工廠的地方

錄音翻譯

第 1~3 題與以下的發言內容有關。

沃特斯頓 7 號化學廠已運作超過 48 年。但它仍是個非常現代化的設施，因為它一直定期升級。比方說，它的部分設備在 3 年前才都替換成了最新型號。而一年前，它甚至被 www.production21.com 網站列為「業界中的最佳設施之一」。我們也擁有非常積極又忠誠的員工。那是因為我們提供給員工大量的便利設施，包括一個健身中心、為每個工作班次提供一頓免費餐點的自助餐廳，還有一個具備影音播放器且儲備充足的休息室。請戴上您的安全帽與護目鏡，我將帶領各位進入工廠內部參觀。

1. 依據發言者所述，設備最後一次替換是在何時？

   (A) 1 年前

   (B) 3 年前

   (C) 4 年前

   (D) 6 年前

2. 此工廠在何處被列舉為最佳設施之一？

   (A) 在網路上

   (B) 在一次員工調查中

   (C) 在一個政府設施中

   (D) 在某項大學研究中

3. 聽眾們被要求做什麼？

   (A) 與公司員工說話

   (B) 穿著防護衣物

   (C) 享受一頓免費的餐點

   (D) 與一間健身中心聯繫

□ **chemical** [ˋkɛmɪkl̩] *adj.* 化學的

□ **factory** [ˋfæktərɪ] *n.* 工廠

□ **operation** [ˌɑpəˋreʃən] *n.* 運作；營運

□ **up-to-date** *adj.* 最新的

□ **upgrade** [ʌpˋgred] *vt.* 升級

□ **equipment** [ɪˋkwɪpmənt] *n.* 設備；器材

□ **replace** [rɪˋples] *vt.* 替換

□ **cite** [saɪt] *vt.* 引用；舉出

□ **motivated** [ˋmotɪvetɪd] *adj.* 積極的

□ **loyal** [ˋlɔɪəl] *adj.* 忠誠的

□ **convenience** [kənˋvinjəns] *n.* 便利的設施

□ **fully-stocked** *adj.* 儲備齊全的

□ **survey** [ˋsɝve] *n.* 調查

□ **protective** [prəˋtɛktɪv] *adj.* 保護的；防護的

Questions 4-6 　★★★　

MP3
073

4. 答案：D　先讀要點 **What** → 本文在廣告什麼？

破題關鍵

此篇獨白一開頭問到「您公司的主管們是否將時間浪費在交通移動上」，接著第二句則提到「讓我們協助您」。然後在第三句繼續說明提供幫助的具體方法：「私家車與司機們能將人載往主要地點」。由此可推斷，這篇廣告的內容應為「商務接送服務」，故正確答案就是內容最接近的 (D) A business service。

5. 答案：D　先讀要點 **What** → 文中提到了「什麼樣的特色」？

破題關鍵

第四句以 Reclining in the plush rear seats of our luxury vehicles, 起頭，提到了豪華的轎車配備，接著的 your executives can either relax or work from their laptops, tablets, or cell phones. 則談到對使用者而言的便利之處。因此，能表達出此意涵的 (D) Significant comfort 即為正確答案。

6. 答案：C　先讀要點 **Who** → 誰提供了背書？

破題關鍵

在預先瀏覽時，腦袋裡應該能留下 endorsement（背書）這個單字。接著在聽見第六句的 This is why we were endorsed by ... 時，只要專心聽取其後內容即可獲得有用資訊。後面說的是 *TXN Business News*, who rated us 5 out of 5 stars., 很顯然，*TXN Business News* 為一家提供新聞的公司，因此 (C) A news service 為正確答案。

Questions 4 through 6 refer to the following advertisement.

Q4 所廣告的事物

Are your executives losing valuable time traveling around town between appointments or to transportation centers such as airports or train stations? Let L-X Corporation help. Our fleet of private cars and drivers can take your people anywhere they need to go within most major cities of the east and northeast regions of the country. Reclining in the plush rear seats of our luxury vehicles, your executives can either relax or work from their laptops, tablets, or cell phones. Our cars provide much more space than taxis, along with smoother and quieter rides and greater privacy. This is why we were endorsed by *TXN Business News*, who rated us 5 out of 5 stars. E-mail us at info@lxcorponline.net to find out why so many corporations are turning to us to get their senior staff where they need to go — on time, refreshed, and ready to succeed.

Q6 在廣告中，誰做了背書？

Q5 廣告所敘述的特色

第 4~6 題與以下的廣告有關。

您的業務主管們是否在城鎮中奔波於多場商務會面之間，或是在前往機場、火車站等交通中心時失去了寶貴的時間呢？讓 L-X 公司協助您。我們由私家車與司機所組成的車隊，可將您的人帶往國內東部和東北部地區多數主要城市中任何他們必須去的地點。斜倚在我們高級轎車的豪華後座上，您的業務主管可以放鬆休息，或者用筆記型電腦、平板電腦或手機來工作。我們的車輛提供的空間比計程車大得多，坐起來感覺更平穩、更安靜，還能保有高度隱私。這就是為什麼我們能獲得《TXN 商業新聞》的背書，把我們評定為 5 顆星中的 5 星級的原因。請寄電子郵件至 info@lxcorponline.net 給我們，以了解為什麼有這麼多公司找我們接送其高層人員到所需前往的地點，而且不僅能準時抵達，還可以精神奕奕地準備好面對挑戰、迎接勝利。

問題＆選項翻譯

4. 本文主要在廣告什麼？
   (A) 一系列汽車
   (B) 一個套裝假期
   (C) 一家維修中心
   (D) 一項商務服務

5. 在此廣告中，提到了什麼樣的特色？
   (A) 具競爭力的價格
   (B) 高速
   (C) 廣大的利益
   (D) 顯著的舒適性

6. 根據此篇廣告，誰提供了背書？
   (A) 一家計程車行
   (B) 一個商業協會
   (C) 一家新聞社
   (D) 一個汽車製造商

☐ **executive** [ɪgˋzɛkjʊtɪv] *n.* 業務主管；高層管理人員

☐ **transportation** [͵trænspəˋteʃən] *n.* 交通、運輸

☐ **fleet** [flit] *n.* 車隊

☐ **region** [ˋridʒən] *n.* 地區

☐ **recline** [rɪˋklaɪn] *vi.* 斜倚

☐ **plush** [plʌʃ] *adj.* 豪華的

☐ **rear** [rɪr] *adj.* 後面的

☐ **luxury** [ˋlʌkʃərɪ] *adj.* 高級的；奢華的

☐ **vehicle** [ˋviɪkl̩] *n.* 車輛

☐ **laptop** [ˋlæptɑp] *n.* 筆記型電腦

☐ **tablet** [ˋtæblɪt] *n.* 平板電腦

☐ **endorse** [ɪnˋdɔrs] *vt.* 背書

☐ **competitive** [kəmˋpɛtətɪv] *adj.* 具競爭力的

☐ **profit** [ˋprɑfɪt] *n.* 利益

☐ **significant** [sɪgˋnɪfəknet] *adj.* 顯著的；重大的

☐ **association** [ə͵sosɪˋeʃən] *n.* 協會

☐ **manufacturer** [͵mænjəˋfæktʃərə] *n.* 製造商；廠商

如何擺脫學習低潮

Q：我的記憶力很差，所以記不住單字。

A：其實記不住英文單字不是因為記憶力很差，而是因為自認「自己記憶力不好」而逃避背單字所致。單字背了卻忘記乃理所當然之事，因為人腦畢竟不是電腦。背過的單字若是忘了，就再背一次，反覆進行「背誦→忘記→再背→徹底記住」的程序，只要努力一定會有收穫！

Q：我缺乏節奏感與絕對音感，所以不擅長應付聽力測驗。

A：就英語的聽、說而言，在某個程度上或許確實需要一些節奏感，但是沒有「絕對音感」的人也肯定能聽懂英語。說「沒有完美的聽覺能力，再怎麼學英語也是白搭」的人，只是想找藉口罷了。別一心認定自己就是「不擅長」、「不行」，多多練習才是王道。

對於母語為中文的台灣人來說，要能「聽得懂英語」確實需要花一段時間。首先可利用本書，有效率地學習 TOEIC 技巧，並考取高分。在考出令自己滿意的分數之後，就不可再畫地自限於 TOEIC，而應朝向更遠大的目標，累積出真正的實力。讓我為你加油！

第 5 章

模擬測驗
Practice Test

學習的最終階段就是要挑戰模擬測驗。

本模擬測驗與正式測驗相同，總共 100 題。

針對答錯或沒聽懂的部分，一定要徹底檢討，找出原因反覆練習。

請把 CD 準備妥當，馬上開始測驗吧！

| 題目 | ▶ p. 178 |
| 詳解 | ▶ p. 205 |

1.

ⒶⒷⒸⒹ

2.

ⒶⒷⒸⒹ

3.

4.

Ⓐ Ⓑ Ⓒ Ⓓ

5.

Ⓐ Ⓑ Ⓒ Ⓓ

6.

Ⓐ Ⓑ Ⓒ Ⓓ

7.

Ⓐ Ⓑ Ⓒ Ⓓ

8.

Ⓐ Ⓑ Ⓒ Ⓓ

9.

Ⓐ Ⓑ Ⓒ Ⓓ

10.

Ⓐ Ⓑ Ⓒ Ⓓ

Part 2

11. Mark your answer on your answer sheet.　　Ⓐ Ⓑ Ⓒ

12. Mark your answer on your answer sheet.　　Ⓐ Ⓑ Ⓒ

13. Mark your answer on your answer sheet.　　Ⓐ Ⓑ Ⓒ

14. Mark your answer on your answer sheet.　　Ⓐ Ⓑ Ⓒ

15. Mark your answer on your answer sheet.　　Ⓐ Ⓑ Ⓒ

16. Mark your answer on your answer sheet.　　Ⓐ Ⓑ Ⓒ

17. Mark your answer on your answer sheet.　　Ⓐ Ⓑ Ⓒ

18. Mark your answer on your answer sheet.　　Ⓐ Ⓑ Ⓒ

19. Mark your answer on your answer sheet.　　Ⓐ Ⓑ Ⓒ

20. Mark your answer on your answer sheet.　　Ⓐ Ⓑ Ⓒ

21. Mark your answer on your answer sheet.　　Ⓐ Ⓑ Ⓒ

22. Mark your answer on your answer sheet.　　Ⓐ Ⓑ Ⓒ

23. Mark your answer on your answer sheet.　　Ⓐ Ⓑ Ⓒ

24. Mark your answer on your answer sheet.　　Ⓐ Ⓑ Ⓒ

25. Mark your answer on your answer sheet.　　Ⓐ Ⓑ Ⓒ

26. Mark your answer on your answer sheet. Ⓐ Ⓑ Ⓒ

27. Mark your answer on your answer sheet. Ⓐ Ⓑ Ⓒ

28. Mark your answer on your answer sheet. Ⓐ Ⓑ Ⓒ

29. Mark your answer on your answer sheet. Ⓐ Ⓑ Ⓒ

30. Mark your answer on your answer sheet. Ⓐ Ⓑ Ⓒ

31. Mark your answer on your answer sheet. Ⓐ Ⓑ Ⓒ

32. Mark your answer on your answer sheet. Ⓐ Ⓑ Ⓒ

33. Mark your answer on your answer sheet. Ⓐ Ⓑ Ⓒ

34. Mark your answer on your answer sheet. Ⓐ Ⓑ Ⓒ

35. Mark your answer on your answer sheet. Ⓐ Ⓑ Ⓒ

36. Mark your answer on your answer sheet. Ⓐ Ⓑ Ⓒ

37. Mark your answer on your answer sheet. Ⓐ Ⓑ Ⓒ

38. Mark your answer on your answer sheet. Ⓐ Ⓑ Ⓒ

39. Mark your answer on your answer sheet. Ⓐ Ⓑ Ⓒ

40. Mark your answer on your answer sheet. Ⓐ Ⓑ Ⓒ

Part 3

41. What did the woman notice about the man?
    (A) His score was low.
    (B) He didn't order an appetizer.
    (C) He lost his memory.
    (D) He ate a little. Ⓐ Ⓑ Ⓒ Ⓓ

42. What does the woman suggest the man do?
    (A) To press a buzzer
    (B) To have a checkup
    (C) To take medicine
    (D) To shave off his beard Ⓐ Ⓑ Ⓒ Ⓓ

43. What will happen at 1:00 P.M.?
    (A) The man will telephone someone.
    (B) The doctor will examine a microscope.
    (C) They will have lunch.
    (D) A client will come. Ⓐ Ⓑ Ⓒ Ⓓ

GO ON TO THE NEXT PAGE

MP3
115

44. What is the problem?
    (A) A manager is on vacation.
    (B) A company went bankrupt.
    (C) They had an old computer installed.
    (D) Their hotel room is too spacious.   Ⓐ Ⓑ Ⓒ Ⓓ

45. When did the man start working at the company?
    (A) 1 year ago
    (B) 3 years ago
    (C) 4 years ago
    (D) 7 years ago   Ⓐ Ⓑ Ⓒ Ⓓ

46. What does the woman say she will do next?
    (A) Look into a customer service
    (B) Create a website
    (C) Check her availability
    (D) Refund her money   Ⓐ Ⓑ Ⓒ Ⓓ

47. Why will the main office be closed?
    (A) It is far from the station.
    (B) Staff doesn't have enough money.
    (C) The building will be renovated.
    (D) Business is slow.　　　　　　　　　ⒶⒷⒸⒹ

48. Where will the sales staff work from March?
    (A) In the main office
    (B) In Detroit
    (C) In New York
    (D) At home　　　　　　　　　　　　　ⒶⒷⒸⒹ

49. According to the man, which equipment will be covered by company expenses?
    (A) Multiplication tables
    (B) Printers
    (C) A white board
    (D) A coffee-maker　　　　　　　　　　ⒶⒷⒸⒹ

50. Where is this conversation probably taking place?
    (A) At a gas station
    (B) At a construction site
    (C) In a train
    (D) In a car (A)(B)(C)(D)

51. What does the woman suggest the man do?
    (A) Drop her off at the traffic light
    (B) Refuel an automobile
    (C) Make a schedule change
    (D) Drive more than 2 hours (A)(B)(C)(D)

52. What is inferred about the gasoline prices?
    (A) It is constantly fluctuating.
    (B) It has dropped to $4.
    (C) It has soared to $4.
    (D) It has shown no change recently. (A)(B)(C)(D)

53. Where most likely are the speakers?
    (A) In a boutique
    (B) In a hardware shop
    (C) In a museum
    (D) In an art gallery   Ⓐ Ⓑ Ⓒ Ⓓ

54. Which one is one of the original colors in the line?
    (A) Sky blue
    (B) Silver
    (C) Red
    (D) Black   Ⓐ Ⓑ Ⓒ Ⓓ

55. What is probably true about the woman?
    (A) She has never been this shop before.
    (B) She has sharp eyes.
    (C) She is selecting a birthday present.
    (D) She will pay by cash.   Ⓐ Ⓑ Ⓒ Ⓓ

GO ON TO THE NEXT PAGE

56. What was the man waiting for?
    (A) The arrival of headphones
    (B) A phone call from Montreal branch
    (C) A schedule of today's seminar
    (D) Invitation from a guest speaker   Ⓐ Ⓑ Ⓒ Ⓓ

57. What is inferred about the guest speaker?
    (A) His flight has been delayed.
    (B) His ship is bound for France.
    (C) He doesn't speak English.
    (D) He can't hear well.   Ⓐ Ⓑ Ⓒ Ⓓ

58. What does the woman suggest they do?
    (A) Trace the package
    (B) Reschedule the seminar
    (C) Use headset and microphone simultaneously
    (D) Ask translator to interpret in another way   Ⓐ Ⓑ Ⓒ Ⓓ

59. What does the woman want to know?
    (A) The date of the event
    (B) The base of the parent company
    (C) The title of a musical
    (D) The names of some songs   Ⓐ Ⓑ Ⓒ Ⓓ

60. Who most likely is the man?
    (A) Spokesperson
    (B) Composer
    (C) Sports club instructor
    (D) Street performer   Ⓐ Ⓑ Ⓒ Ⓓ

61. What will the man do in an event this year?
    (A) Send for his favorite musician
    (B) Use the same songs again
    (C) Act as master of ceremony of the event
    (D) Cancel his performance   Ⓐ Ⓑ Ⓒ Ⓓ

GO ON TO THE NEXT PAGE

62. Why did the woman call Mr. Randall?
    (A) To open a file
    (B) To apply for a job offer
    (C) To subscribe to a monthly journal
    (D) To recommend an individual   Ⓐ Ⓑ Ⓒ Ⓓ

63. What did the man ask the woman to do?
    (A) Take the creator's advice
    (B) Send his personal belongings
    (C) Submit a curriculum vitae
    (D) Accept the new theory   Ⓐ Ⓑ Ⓒ Ⓓ

64. What does the woman want to know?
    (A) The number of positions available
    (B) A schedule for the interview
    (C) The way to create the program
    (D) A deadline for a letter of reference Ⓐ Ⓑ Ⓒ Ⓓ

65. Who most likely is the man?
    (A) A lawyer
    (B) An employee
    (C) A person in charge
    (D) A mailman   Ⓐ Ⓑ Ⓒ Ⓓ

66. What does the man insist about the seminar room policy?
    (A) He canceled the room 3 years ago.
    (B) It didn't meet the participant's expectations.
    (C) He abided by the rules.
    (D) The room was too small.   Ⓐ Ⓑ Ⓒ Ⓓ

67. What will the woman do before replying back to him?
    (A) Find a pair of suspenders
    (B) Investigate the problem
    (C) Memorize his number
    (D) Call one of the participants   Ⓐ Ⓑ Ⓒ Ⓓ

GO ON TO THE NEXT PAGE

68. What did the woman want to talk with the man about?
    (A) Official announcement
    (B) Board of trade
    (C) Government bond
    (D) Final report   Ⓐ Ⓑ Ⓒ Ⓓ

69. What does the man want to ask the president about?
    (A) Fund raising for the new project
    (B) Positive feedback
    (C) Reliability of the news
    (D) Percentage of the interest rate   Ⓐ Ⓑ Ⓒ Ⓓ

70. Where does the woman keep the proposal?
    (A) On the printer
    (B) In the top drawer
    (C) On the desk
    (D) On computer   Ⓐ Ⓑ Ⓒ Ⓓ

Part 4

71. What is mentioned about the hospitality industry?
    (A) Its growth patterns
    (B) Its pay levels
    (C) Its market regulations
    (D) Its successful CEOs
    Ⓐ Ⓑ Ⓒ Ⓓ

72. According to the speaker, what is critical for jobseekers?
    (A) Management skills
    (B) Field experience
    (C) Course grades
    (D) IT knowledge
    Ⓐ Ⓑ Ⓒ Ⓓ

73. What will the listeners most likely do next?
    (A) Speak with instructors
    (B) Order textbooks
    (C) Watch a film
    (D) Register for classes
    Ⓐ Ⓑ Ⓒ Ⓓ

74. Who made the recommendation to senior management?
    (A) A food industry analyst
    (B) A catering corporation
    (C) An internal department
    (D) A nutrition expert   Ⓐ Ⓑ Ⓒ Ⓓ

75. Where will the change take place?
    (A) In service facilities
    (B) In item prices
    (C) In farming locations
    (D) In employee recruitment   Ⓐ Ⓑ Ⓒ Ⓓ

76. What benefit does the speaker mention?
    (A) Faster product restocking
    (B) Clearer policy documents
    (C) Higher revenues
    (D) More staff output   Ⓐ Ⓑ Ⓒ Ⓓ

77. According to the broadcast, what happened at 5:00 A.M.?
    (A) The snowstorm ended.
    (B) The weather changed.
    (C) Some street closures occurred.
    (D) Some vehicle accidents happened.　Ⓐ Ⓑ Ⓒ Ⓓ

78. What is the Road Safety Department asking people to do?
    (A) Avoid the highways
    (B) Wait for reports
    (C) Expect some delays
    (D) Stay in their homes　Ⓐ Ⓑ Ⓒ Ⓓ

79. Where is transportation operating normally?
    (A) In the financial district
    (B) On subway lines
    (C) At the airport
    (D) On bus routes　Ⓐ Ⓑ Ⓒ Ⓓ

GO ON TO THE NEXT PAGE

80. What is the main purpose of the message?
    (A) To revise a plan
    (B) To get information
    (C) To respond to a request
    (D) To update an account   Ⓐ Ⓑ Ⓒ Ⓓ

81. Where will the conference be held?
    (A) In Bucharest
    (B) In Moscow
    (C) In Warsaw
    (D) In Prague   Ⓐ Ⓑ Ⓒ Ⓓ

82. Who most likely is Jason?
    (A) An event planner
    (B) A hotel clerk
    (C) A travel agent
    (D) A personal assistant   Ⓐ Ⓑ Ⓒ Ⓓ

83. What is the problem?
   (A) A plane is overbooked.
   (B) A flight arrival is overdue.
   (C) A technical problem is present.
   (D) A boarding gate has changed.　　　Ⓐ Ⓑ Ⓒ Ⓓ

84. What are passengers for Flight 302 asked to do?
   (A) Check their luggage
   (B) Stay in the departure area
   (C) Confirm their connecting flights
   (D) Turn off electronic devices　　　Ⓐ Ⓑ Ⓒ Ⓓ

85. According to the announcement, where are people encouraged to get updates?
   (A) At e-ticket offices
   (B) At staff desks
   (C) On digital boards
   (D) On an airport Website　　　Ⓐ Ⓑ Ⓒ Ⓓ

MP3
129

86. According to the speech, why is Kondor Incorporated a market leader?
    (A) It has been in operation for many decades.
    (B) It has kept business costs down.
    (C) It has used technological developments.
    (D) It has opened a large number of offices.   Ⓐ Ⓑ Ⓒ Ⓓ

87. What has the company decided to do?
    (A) Expand its properties
    (B) Change its structure
    (C) Purchase a supplier
    (D) Lower item prices   Ⓐ Ⓑ Ⓒ Ⓓ

88. What most likely will happen next?
    (A) Customers will be interviewed.
    (B) Products will be demonstrated.
    (C) Seminar meals will be delivered.
    (D) Questions will be answered.   Ⓐ Ⓑ Ⓒ Ⓓ

89. Who most likely is the speaker?
    (A) A public official
    (B) A travel agent
    (C) A company leader
    (D) A fund manager   Ⓐ Ⓑ Ⓒ Ⓓ

90. According to the speech, what is a concern of many residents?
    (A) Improving the economy
    (B) Attracting corporations
    (C) Increasing tourism
    (D) Protecting nature   Ⓐ Ⓑ Ⓒ Ⓓ

91. What most likely will happen next?
    (A) Another person will talk.
    (B) Information will be shown.
    (C) Votes will be counted.
    (D) A schedule will be revised.   Ⓐ Ⓑ Ⓒ Ⓓ

92. What is the announcement mainly about?
    (A) An office relocation
    (B) A product upgrade
    (C) A facility renovation
    (D) A security guideline
    Ⓐ Ⓑ Ⓒ Ⓓ

93. When is the project scheduled to be completed?
    (A) In 1 week
    (B) In 3 weeks
    (C) In 4 weeks
    (D) In 5 weeks
    Ⓐ Ⓑ Ⓒ Ⓓ

94. Who does the company thank?
    (A) Work crews
    (B) Building managers
    (C) Business staff
    (D) Government personnel
    Ⓐ Ⓑ Ⓒ Ⓓ

95. What is the main purpose of the message?
    (A) To ask about a schedule
    (B) To upgrade an account
    (C) To request a product
    (D) To make a complaint　　　　　　　ⒶⒷⒸⒹ

96. According to the message, when is each monthly edition supposed to arrive?
    (A) By day 10
    (B) By day 12
    (C) By day 15
    (D) By day 16　　　　　　　　　　　ⒶⒷⒸⒹ

97. What will the speaker be waiting for?
    (A) A renewal confirmation
    (B) An access password
    (C) A company e-mail
    (D) A Website address　　　　　　　ⒶⒷⒸⒹ

GO ON TO THE NEXT PAGE

98. Why does the speaker thank the listeners?
    (A) They lowered operating costs.
    (B) They surpassed a benchmark.
    (C) They designed new standards.
    (D) They invested profitably.   Ⓐ Ⓑ Ⓒ Ⓓ

99. What does the company plan to do after October 1st?
    (A) Hire some additional department staff
    (B) Focus on large companies
    (C) Switch to more complex business deals
    (D) Change some employee responsibilities   Ⓐ Ⓑ Ⓒ Ⓓ

100. What does the speaker indicate may be a result of the new policy?
    (A) Higher workloads
    (B) More diverse products
    (C) Fewer employees
    (D) Greater output   Ⓐ Ⓑ Ⓒ Ⓓ

詳　解

確認正確答案後，請一定要徹底檢討答錯的部分。
沒聽懂的部分則要反覆多聽幾遍，直到聽懂為止。

試題難易度以 ★～★★★ 標示。
4 國錄音分別以 ▇▇ 美、▇▇ 英、▇▇ 澳、▇▇ 加標示。

Part 1 ▶ p. 206
Part 2 ▶ p. 212
Part 3 ▶ p. 230
Part 4 ▶ p. 250

1. 答案：C ★

錄音內容

(A) A woman is singing in a music room.

(B) A woman is using a microscope.

(C) A woman is standing under the roof.

(D) A woman is fixing a guitar.

錄音翻譯

(A) 一名女子正在音樂室唱歌。

(B) 一名女子正在使用顯微鏡。

(C) 一名女子正站在屋頂下。

(D) 一名女子正在修理吉他。

破題關鍵

一看見這張照片，一定會馬上想到「一名女子正在邊彈吉他邊唱歌」的敘述，但可惜的是並無此選項。各選項均以 A woman 起頭，故只要注意聆聽接在其後的動作及修飾片語即可。選項 (A) 的動作 singing（正在唱歌）雖與照片內容一致，但此處明顯是在戶外開放空間而非音樂室，故不對。另，要小心別把 (B) 的 microscope（顯微鏡）誤聽為 microphone（麥克風）。而選項 (C) 的動作、場所都對，故為正確答案。至於 (D)，不能一聽到「吉他」就誤選，必須注意該選項所述的動作與照片不同。

> **注意** 即使聽到照片中最顯眼的物品「吉他」，也別匆忙就此作答！若動作不符，就不是正確答案！

☐ **microscope** [ˋmaɪkrəˏskop] *n.* 顯微鏡　　　☐ **fix** [fɪks] *vt.* 修理

2. 答案：C ★★

錄音內容

(A) People are gathered in an art gallery.

(B) A man is adjusting a projector.

(C) A man is chairing a business meeting.

(D) They are drinking from a faucet.

(A) 人們聚集在一間美術館裡。

(B) 一名男子正在調整投影機。

(C) 一名男子正在主持商務會議。

(D) 他們正直接從水龍頭喝水。

破題關鍵

這張照片拍的是商務會議的情景。雖然左手邊的牆面上掛了一大張畫作，但此處不是 art gallery（美術館、畫廊），所以 (A) 不對。照片裡的 projector（投影機）相當顯眼，但男子並沒有在調整該機器，故 (B) 也不對。面向鏡頭的男子確實在主持會議，因此 (C) 就是正確答案。另外，選項 (D) 中的 faucet 是「水龍頭」的意思，別因桌上有飲料，一聽到 drink(ing) 就自動產生聯想而誤選了。

注意　這題也必須充分理解每個包含照片中醒目物件（「畫作」、「投影機」、「飲料」）的選項，以判斷出哪些是錯的。

☐ **gather** [ˋgæðə] *vt.* 聚集　　　　☐ **adjust** [əˋdʒʌst] *vt.* 調整

☐ **projector** [prəˋdʒɛktə] *n.* 投影機；放映機　　☐ **chair** [tʃɛr] *vt.* 主持（會議）

☐ **faucet** [ˋfɔsɪt] *n.* 水龍頭

3. 答案：B ★

(A) Passengers are getting off the train.

(B) A man is walking on the platform.

(C) The train is moving out from the station.

(D) The conductor is examining the doors.

(A) 乘客們正走下列車。

(B) 一名男子正走在月台上。

(C) 列車正從車站出發。

(D) 列車長正在檢查車門。

破題關鍵

這張照片拍的是停在車站的列車與月台場景。由於看不出有多名乘客走下車的樣子，所以 (A) 不對。而選項 (B) 說的一名男子正走在月台上，與照片內容相符，故為正確答案。另外電車的車門開著，顯然不是正要從車站出發，所以 (C) 也不對。至於 (D)，因為照片裡看不到任何像是 conductor（列車長）的人，因此亦非正確答案。

☐ **passenger** [ˋpæsn̩dʒə] *n.* 乘客　　　　☐ **platform** [ˋplæt͵fɔrm] *n.* 月台
☐ **conductor** [kənˋdʌktə] *n.* 列車長　　☐ **examine** [ɪgˋzæmɪn] *vt.* 檢查

---

4. 答案：B　★　🇬🇧

MP3 077

【錄音內容】

(A) A woman is taking off her sweater.

(B) A woman is concentrating on some material.

(C) A woman is taking an order.

(D) A woman is sipping from a tea cup.

【錄音翻譯】

(A) 一名女子正在脫毛衣。

(B) 一名女子正專注於某些資料。

(C) 一名女子正在接受點菜。

(D) 一名女子正拿著茶杯啜飲。

【破題關鍵】

本題各選項的主詞都為 A woman。雖然前景處的椅子上掛著一件毛衣，但女子並未處於正在脫毛衣的狀態，所以 (A) 不對。而該女子正坐在椅子上，專注地看著某些東西，因此 (B) 應該就是正確答案。另外，選項 (C) 的意思是「女子正在接受點菜」，但照片中的女子並不是服務生，故不對。最後，(D) 的 sip 是指「啜飲」，請小心別誤聽成 sit（坐著）。

☐ **sip** [sɪp] *vt.* 啜飲；小口小口地喝

---

5. 答案：C　★★　🇨🇦

MP3 078

【錄音內容】

(A) A man is hailing a taxi.

(B) A woman is speaking to an audience.

(C) People are having a conversation.

(D) The passenger is seated on the cab.

【錄音翻譯】

(A) 一名男子正在招計程車。

(B) 一名女子正對著一群聽眾說話。

(C) 人們正在交談。

(D) 該名乘客坐在計程車上。

破題關鍵

照片中有位女子正在和司機說話。若只聽到 A man（男子）、taxi（計程車），便可能誤選 (A)，請務必注意該選項中的 hail（招呼）這個錯誤動詞。選項 (B) A woman is speaking ...（女子正在說話）部分對，但照片裡沒看到 audience（聽眾），故此選項亦不可選。照片中的人正在交談，因此 (C) 為正確答案。另外，並無乘客坐在車上，故 (D) 也不對。

☐ **hail** [hel] *vt.* 招呼　　　　　　　☐ **cab** [kæb] *n.* 計程車

----

6. 答案：B ★

MP3 079

錄音內容

(A) The fisherman is looking for a lure.
(B) There are many trees near the water.
(C) There is a bridge across the intersection.
(D) A swimmer has plunged into the ocean.

錄音翻譯

(A) 漁夫正在尋找魚餌。
(B) 在水的附近有許多樹木。
(C) 在十字路口處有一座橋。
(D) 有位游泳者已跳入海中。

破題關鍵

這是一張風景照。選項 (A) 的 fisherman 是指「漁夫」，但照片裡根本沒看到人，所以不對。而像選項 (B) 的 There are ...（有……）這類句型，必須確認 be 動詞之後的名詞是否為照片中的事物，以及表示位置關係的介系詞片語描述是否正確。由於「在水的附近有許多樹木」的敘述與照片內容一致，故 (B) 為正確答案。至於 (C) 和 (D) 的 intersection（十字路口）、swimmer（游泳者），照片裡都看不到，所以都不對。

> **注意**　若聽到照片裡沒有的東西，該選項就一定不對。

☐ **fisherman** [ˋfɪʃəmən] *n.* 漁夫　　　☐ **lure** [lʊr] *n.* 魚餌；誘餌
☐ **intersection** [ˌɪntəˋsɛkʃən] *n.* 十字路口　☐ **plunge** [plʌndʒ] *vi.* 跳入

7. 答案：A ★

MP3 080

錄音內容

(A) The performers are marching in the street.

(B) The performers are holding walking sticks.

(C) The performers are stopped at a traffic light.

(D) The performers are standing in a row.

錄音翻譯

(A) 表演者們正在街上遊行。

(B) 表演者們都拿著手杖。

(C) 表演者們正停在紅綠燈前。

(D) 表演者們正排成一列。

破題關鍵

這張照片顯示的是鼓樂隊在路上遊行的樣子，(A) 即為正確答案。而由於表演者們並沒有拿 walking sticks（手杖），所以 (B) 不對。另，照片裡也沒看到 traffic light（紅綠燈），所以 (C) 也不對。至於 (D)，雖然表演者們看來有對齊排列，但卻是排成橫向的兩列，與選項中的介系詞片語 in a row（排成一列）不符。

---

8. 答案：D ★

MP3 081

錄音內容

(A) A man is waving to someone.

(B) A man is standing behind his golf-cart.

(C) A man is fishing with a pole.

(D) A man is about to hit a ball.

錄音翻譯

(A) 一名男子正對著某人揮手。

(B) 一名男子正站在他的高爾夫球車後方。

(C) 一名男子正在用釣竿釣魚。

(D) 一名男子即將揮桿擊球。

破題關鍵

選項 (A) 的 wave to someone 是指「對著某人揮手」，所以不對。而該男子是站在高爾夫球車「前」方，所以 (B) 也不對。注意，千萬別因慌張而搞錯了如此簡單的位置關係。選

項 (C) 裡的 pole 是指「竿子；柱子」，fishing pole 就是「釣竿」之意，而由於該男子拿的不是釣竿，所以 (C) 亦非正解。最後，從照片中幾乎可斷定這位男子即將擊球，因此 (D) 就是正確答案。

 注意 請注意表示位置關係的介系詞片語（在此為 behind his golf-cart）。

---

9. 答案：**B** ★
(MP3 082)

錄音內容

(A) The books are piled high on the floor.
(B) The books are arranged on the shelves.
(C) A woman is turning pages in a book.
(D) A woman is talking with a librarian.

錄音翻譯

(A) 書本在地板上堆得高高的。
(B) 書本排列在書架上。
(C) 一名女子正在翻一本書。
(D) 一名女子正在和一位圖書館館員說話。

破題關鍵

此照片的前景處有很多書排列在架上，而後方看得到一位女子。由於書並沒有堆在地上而是排列在書架上，所以選項 (A) 不對，(B) 才是正確答案。另外，雖有一名女子站在遠處，但是她並沒有做「翻頁」之類的動作，所以 (C) 也不對。至於 (D) 的 librarian（圖書館館員），根本沒出現在照片裡，因此亦非正解。

☐ **pile** [paɪl] *vt.* 堆疊；累積　　☐ **arrange** [əˋrendʒ] *vt.* 排列；整理
☐ **shelf** [ʃɛlf] *n.* 架子　　☐ **librarian** [laɪˋbrɛrɪən] *n.* 圖書館館員

---

10. 答案：**A** ★★
(MP3 083)

錄音內容

(A) A boy is holding a sign in his hands.
(B) A boy is dancing in a hall.
(C) A boy is shaking hands with the women.
(D) A boy is signing a document.

(A) 一個男孩正用手舉著一個牌子。

(B) 一個男孩正在大廳裡跳舞。

(C) 一個男孩正在和女子們握手。

(D) 一個男孩正在簽署一份文件。

本題各選項的主詞都是 A boy，所以必須專注於後面描述其動作的敘述。選項 (A) 和 (D) 都出現了 sign 這個字。做為名詞使用時，sign 是「標誌；招牌」之意，所以描述男孩正用手舉著牌子的選項 (A) 便是正確答案；選項 (D) 中的 sign 則是動詞「簽名；簽署」之意，但照片中的男孩並不是在「簽署文件」，故不對。雖然男孩看起來像在跳舞，但此處並非室內，所以 (B) 不對。另外，選項 (C) 雖包含了似乎與照片內容相符的 shake（搖動）及 hand（手）等字彙，但是男孩並沒有與女子們握手，所以 (C) 也不對。

🔑 Part 2 答案與解析

11. 答案：C ★ 🇬🇧 ▸ 🇦🇺

When will the new product be ready for sale?

(A) No, it's quite old.

(B) She was comparing the production costs.

(C) In about three days.

新商品何時可供販售？

(A) 不，那相當老舊。

(B) 她在比較生產成本。

(C) 大約三天後。

這是以疑問詞 When 起頭的問句，所以針對「何時可供販售」一問，選項 (A) 回答「不」，根本是牛頭不對馬嘴。而 (B) 利用了與問句中 product（商品）一字意義、發音均近似的 production（生產）做為陷阱，但句中的 She（她）不知指何人，所以也不對。最後一個選項 (C) 明確回答了日期「大約三天後」，故為正確答案。

 注意 小心別被選項 (A) 中與問句 new 相反的 old 等字彙給引誘而誤選。

☐ **ready for** 可供、準備好做⋯⋯
☐ **compare** [kəmˋpɛr] *vt.* 比較
☐ **quite** [kwaɪt] *adv.* 相當；很
☐ **production** [prəˋdʌkʃən] *n.* 生產

---

12. 答案：A ★★ 🇺🇸 ▶ 🇬🇧

(MP3 085)

錄音內容　Can you do some paperwork for me?
(A) I'm tied up right now.
(B) Let me buy some paperweights.
(C) Sorry, I just found new work boots last week.

錄音翻譯　你可以幫我做些文書工作嗎？
(A) 我現在很忙。
(B) 讓我去買一些紙鎮。
(C) 抱歉，我上週才剛找到新的工作靴。

破題關鍵

這是以 Can you ...? 開頭，表達「請求、拜託」的問句。針對「可以幫我做事嗎？」這樣的請求，正確答案 (A) 以「我現在很忙」傳達了目前狀況，藉此拒絕請求，因此為正解。而選項 (B) 則以包含問句中 paper（文書）發音的 paperweights 做為陷阱，企圖引誘考生誤答。至於 (C)，雖然乍聽之下似乎用了 sorry（抱歉）來拒絕請求，但後續內容卻只有 work boots 與問句裡的 work 一致，其他都不相干，因此無法使對話成立。

☐ **tied up** 忙得不可開交的
☐ **work boots** 工作靴
☐ **paperweight** [ˋpepɚˏwet] *n.* 紙鎮

---

13. 答案：B ★★ 🇨🇦 ▶ 🇦🇺

(MP3 086)

錄音內容　Where have you put tomorrow's agenda?
(A) It was released by the Defense Agency.
(B) It won't be ready until noon.
(C) He is in Mexico on vacation.

錄音翻譯　你把明天的議程放到哪裡去了？
(A) 那是由防衛廳所發布的。
(B) 那要中午才會準備好。
(C) 他正在墨西哥度假。

破題關鍵

這是以疑問詞 Where 起頭的問句。發問者詢問「明天的議程放在哪裡？」就表示他需要

「明天的議程」，選項 (A) 回答的是資訊來源，這樣對話無法成立。而若是不想像對話狀況就直接聆聽選項 (B)，會以為這只回答了「時間」，但是其實此回應包含「中午準備好之後即可取得」的語意，等於向發問者說明取得「議程」的方法，因此為正確答案。至於 (C)，雖包含地點，但 He（他）不知所指為誰，所以不對。

 注意 即使針對 Where（地點）問句回答「時間」，只要對話邏輯能順暢連接，也可能是正確答案。

☐ **agenda** [ə`dʒɛndə] *n.* 議程　　　　　　☐ **release** [rɪ`lis] *vt.* 發表；發行
☐ **the Defense Agency**（日本）防衛廳

----

14. 答案：B ★   (MP3 087)

錄音內容 Is everyone attending the award ceremony tomorrow?
(A) In the main hall.
(B) I believe so.
(C) That's distressing.

錄音翻譯 明天每個人都會出席頒獎典禮嗎？
(A) 在正廳。
(B) 我想是的。
(C) 那真令人痛苦。

破題關鍵

此題是以 Is ...? 起頭、未使用疑問詞的問句。對於「所有人都會出席頒獎典禮嗎？」一問，選項 (A) 卻回答地點，所以不對。而選項 (B) 的「我想是的」為正確答法。最後 (C) 中的 That 不知所指為何，所以也不對。

 注意 就最近的出題趨勢來說，Is this ...? 這類 Yes-No 問句的正確答案通常都不是單純以 Yes, it is. 或 No, it isn't. 這種方式回答的選項。

☐ **attend** [ə`tɛnd] *vt.* 出席；參加　　　　☐ **award ceremony** 頒獎典禮
☐ **distressing** [dɪ`strɛsɪŋ] *adj.* 痛苦的；苦惱的

----

15. 答案：A ★★ (MP3 088)

錄音內容 How are we getting to the international convention?
(A) There is a pickup bus from the airport.
(B) By writing a letter.
(C) I've been there, too.

錄音翻譯 我們要怎麼去參加那場國際會議？
(A) 機場會有接送巴士。
(B) 透過寫信的方式。
(C) 我也去過那兒。

破題關鍵
這是以疑問詞 How ...? 起頭的問句，問的是到達國際會議開會地點的方法。選項 (A) 提出了「接送巴士」這種交通方式，故為正確答案。而若是沒能好好想像問句的含意，便很可能錯把選項 (B) 的「透過寫信」聽成針對 How ...? 問句所回答的「方法」。此外，若是從「國際會議」聯想到「國外」，也很容易落入選項 (C) 的陷阱。

□ **international** [ˌɪntəˋnæʃənḷ] *adj.* 國際的
□ **convention** [kənˋvɛnʃən] *n.* 會議
□ **pickup bus** 接送巴士

---

16. 答案：B ★

MP3 089

錄音內容 Did anything catch your eye at the motor show?
(A) No, he didn't show up at the driving range.
(B) No, but there was a stylish one that Tony would love.
(C) That's why I'm wearing contact lenses.

錄音翻譯 車展上有任何東西吸引了你的目光嗎？
(A) 沒有，他並沒有出現在高爾夫球練習場。
(B) 沒有，不過有台很時髦的車，湯尼應該會喜歡。
(C) 這就是我戴隱形眼鏡的原因了。

破題關鍵
這題是以 Did ...? 起頭、未使用疑問詞的問句。其中的 catch ... eye 是「吸引目光」的意思。若沒能充分了解此問句的意義，就很容易把 motor show（車展）一詞和 (A) 的 show、driving 聽成同一類東西，而因此答錯。選項 (B) 在回答「沒有」之後，接著說「不過卻有湯尼會喜歡的車」，由於這樣對話就能合理成立，故為正確答案。至於選項 (C) 則是個陷阱，亦即針對只把 eye（眼睛）聽成單一單字的考生，利用相關詞 contact lenses（隱形眼鏡）來製造混淆。

注意 請小心，別被 motor 與 driving，以及 eye 和 contact lenses 等相關字詞給騙了！

□ **catch one's eye ...** 吸引……的目光
□ **driving range**（高爾夫球）練習場
□ **stylish** [ˋstaɪlɪʃ] *adj.* 時髦的；時尚的

錄音內容 I'm going out for a little while.

(A) You should take your umbrella just in case.

(B) I live in the opposite direction.

(C) I'm afraid I don't understand, either.

錄音翻譯 我要出去一下。

(A) 你應該帶著你的傘，以防萬一。

(B) 我住在相反方向。

(C) 恐怕我也不懂。

破題關鍵

這題考的是對直述句做出的回應。對於聽到要「出去一下」而勸告對方應該帶傘的 (A) 就是正確答案。而 (B) 並未說清楚是與什麼相反的方向，所以不對。另外，由於問句並未使用任何否定字眼，故 (C) 的「我也不懂」無法讓對話邏輯成立，因此也不可選。

18. 答案：B ★

錄音內容 What's on the itinerary this afternoon?

(A) I visited an outpatients' reception.

(B) There is a brewery tour after lunch.

(C) It's quarter past 3.

錄音翻譯 今天下午的行程是什麼？

(A) 我去了門診櫃台。

(B) 午飯後有個啤酒廠導覽。

(C) 現在 3 點 15 分。

破題關鍵

這題以疑問詞 What ...? 起頭，詢問下午要參觀的地點為何。選項 (A) 回答的是地點，但時態為過去式，所以不對。而就與旅遊行程有關的問題來說，(B) 的回答很適當，為正確答案。至於 (C)，答的是時間，與問題無關，所以也不對。

☐ **itinerary** [aɪˋtɪnəˏrɛrɪ] *n.* 旅程；行程　　☐ **outpatient** [ˋaʊtˏpeʃənt] *n.* 門診病人
☐ **reception** [rɪˋsɛpʃən] *n.* 接待處；櫃台　　☐ **brewery** [ˋbruərɪ] *n.* 啤酒廠；釀造廠

19. 答案：C　★★　

（MP3 092）

錄音內容　Would you explain it more specifically?
(A) No, the apartment is too small for us.
(B) Whichever costs less.
(C) Let me give you an example, then.

錄音翻譯　你可不可以說明得更具體一些？
(A) 不，該公寓對我們來說太小了。
(B) 只要是比較便宜的就可以。
(C) 那麼，讓我舉個例子。

破題關鍵

這是以 Would you ...? 開頭，表達「請求、拜託」的問句，其中的 specifically 是「具體地」之意。若將 specifically 誤以為是 space（空間），便可能和選項 (A) 與空間大小有關的回答混為一談。而選項 (B) 應是被問到「哪一個？」時的回應，所以不對。最後，以「那麼，讓我舉個例子」回應的 (C) 才是正確答案。

☐ **specifically** [spɪˋsɪfɪk!ɪ] *adv.* 具體地　☐ **apartment** [əˋpɑrtmənt] *n.* 公寓

20. 答案：B　★★　

（MP3 093）

錄音內容　Do you think we can receive permission to use a company van for my moving?
(A) No, I don't think she is a receptionist.
(B) It seems very unlikely.
(C) Yes, the movie was fascinating.

錄音翻譯　你覺得我們能獲得許可使用公司的廂型車來替我搬家嗎？
(A) 不，我不認為她是接待人員。
(B) 這似乎非常不可能。
(C) 是的，這部電影很引人入勝。

破題關鍵

這題是以 Do you ...? 起頭、未使用疑問詞的問句。針對「你覺得我們能獲得許可使用公司的貨車搬家嗎？」一問，選項 (A) 雖用了 No（不）回答，但接著卻說「我不認為她是接待人員」，這與貨車使用許可毫不相干，所以不對。而 (B) 明確回答了「獲得許可的可能性」，故為正確答案。雖然選項 (C) 包含與問句最後的 moving 發音相似的 movie（電

影），但問句本身與電影毫無關聯，所以也不對。

> **注意** 就最近的出題趨勢來說，Do you think ...? 這種問句的正確答案多半都不是單純以 Yes, I do. / No, I don't. 形式回答的選項。

☐ **permission** [pəˋmɪʃən] *n.* 許可   ☐ **van** [væn] *n.* 有蓋小貨車；廂型客貨兩用車
☐ **receptionist** [rɪˋsɛpʃənɪst] *n.* 接待人員   ☐ **unlikely** [ʌnˋlaɪklɪ] *adj.* 不太可能的
☐ **fascinating** [ˋfæsṇˏetɪŋ] *adj.* 引人入勝的；迷人的

....

21. 答案：B ★ 🇨🇦 ▸ 🇺🇸 （MP3 094）

錄音內容   Where is the best place to get cold medicine?
(A) The thermometer registered minus 5 degrees.
(B) The closest pharmacy is right across the street.
(C) The café is open from 11:00 A.M. to 7:00 P.M.

錄音翻譯   哪裡是購買感冒藥的最佳地點？
(A) 溫度計顯示為零下 5 度。
(B) 最近的藥局就在對街。
(C) 該咖啡廳從早上 11 點營業到晚上 7 點。

破題關鍵

此題是以疑問詞 Where ...? 起頭的問句，問的是可取得感冒藥的最佳地點。cold medicine 指「感冒藥」，但若只聽到 cold（寒冷的），便很可能誤選包含 thermometer（溫度計）一詞的 (A)。選項 (B) 回答了藥局位置，故為正確答案。而選項 (C) 回答的是咖啡廳營業時間，與原問句毫無關聯所以也不對。

☐ **cold medicine** 感冒藥   ☐ **thermometer** [θəˋmɑmətə] *n.* 溫度計
☐ **register** [ˋrɛdʒɪstə] *vt.* 顯示（溫度）   ☐ **degree** [dɪˋgri] *n.* 度；度數
☐ **pharmacy** [ˋfɑrməsɪ] *n.* 藥局；藥房

....

22. 答案：A ★ 🇨🇦 ▸ （MP3 095）

錄音內容   Excuse me, may I have a doggy bag?
(A) Of course. Would you like me to wrap it for you?
(B) Yes, I am allergic to cats.
(C) That suitcase goes well with your white shirt.

錄音翻譯   對不起，可以給我一個打包用的袋子嗎？

(A) 當然可以。要不要我幫你打包呢？

(B) 是的，我對貓過敏。

(C) 那個手提箱和你的白襯衫很搭。

破題關鍵

這是以 May I ...? 開頭，表達「請求、拜託」的問句，句中的 doggy bag 指「打包用的袋子」。如此看來，這問句應是在餐廳之類的地點由顧客對店員提出的要求。選項 (A) 以「當然」回答，接著又提出由自己幫忙打包的建議，就店員的回應來說相當恰當，故為正確答案。而選項 (B) 是針對問句裡的 doggy（小狗狗），利用 cats（貓）為陷阱來引誘考生誤答。另外，還要小心別把問句中的 bag（提袋）和 suitcase（手提箱）混為一談，因而誤選了 (C)。

☐ **doggy bag** 打包吃剩食物用的袋子　　☐ **wrap** [ræp] *vt.* 包；裹
☐ **allergic** [əˋlɝdʒɪk] *adj.* 過敏的　　☐ **suitcase** [ˋsutˏkes] *n.* 手提箱、行李箱

---

23. 答案：A ★★ 　　(MP3 096)

錄音內容　Who is the woman looking for the cloakroom?

(A) That's one of our best customers.

(B) Because she wanted to leave her overcoat.

(C) It's on the first floor, next to the entrance.

錄音翻譯　在找衣帽間的那個女人是誰？

(A) 那是我們的最佳客戶之一。

(B) 因為她想寄放她的大衣。

(C) 那是在一樓，入口的旁邊。

破題關鍵

這是以疑問詞 Who ...? 起頭的問句。對於「在找衣帽間的女人是誰？」一問，提出與該名女子有關之資訊的 (A) 就是正確答案。而選項 (B) 回答的是她找衣帽間的原因，但原問句問的並不是「理由」。最後一個選項 (C) 回答了「地點」，同樣也不對。

☐ **cloakroom** [ˋklokˏrum] *n.* 衣帽間；寄物處　　☐ **overcoat** [ˋovɚˏkot] *n.* 大衣；外套

---

24. 答案：A ★ 　　(MP3 097)

錄音內容　Whose job is it to book me a business class ticket?

(A) Betty said she'd do it.

(B) Yes, he is in the class.

(C) The card belongs to the shift manager.

錄音翻譯 替我訂商務艙機票是誰的工作？

(A) 貝蒂說她會去做。

(B) 是的，他是在那個班上。

(C) 那張卡是值班經理的。

破題關鍵

這是以疑問詞 Whose ...? 起頭的問句。對於「是誰的工作？」一問，回答「貝蒂說她會去做」的 (A) 為正確答案。而 (B) 雖包含問句裡也有的 class 這個字，但卻是陷阱選項，因原問句中指的是「等級」而非「班級」，而且其中的「他」所指人物不明，所以不對。最後，(C) 回答的內容與問題無關，無法讓對話成立，故亦非正解。

25. 答案：B ★ (MP3 098)

錄音內容 Do you prefer tomato or garlic pizza for lunch?

(A) It belongs to the nightshade family.

(B) Either is okay with me.

(C) Sure, she enjoyed her visit to Pisa.

錄音翻譯 你午餐想吃番茄還是大蒜比薩？

(A) 它屬於茄科植物。

(B) 哪種都行。

(C) 當然，她很享受她的比薩之旅。

破題關鍵

這是以 Do you ...? 開頭的選擇疑問句，問的是在兩種選擇中要選哪一個。針對「番茄和大蒜比薩，你喜歡哪一種？」的詢問，(A) 卻回答「番茄」所屬的植物科別，並不適當。有針對問題回答「哪種都好」的 (B) 才是正確答案。至於 (C)，則是利用與 pizza（比薩餅）發音類似的地名 Pisa 來製造混淆。

☐ **prefer** [prɪˋfɜ] *vt.* 偏好……；較喜歡…… ☐ **nightshade** [ˋnaɪtˌʃed] *n.* 茄科植物

26. 答案：B ★★ (MP3 099)

錄音內容 What's your opinion of the new sales person?

(A) He forgot to mention it.

(B) I am not sure yet, but I'd like to get to know him better first.

(C) Let's consider other options.

錄音翻譯　你覺得新來的業務員如何？

(A) 他忘了說那件事。

(B) 我還不確定，但是我想先多了解他一些。

(C) 讓我們考慮其他選擇吧。

破題關鍵

這是以疑問詞 What ...? 起頭，詢問對方對新來業務員的觀感、評價。選項 (A) 回答的是「他忘了說那件事」，這無法使對話成立，所以不對。而選項 (B) 則先回答「還不知道」，接著又表達出「要進一步了解」的態度，這樣的對話邏輯相當自然順暢，故為正確答案。另外，(C) 的 options（選項）與問句中的 opinion（意見）發音類似，因此首先就該懷疑是否為陷阱。

注意　針對問句回答「我不確定」、「我不知道」的選項，若是能讓對話邏輯順暢連接，往往就是正確答案！

**27. 答案：A　★★　**　(MP3 100)

錄音內容　Do you think I could speak to Mr. Park now?

(A) He is out all afternoon running errands.

(B) I'm speechless.

(C) The place hasn't been decided yet.

錄音翻譯　你認為我現在可以和帕克先生談了嗎？

(A) 他整個下午都在外面跑腿辦事。

(B) 我無言以對。

(C) 那個地點還未決定。

破題關鍵

這是以 Do you ...? 開頭、不使用疑問詞的問句，問的是對方「是否認為他可與帕克先生談話？」。選項 (A) 透過帕克先生下午的行程說明，表達了「他並不能與帕克先生談話」之意，故為正確答案。而 (B) 的 speechless（無言以對）雖與問句中的 speak（說話）相關，但不適合做為該問句的回答。選項 (C) 則是利用 park（公園）一詞來製造混淆，而且 The place 所指地點並不明確，再加上針對「是否能談話？」的問句，以「還未決定地點」回應，牛頭不對馬嘴，所以也不適當。

☐ **errand** [ˋɛrənd] *n.* 跑腿；差事　　☐ **speechless** [ˋspitʃlɪs] *adj.* 說不出話來的

28. 答案：B ★

錄音內容 Have you finished the budget report and submitted it to the director?

(A) Can you slice up this baguette into 10 pieces?

(B) I turned it in this morning.

(C) Please leave a message on my cell phone.

錄音翻譯 你是否已經完成預算報告並提交給主管了？

(A) 能否請你把這根法式長棍麵包切成 10 片？

(B) 我今天早上交出去了。

(C) 請在我的手機上留言。

破題關鍵

這是以 Have you ...? 起頭、未使用疑問詞的問句。請注意，選項 (A) 利用了發音和問句中 budget（預算）類似的 baguette（法式長棍麵包）做為陷阱選項。而針對「已經提交了嗎？」回答「今早交出了」的 (B) 為正確答案。至於最後的 (C)，內容與問題毫無關聯，所以不對。

☐ **budget** [ˋbʌdʒɪt] *n.* 預算
☐ **slice up** 切片
☐ **turn in** 交出

☐ **submit** [səbˋmɪt] *vt.* 提交
☐ **baguette** [bæˋɡɛt] *n.* 法式長棍麵包

29. 答案：C ★★

錄音內容 I'm thinking of quitting the sports gym.

(A) But my bankbook is filled up.

(B) I think Jim is in charge of that.

(C) I wouldn't advise that.

錄音翻譯 我正在考慮要退出健身房。

(A) 但是我的存摺已經記滿了。

(B) 我想那是吉姆負責的。

(C) 我不建議那樣做。

破題關鍵

這題要針對直述句做回應。對方說「我正在考慮要退出健身房。」，而選項 (A) 卻以毫不相干的 bankbook（存摺）話題來回應，所以不對。選項 (B) 裡發音近似 gym 的字其實是人名 Jim，並非「健身房」，所以這只是個製造混淆的選項。選項 (C)「我不會建議那樣做」直接針對退出健身房一事表達意見，故為正確答案。

☐ **quit** [kwɪt] *vt.* 退出、辭職　　☐ **gym** [dʒɪm] *n.* 體育館、健身房
☐ **fill up** 填滿　　　　　　　　　☐ **in charge of** 負責……
☐ **advise** [əd`vaɪz] *vt.* 建議；勸告

---

30. 答案：B ★ 🇬🇧 ▸ 🇦🇺

錄音內容　So, what do you think about this down jacket?
　　　　　(A) The food section is downstairs, ma'am.
　　　　　(B) I think you can find something cheaper.
　　　　　(C) I'm afraid he is too shy.

錄音翻譯　那，你覺得這件羽絨外套如何？
　　　　　(A) 食品區在樓下，女士。
　　　　　(B) 我覺得你可以找到更便宜的。
　　　　　(C) 我擔心他太害羞了。

破題關鍵

這是使用了疑問詞 What ...? 的問句。What do you think ...? 問的是「覺得如何？」。選項 (A) 針對問句中的 down jacket（羽絨外套），利用發音近似的 downstairs（樓下）來引誘考生誤答。選項 (B) 以 I think ... 起頭，用「你可找到更便宜的」來暗示「我不認為那件外套是最好的」之意見，故為正確答案。而選項 (C) 的「他太害羞」並無法延續對話邏輯，故不可選。

☐ **downstairs** [͵daʊn`stɛrz] *adv.* 在樓下　　☐ **afraid** [ə`fred] *adj.* 恐懼的；擔心的

---

31. 答案：B ★★ 🇺🇸 ▸ 🇬🇧

錄音內容　Why aren't photocopying services available?
　　　　　(A) He is attending a workshop.
　　　　　(B) The machines have regular maintenance this afternoon.
　　　　　(C) They sold out the picture books yesterday.

影印服務為何無法使用？

(A) 他正在參加一個研討會。

(B) 該機器下午要進行定期保養。

(C) 那本圖畫書他們昨天全賣完了。

破題關鍵

這是以疑問詞 Why ...? 起頭的問句，問的是影印服務無法使用的理由。選項 (A) 裡的「他」不知所指何人，所以不對。而 (B) 說的「機器下午將進行定期保養」可視為影印服務無法使用的原因，所以是正確答案。另外，(C) 的 picture book 是「圖畫書」之意，要小心別把問句中的 photocopying（影印）和此處的 picture（照片）混為一談。

> **注意** 針對 Why ...? 問句，即使不用 Because 為開頭的回答，只要有確實陳述理由，就會是正確答案！

☐ **photocopying** [`fotə,kɑpɪŋ] *n.* 影印
☐ **available** [ə`veləbl] *adj.* 可利用的；可得到的
☐ **attend** [ə`tɛnd] *vt.* 出席
☐ **maintenance** [`mentənəns] *n.* 維護；保養

---

32. 答案：A ★★★   ▶ 🏴󠁧󠁢󠁥󠁮󠁧󠁿

MP3 105

錄音內容 Do you mind if I lower the back of the recliner?

(A) I'd appreciate it if you didn't.

(B) There is a smoking area near the gate.

(C) No, it was Tim who got the highest score.

錄音翻譯 你介不介意我把躺椅的椅背倒下來？

(A) 如果你不這麼做，我會很感激的。

(B) 在大門附近有個吸菸區。

(C) 不，拿到最高分的是提姆。

破題關鍵

這是以 Do you mind if I ...? 起頭，用來求取對方許可的問句。本句直譯為中文就是「如果我把躺椅的椅背倒下，你是否會介意？」，選項 (A)「如果你不這麼做，我會很感激」以間接拒絕作為回應，是為正解。而若問題問的是「我可以抽根菸嗎？」的話，選項 (B) 的回應便可成立。至於 (C)，雖針對 Do you ...? 回答了「不」，但後續說明無法連接對話邏輯，因此也不對。

☐ **lower** [`loə] *vt.* 放下；調低　　☐ **recliner** [rɪ`klaɪnə] *n.* 躺椅
☐ **appreciate** [ə`priʃɪˌet] *vt.* 感謝

33. 答案：C ★★

錄音內容 You have selected some floor mats to order, haven't you?
(A) Sure, fish and a cup of coffee, please.
(B) No, I live on the third floor of a 4-story apartment building.
(C) Sorry, it just slipped my mind.

錄音翻譯 你已經挑選了要訂購的一些腳踏墊，對吧？
(A) 當然，請給我魚和一杯咖啡。
(B) 不，我住在一棟四層樓公寓的三樓。
(C) 對不起，我忘了這件事。

破題關鍵

這是「附加疑問句」的問題。對於「選好了要訂購的腳踏墊，對吧？」這樣的詢問，請別拘泥於附加疑問句句型，而要能清楚分辨到底是選了還是沒選。選項 (A) 雖用了 Sure 回答，但卻故意連結問句的 order 一詞，扯到「點菜」的話題去，所以不對。而 (B) 則包含問句裡也有的 floor 這個字，回答的卻是所居住的 story（樓層），所以也不對。最後，以「對不起，我忘了這件事」回應，表示還沒選好的 (C) 才是正確答案。

 注意 針對英文的疑問句做回答時，不論是一般疑問句、否定疑問句，還是附加疑問句，都要小心別被 Yes / No 的回答方式給誤導了。記得，正確答案通常都不會以單純的 Yes / No 為開頭。

☐ **select** [sə`lɛkt] *vt.* 選擇；挑選　　☐ **floor mat** 腳踏墊
☐ **story** [`storɪ] *n.* 樓；層　　☐ **slip one's mind** 從記憶中逝去；遺忘

34. 答案：A ★★

（MP3 107）

錄音內容 My mobile phone is almost the same as yours.
(A) They look similar, but mine is the previous model.
(B) I'd be glad if she got mobile.
(C) Did you hand in an application for a passport?

錄音翻譯 我的手機和你的幾乎一模一樣。
(A) 它們看起來很像，但是我的是前一代的機型。
(B) 如果她可以走動，我會很高興。
(C) 你交出護照申請書了嗎？

這題要對直述句做回應。針對說話者向對方說的「我的手機和你的幾乎一模一樣」，選項 (A) 由聽話者提供進一步資訊，讓對話邏輯能延續，因此為正確答案。而 (B) 中的 she 無法確定為誰，而且 mobile 的意思與原句 mobile phone 的意思也不盡相同，所以不對。(C) 則是和申請護照有關的敘述，根本與問題無關，所以也不對。

- ☐ **mobile phone** 手機
- ☐ **previous** [ˋprivɪəs] *adj.* 以前的
- ☐ **hand in** 交出；繳交
- ☐ **similar** [ˋsɪmələ] *adj.* 類似的
- ☐ **mobile** [ˋmobɪl] *adj.* 可動的；機動的
- ☐ **application** [͵æpləˋkeʃən] *n.* 申請（書）

---

35. 答案：B ★

錄音內容　When is the in-house screening test expected to take place?
(A) During the 19th century.
(B) After all the applications are presented.
(C) Have you seen that monitor screen?

錄音翻譯　內部的選拔測驗預計於何時舉行？
(A) 在 19 世紀期間。
(B) 等所有申請書都已提出後。
(C) 你看過那個監視器螢幕了嗎？

這是以疑問詞 When ...? 起頭的問句，問的是「何時會舉行選拔測驗？」。選項 (A) 雖回答了「時間」，但問的是活動舉行的時間，卻用「19 世紀」來回答，所以不恰當。而 (B) 明確回答了選拔測驗舉行的合理時間，故為正確答案。另外 (C) 利用發音與問句中 screening 類似的 screen（螢幕）來製造陷阱，請小心別上當了。

- ☐ **in-house** [ˋɪn͵haʊs] *adj.* 內部的
- ☐ **expect** [ɪkˋspɛkt] *vt.* 期待；預計
- ☐ **application** [͵æpləˋkeʃən] *n.* 申請書
- ☐ **screening test** 選拔測驗
- ☐ **take place** 舉行

---

36. 答案：A ★★★

錄音內容　Teresa looked depressed because she didn't pass the entrance exam.
(A) Eventually, she will come to terms with it.

(B) Because a hurricane hit the southern part.

(C) Why? I followed the instructions of the examination.

錄音翻譯 特麗莎因為沒通過入學考試而顯得很沮喪。

(A) 她終究會接受這件事的。

(B) 因為有個颶風襲擊了南部。

(C) 為什麼？我遵循了測驗的指示啊。

破題關鍵

這題要對直述句做回應。對於「特麗莎因未通過考試而顯得很沮喪」的敘述，選項 (A) 以「她終究會接受這件事的」來表達說話者對這個情況的看法，為合理回應，故為正確答案。而若只針對問題中的 depressed（沮喪）來想像情境，就可能誤選 (B)。另外，選項 (C) 的最後一個單字和原句的最後一個單字同指「考試；測驗」，也可能引人上當，因此必須多加注意。

☐ **depressed** [dɪˋprɛst] *adj.* 沮喪的
☐ **eventually** [ɪˋvɛntʃʊəlɪ] *adv.* 終究；最後
☐ **come to term with ...** 接受……；妥協於……
☐ **hurricane** [ˋhɝɪˌken] *n.* 颶風
☐ **instruction** [ɪnˋstrʌkʃən] *n.* 指示

---

37. 答案：C ★★ 🇬🇧 ▶ 🇦🇺 ⒈⒑⒑

錄音內容 Should I put on the peanut butter before toasting it or after?

(A) He was a great catcher in the past.

(B) After giving a toast to Jane.

(C) Don't you have any strawberry jam?

錄音翻譯 我該在烘烤之前塗花生醬，還是在烘烤之後再塗？

(A) 他從前是個很了不起的捕手。

(B) 在為珍乾杯後。

(C) 你沒有草莓果醬嗎？

破題關鍵

這是以 Should I ...? 開頭的選擇疑問句，為二選一的情況。針對問句裡的 before、after，選項 (A) 用表示時間的片語 in the past（從前）來引誘考生誤答，同時，也要小心別把 butter 和 batter（棒球的打擊手）混淆，而誤選了包含 catcher（捕手）的 (A)。選項 (B) 則是利用與問句中 toasting 發音相似的 toast 來製造陷阱。最後，以「你沒有草莓果醬嗎？」來表達「塗草莓果醬更好」的 (C) 才是正確答案。

☐ **toast** [tost] *vt.* 烘烤（麵包等）/ *n.* 敬酒　　　☐ **in the past** 從前；過去

....

38. 答案：B　★★★　

（MP3 111）

録音内容 Wasn't the lecturer supposed to be here a couple of hours ago?

(A) Our goal is to invite the couple we invited two years ago.

(B) Yes, he is in the waiting room and is ready for the speech.

(C) They are coming to the wedding reception this weekend.

録音翻譯 演講者不是幾個小時前就該到了嗎？

(A) 我們的目標是要邀請兩年前那對我們邀請過的夫婦。

(B) 是的，他在等候室裡，而且已準備好要發表演說了。

(C) 他們這個週末會來參加結婚喜宴。

破題關鍵

這是以 Wasn't ...? 起頭的否定疑問句，藉由「演講者不是幾個小時前就該在這兒的嗎？」這樣的疑問表達「他人為什麼不在這裡？！」的不滿情緒。選項 (A) 雖包含與問句相同的 couple，但無法連接對話邏輯，所以不對。而選項 (B) 以「他在等候室，並已準備好了」來說明目前狀況，解答了提問者的疑問，故為正確答案。最後，問句問的是過去的事，選項 (C) 回應的卻是這個週末的事，而且提到的 wedding reception（結婚喜宴）也與問句內容毫無關聯，所以不對。

☐ **lecturer** [ˋlɛktʃərə] *n.* 演講者；講師　　☐ **be supposed to** 理應……；應該要……
☐ **invite** [ɪnˋvaɪt] *vt.* 邀請；招待　　☐ **wedding reception** 結婚喜宴

....

39. 答案：A　★★　

（MP3 112）

録音内容 There is no house up for sale around here, is there?

(A) There used to be one near the station.

(B) We only accept cash in this branch.

(C) Will you set aside the product for me?

| 錄音翻譯 | 這附近都沒有房子要賣，對吧？ |

(A) 之前在車站附近有一棟。

(B) 本分店只接受現金。

(C) 你可以幫我預留該產品嗎？

破題關鍵

此題是以 There is ... 起頭的「附加疑問句」形式的問題。針對「附近沒有房子要賣，對吧？」的詢問，回答「之前車站附近有一棟」的 (A) 便是正確答案。若因聽見問題中的 sale，而想像成「購買特價商品」之類的話題，就可能誤選 (B)。最後一個選項 (C) 也與「購物」有關，但是由於是拜託對方幫忙預留，故就「房子」相關話題來說並不合適。

> **注意** 一聽到 There is ...，就可立即判斷為「有……」的句型。

☐ **accept** [ək`sɛpt] *vt.* 接受；認可　　☐ **set aside** 預留

---

40. 答案：C ★★★

錄音內容 You haven't visited the new resort facility in San Francisco, have you?

(A) No, I can't find any successful results.

(B) The concert will be held in San Francisco this summer.

(C) I've only been to the one in Vancouver.

錄音翻譯 你還沒去過在舊金山的新度假設施，對吧？

(A) 不，我找不到任何成功的結果。

(B) 該演唱會將於這個夏天在舊金山舉辦。

(C) 我只去過在溫哥華的那一個。

破題關鍵

這是以 You haven't ...? 起頭的否定附加疑問句。提問者想確認對方是否還沒去過「在舊金山的新度假設施」。(A) 雖先回答了 No，但聽不出其後的 successful results 指的是什麼，所以不對。而 (B) 的 concert（演唱會）與問題內容毫無關連，所以也不對。最後一個選項 (C) 以「我只去過溫哥華的那一個」作為回應，為正確答案（注意，one 指的是「度假設施」）。

☐ **resort** [rɪ`zɔrt] *n.* 度假勝地　　☐ **facility** [fə`sɪlətɪ] *n.* 設施；場所

Questions 41-43 ★★ 🇬🇧 ▶ 🇦🇺

41. 答案：D 先讀要點 **What** → 女子「注意到了什麼事」？

破題關鍵

女子一開始以「你沒食慾嗎？」對男子表達了關切，因此將此句換個方式表達的 (D) He ate a little（他只吃了一點）便是正確答案。Part 3 的第一題通常只要聽一開始的發言就能知道答案，但此題小心別被 low、lost、appetite 等發音誤導，而錯選了 (B) 或 (C)。另外，在男子後續的發言中，也含有易與 (A) 混淆的陷阱，須特別注意。

42. 答案：B 先讀要點 **What** → 女生提出了「什麼建議」？

破題關鍵

請聽女子第二次的發言。一聽到 you had better ...（你最好……）就知道建議的內容緊接其後，所以要立即準備聽取。接著說的是「最好請半天假去看醫生」，因此以不同說法表達此意的 (B) 就是正確答案。

43. 答案：A 先讀要點 **What** → 下午 1 點會「發生什麼事」？

破題關鍵

請注意男子最後說的話。由於男子最後說的是「等 1 點我打電話給客戶之後……」，故正確答案為 (A)。

錄音內容

W: Tony, have you lost your appetite? ← **Q41** 女子注意到的男子的狀況

M: I am all out of sorts. I have a dull pain in my lower back. I had a painkiller but it is still bothering me.　　↓ **Q42** 女子對男子提出的建議

W: Are you alright? Maybe you had better take a half-day off and go and see a doctor. Just last week, I had some stomach problems so I had an endoscope but everything was just fine.

M: I guess you are right. I will go and see my doctor this afternoon after I call one of my clients at 1:00 P.M. ← **Q43** 下午 1 點發生的事

錄音翻譯

女子：湯尼，你沒食慾嗎？

男子：我身體很不舒服。我的下背部隱隱作痛。我吃了止痛藥，但還是痛。

女子：你還好吧？也許你最好請個半天假去看醫生。就在上週，我的胃出了點毛病，所以做了內視鏡檢查，不過一切都沒問題。

男子：我想妳是對的。等我下午 1 點打電話給我一位客戶之後，我就會去看醫生。

問題&選項翻譯

41. 女子注意到了男子的什麼狀況？

    (A) 他的得分很低。

    (B) 他沒有點前菜。

    (C) 他失去記憶了。

    (D) 他只吃了一點點。

42. 女子建議男子做什麼？

    (A) 按下警報器

    (B) 做檢查

    (C) 吃藥

    (D) 把他的鬍子剃掉

43. 下午 1 點會發生什麼事？

    (A) 男子會打電話給某人。

    (B) 醫生將檢查顯微鏡。

    (C) 他們將吃午飯。

    (D) 某個客戶會來。

☐ **appetite** [ˋæpəˌtaɪt] *n.* 食慾

☐ **dull** [dʌl] *adj.* 隱約的

☐ **bother** [ˋbɑðə] *vt.* 煩擾；打擾

☐ **endoscope** [ˋɛndəˌskop] *n.* 內視鏡

☐ **appetizer** [ˋæpəˌtaɪzə] *n.* 前菜；開胃菜

☐ **buzzer** [ˋbʌzə] *n.* 警報器；蜂鳴器

☐ **beard** [bɪrd] *n.* 鬍子

☐ **telephone** [ˋtɛləˌfon] *vt.* 打電話給……

☐ **out of sorts** 身體不適

☐ **pain-killer** [ˋpenˌkɪlə] *n.* 止痛藥

☐ **stomach** [ˋstʌmək] *n.* 胃

☐ **client** [ˋklaɪənt] *n.* 客戶

☐ **suggest** [səˋdʒɛst] *vt.* 建議

☐ **checkup** [ˋtʃɛkˌʌp] *n.* 檢查

☐ **shave** [ʃev] *vt.* 刮；剃

☐ **examine** [ɪgˋzæmɪn] *vt.* 檢查

44. 答案：B　先讀要點 **What** → 出了「什麼問題」？

破題關鍵

由於男子的發言是以 It's shocking that 起頭，故可預測後續的子句會提到「令人震驚的事情」，也就是所發生的問題，因此要仔細聽取該部分。男子接著說的是「管理企業退休基金的公司破產了」，所以答案為 (B) A company went bankrupt。

45. 答案：D　先讀要點 **When** → 男子「何時開始」在此公司工作？

破題關鍵

問題以 When 開頭，故應等著聽取包含日期及數字的資訊。首先要小心別因女子在第一次發言中提到 four years ago，就急著選了錯誤的 (C) 選項。從接下來男子第二次的發言「每一個員工都必須加入該退休年金計畫」，以及「他已持續繳費七年」的資訊可知，他是從「七年前」開始在該公司工作的，正確答案為 (D)。

46. 答案：A　先讀要點 **What** → 女子說她「接下來會做什麼」？

破題關鍵

由女子最後說的「我會上他們的網站查查，看看他們的線上支援服務是否還可使用」可知，表達了同樣意思的 (A) 就是正確答案。注意，別只因聽到 website 和 available 等詞彙，就錯選了包含這些詞彙的 (B) 及 (C) 才好。

錄音內容　　　　　　　　　　↓ **Q44** 發生的問題

M: It's shocking that the firm managing our corporate pension fund went into bankruptcy.

W: I don't believe it either! What is going to happen to our pension benefits? I have been paying into it since I started working at this company four years ago.　　↓ **Q45** 男子何時開始在此公司工作？

M: Unfortunately, every member of our company had to pay into this pension plan. I've paid into it for sevem years. I think we should still receive the annuity. I am going to ask the person in charge.

W: That's good. And I will check their website and see if their on-line support service is still available.　　↑ **Q46** 女子接著要做的事

錄音翻譯

男子：真令人震驚，負責管理我們企業退休基金的公司竟然破產了。

女子：我也不敢相信這件事！我們的退休福利會變成怎樣？自從我四年前開始在這家公司工作之後，就一直持續繳納基金費。

男子：很遺憾，我們公司的每個員工都必須繳費給該退休年金計畫。我已經繳了七年。我想我們應該還是能拿到年金。我要去問問負責的人。

女子：那很好。而我會上他們的網站查查，看看他們的線上支援服務是否還可使用。

問題＆選項翻譯

44. 出了什麼問題？
    (A) 有位經理度假去了。
    (B) 有家公司破產了。
    (C) 他們安裝了一台舊電腦。
    (D) 他們飯店的房間太寬敞。

45. 男子何時開始在該公司工作？
    (A) 一年前
    (B) 三年前
    (C) 四年前
    (D) 七年前

46. 女子說她接下來會做什麼？
    (A) 查看客戶服務
    (B) 建立一個網站
    (C) 查一下她何時有空
    (D) 把她的錢退還回來

☐ **firm** [fɜm] *n.* 公司

☐ **pension** [ˋpɛnʃən] *n.* 年金；退休金

☐ **go into bankruptcy** 破產

☐ **annuity** [əˋnjuətɪ] *n.* 年金

☐ **availability** [əˌveləˋbɪlətɪ] *n.* 可利用性；可得性

☐ **corporate** [ˋkɔrpərɪt] *adj.* 企業的

☐ **fund** [fʌnd] *n.* 基金

☐ **benefit** [ˋbɛnəfɪt] *n.* 福利；利益

☐ **spacious** [ˋspeʃəs] *adj.* 寬敞的

☐ **refund** [rɪˋfʌnd] *vt.* 退還；償還

47. 答案：D 先讀要點 **Why** → 主辦公室為何會關閉？

破題關鍵

女子在一開始的發言中，詢問男子關於紐約主要辦公室關閉的事情。針對此疑問，男子在第一次發言的第二句提到 We are forced to close the main branch，這時只要聽取其後以 because of 接續的內容，就能了解關閉的理由。與 worsening performance 同義的 (D) Business is slow（業績低迷）為正確答案。

48. 答案：B 先讀要點 **Where** → 從三月份起「業務人員會在哪裡工作」？

破題關鍵

預先瀏覽題目後，一邊在腦海中反覆想著「業務人員在哪裡？」，一邊聆聽語音內容。當聽到男子第一次發言中第三句的 the sales members will be transferred to ...，就知道須聽取接在其後的內容。而接著的內容為 the Detroit office.，所以正確答案是 (B) 底特律。

49. 答案：B 先讀要點 **Which** →「哪個設備」會由公司經費支付？

破題關鍵

男子在其第二次發言中提到 we are paying for and providing，所以要注意聽接在之後的受詞。他表示「公司會支付並提供製作網頁所需的所有電腦設備」，Printers（印表機）屬於電腦設備，故 (B) 為正解。

錄音內容

W: Mr. Lee, is it true? I heard we will close down our New York main office in March.

↓ **Q47** 主要辦公室關閉

M: Unfortunately, that's true. We are forced to close the main branch because of our worsening performance. Among the staff in the New York office, the sales members will be transferred to the Detroit office, and the web designers including you will work from home and process orders from the clients.

Q48 業務部從三月份起的工作地點

W: I understand. I wouldn't mind dealing with requests from home as long as I can receive the same salary as I do now.

M: Of course, we have no plans to reduce salaries at the moment. In addition, we are paying for and providing all the necessary computer equipment that you'll need for making clients' web-pages.

Q49 由公司費用支付的設備

錄音翻譯

女子：李先生，是真的嗎？我聽說我們三月會關掉我們紐約的主辦公室。

男子：很遺憾地，這是真的。由於業績持續惡化，我們被迫得關閉主要分公司。在紐約辦公室的員工之中，業務人員將轉調至底特律辦公室，而包括妳在內的網頁設計人員將在家工作，並直接處理從客戶來的訂單。

女子：我了解。只要我能收到和現在一樣的薪水，我並不介意在家處理客戶的要求。

男子：當然，目前我們還沒有減薪的計畫。而且我們會支付並提供妳製作客戶網頁所需的所有電腦設備。

問題 & 選項翻譯

47. 主辦公室為何會關閉？
    (A) 它離車站很遠。
    (B) 員工們沒有足夠的錢。
    (C) 該大樓將重新裝修。
    (D) 業績低迷。

48. 從三月份起業務人員會在哪裡工作？
    (A) 在主辦公室
    (B) 在底特律
    (C) 在紐約
    (D) 在家裡

49. 依據男子所言，哪個設備會由公司經費支付？
    (A) 九九乘法表
    (B) 印表機
    (C) 白板
    (D) 咖啡機

☐ **worsen** [ˋwɜsn̩] *vi.* 惡化

☐ **transfer** [trænsˋfɜ] *vt.* 轉移；調動

☐ **in addition** 此外；而且

☐ **renovate** [ˋrɛnəˏvet] *vt.* 更新；整修

☐ **multiplication** [ˏmʌltəpləˋkeʃən] *n.* 乘法運算

☐ **performance** [pɚˋfɔrməns] *n.* 業績；績效

☐ **reduce** [rɪˋdjus] *vt.* 減少；削減

☐ **equipment** [ɪˋkwɪpmənt] *n.* 設備

☐ **expense** [ɪkˋspɛns] *n.* 費用

50. 答案：D 　先讀要點 **Where** → 此對話發生於何處？

破題關鍵

這題要根據女子一開始的發言來做綜合性判斷。由女子所說的「下一個紅綠燈處有個加油站」、「我們該切換車道了」可知，這應該是在汽車裡的對話，所以正確答案是 (D) In a car（在汽車裡）。

51. 答案：B 　先讀要點 **What** → 女子對男子提出了「什麼建議」？

破題關鍵

女子在一開始的發言中提到 Aren't we going to stop off at a gas station?，而「去加油站」的目的就是要「加油、補充燃料」，因此 (B) Refuel an automobile 便是正確答案。

52. 答案：C 　先讀要點 **What** → 關於汽油價格可「做何推論」？

破題關鍵

男子在第一次發言中提到 But I heard the price of gasoline has risen sharply.，由此可知汽油價格大幅上漲。接著他又說 I don't want to pay $4.00 per gallon.，可見現在的油價是 4 美元，因此要選擇表示「飆升至 4 美元」之意的 (C) It has soared to $4.。

錄音內容　　　↓ Q50 對話進行的地點　　　　　　　↓ Q51 女子對男子提出的建議

W: Aren't we going to stop off at a gas station? I think there is one at the next traffic light. We should change lanes.

M: I know. But I heard the price of gasoline has risen sharply recently. I don't want to pay $4.00 per gallon. ↑ Q52 關於汽油價格的推論 ──────↑

W: So you can drive two more hours without stopping for gas?

M: You are right. That's impossible. Well, I guess that's it then. I will stop at the next filling station on the way.

錄音翻譯

女子：我們不是要去一下加油站嗎？我想下一個紅綠燈處就有一間。我們該切換車道了。

男子：我知道。但是我聽說汽油價格最近大幅上漲。我可不想付每加侖 4 美元的油錢。

女子：那麼你可以再開兩小時而不停車加油嗎？

男子：妳說得對。這是不可能的。好吧，我想也只能這樣了。我會停在下一個經過的加油站。

問題＆選項翻譯

50. 這段對話可能發生於何處？

　　(A) 在加油站

　　(B) 在建築工地

　　(C) 在火車上

　　(D) 在汽車裡

51. 女子建議男子做什麼？

　　(A) 在紅綠燈處讓她下車

　　(B) 替汽車加油

　　(C) 變更行程

　　(D) 再開兩小時以上的車

52. 關於汽油價格可做何推論？

　　(A) 它是不斷波動的。

　　(B) 已跌至 4 美元。

　　(C) 已飆升至 4 美元。

　　(D) 最近沒有變化。

☐ **stop off** 中途稍作停留

☐ **gallon** [ˋgælən] *n.* 加侖

☐ **drop off** 讓……下車

☐ **automobile** [ˋɔtəməˏbɪl] *n.* 汽車

☐ **constantly** [ˋkɑnstəntlɪ] *adv.* 不斷地

☐ **soar** [sor] *vi.* 飆升；暴漲

☐ **traffic light** 紅綠燈；交通號誌燈

☐ **construction site** 建築工地

☐ **refuel** [riˋfjuəl] *vt.* 補給燃料

☐ **infer** [ɪnˋfɝ] *vt.* 推論；推斷

☐ **fluctuate** [ˋflʌktʃuˏet] *vi.* 波動

53. 答案：**A** 先讀要點 **Where →** 說話者最有可能「身處何處」？

破題關鍵

女子在其第一次發言時的第二句提到 I frequently visit this store.，由此可知此處應是某個「商店」，而可能的答案只有 (A) 或 (B)。接著她又說「我沒看過這種花樣的天藍色錢包」，因此可排除 (B) 的五金行。正確答案為 (A) In a boutique。

54. 答案：**D** 先讀要點 **Which →**「哪個顏色」是原有的顏色之一？

破題關鍵

男子在第一次的發言中，對春季新品做了說明，而由第四句提到的 ... to the original black and brown men's lines. 可知，黑色和褐色是原有的顏色。因此，正確答案為 (D) Black。

55. 答案：**C** 先讀要點 **What →** 關於女子的敘述，「何者正確」？

破題關鍵

女子在第二次的發言中提到「我男朋友的生日就在兩週後」，並表示「他喜歡天空藍或銀色」。由此可知，她應該是在替男朋友挑選生日禮物，所以正確答案是 (C)。注意，(D)「她將付現」是否為真，在此對話中無法確認，故不可選。

錄音內容   ↓ **Q53** 說話者的所在地點

W: Isn't this blue one beautiful? I frequently visit this store, but I have never seen this sky blue wallet in this pattern. It's fascinating!

M: You have an expert eye, madam. This is the lineup for the new spring collection, and it arrived just yesterday. This line has been well received. So we added 4 new colors, sky blue, silver, magenta pink, and vermillion red to the original black and brown men's lines.

↑ **Q54** 原有的顏色

W: Wow! There are so many colors to pick from. Actually, my boyfriend's birthday is coming in two weeks. I think he would like either the sky blue or silver one.   ↑ **Q55** 與該女子有關的敘述

M: All right, madam. Both sky blue and silver are new colors. Please take your time to select the one you feel is best. By the way, we accept all major credit cards.

錄音翻譯

女子：這個藍色的真美！我經常光顧這家店，但是從來沒看過這種花樣的天藍色錢包。真是迷人！

男子：您真有眼光，女士。這是春季新品系列，昨天才到的。這一系列一直深受好評。所以我們在男士系列原有的黑色與褐色之外，又加了四種顏色，天藍色、銀色、紫紅色，以及朱紅色。

女子：哇！有這麼多顏色可選。事實上，我男朋友的生日再兩週就要到了。我想他會喜歡天藍色或銀色的。

男子：好的，女士。天藍色和銀色都是新的顏色。請慢慢挑選您覺得最好的。順便跟您說一下，我們接受各大信用卡。

問題&選項翻譯

53. 說話者最有可能身處何處？
    (A) 在服飾精品店裡
    (B) 在五金行裡
    (C) 在博物館裡
    (D) 在畫廊裡

54. 哪個顏色是該系列商品原有的顏色之一？
    (A) 天空藍
    (B) 銀色
    (C) 紅色
    (D) 黑色

55. 有關女子的敘述，何者可能是正確的？
    (A) 她以前從沒來過這間店。
    (B) 她視力很好。
    (C) 她在選生日禮物。
    (D) 她將付現。

☐ **frequently** [`frikwəntlɪ] *adv.* 頻繁地
☐ **expert eye** 眼光精準
☐ **vermillion** [vəˋmɪljən] *n.* 朱紅色
☐ **hardware** [`hɑrd͵wɛr] *n.* 五金器具
☐ **fascinating** [`fæsn͵etɪŋ] *adj.* 極好的；迷人的
☐ **magenta** [məˋdʒɛntə] *n.* 紫紅色
☐ **boutique** [buˋtik] *n.* 服飾精品店

56. 答案：A 先讀要點 **What** → 男子在「等什麼」？

破題關鍵

男子發言的第一句就說「我在等從蒙特婁分公司寄來的包裹」。在此要小心，別只因聽出 Montreal 一字，就快速地誤選了 (B)。而由第二句「我上週請他們送來 40 組頭戴式耳機」的敘述即可判斷，正確答案為 (A)。

57. 答案：C 先讀要點 **What** → 關於演講嘉賓可「做何推論」？

破題關鍵

男子在第二次的發言中，才提到與演講嘉賓有關的敘述。由男子說的「演講嘉賓來自象牙海岸，只說法文」可知，正確答案是 (C)。另外，請小心別被 shipment、hear 等發音給誘騙而誤選了 (B) 或 (D)。

58. 答案：D 先讀要點 **What** → 女子提出了「什麼建議」？

破題關鍵

一聽到女子第二次發言時說的 In that case, why don't we ...，就知道接在其後的便是建議內容，故請做好仔細聆聽的準備。接著說的是 ... ask the translator to carry out the interpretation sentence by sentence，亦即不做「simultaneous（同步）」口譯，而是「請口譯人員採取 sentence by sentence（逐句）的翻譯方式」，所以正確答案是 (D)。

錄音內容 　　　　　　　　↓ **Q56** 男子在等的東西

M: Cindy, I've been expecting a package from the Montreal branch. I asked for a shipment of 40 headsets last week. Have you seen the parcel yet?

W: No, I was sitting at the front desk all morning and the delivery person told me there were no packages for us today.

M: Are you sure? We need the headsets for today's seminar scheduled for 2:00 P.M. We invited a guest speaker from the Ivory Coast who speaks only French. I was going to let the participants hear simultaneous translation through the headsets. **Q57** 關於演講嘉賓的推論

W: I see. In that case, why don't we ask the translator to carry out the interpretation sentence by sentence so that the audience can hear both languages. ↑ **Q58** 女子提出的建議

錄音翻譯

男子：辛蒂，我一直在等從蒙特婁分公司寄來的包裹。我上週請他們送來 40 組頭戴式耳機。妳看到包裹了嗎？

女子：沒有，我整個早上都坐在櫃台，而且送貨人員跟我說今天沒有寄給我們的包裹。

男子：妳確定嗎？預定於今天下午兩點的研討會需要用到那些頭戴式耳機。我們邀請了一位來自象牙海岸的演講嘉賓，他只講法文。我原本打算讓與會者透過頭戴式耳機聽取同步口譯。

女子：我了解了。在這種情況下，我們何不請翻譯人員進行逐句口譯，這樣聽眾可以聽到兩種語言。

問題 & 選項翻譯

56. 男子在等什麼？
(A) 耳機送達
(B) 從蒙特婁分公司來的電話
(C) 今日研討會的時間表
(D) 來自演講嘉賓的邀約

57. 關於演講嘉賓可做何推論？
(A) 他的班機延誤了。
(B) 他的船要開往法國。
(C) 他不講英語。
(D) 他的耳朵聽不清楚。

58. 女子建議他們做什麼？
(A) 追蹤該包裹
(B) 重新安排研討會時間
(C) 同時使用頭戴式耳機與麥克風
(D) 要求口譯人員以另一種方式進行口譯

☐ **headset** [ˈhɛdˌsɛt] *n.* 頭戴式耳機

☐ **expect** [ɪkˈspɛkt] *vt.* 期待

☐ **parcel** [ˈpɑrsl̩] *n.* 包裹

☐ **participant** [pɑrˈtɪsəpənt] *n.* 參與者

☐ **simultaneous** [ˌsaɪmlˈtenɪəs] *adj.* 同時的；同步的

☐ **interpretation** [ɪnˌtɜprɪˈteʃən] *n.* 翻譯；口譯

☐ **invitation** [ˌɪnvəˈteʃən] *n.* 邀請

☐ **bound for** 前往……

☐ **trace** [tres] *vt.* 追蹤

☐ **reschedule** [riˈskɛdʒʊl] *vt.* 重新安排……的時間

☐ **simultaneously** [ˌsaɪmlˈtenɪəslɪ] *adv.* 同時地；同步地

59. 答案：D 　先讀要點 **What** → 女子想知道什麼？

破題關鍵

女子一開始就問對方 Carlos, could you tell me ...?，可見接下來就會提到女子想知道的事情。而接著說的是 tell me the songs that you are going to perform at the autumn event next month?，所以正確答案就是 (D) The names of some songs。

60. 答案：C 　先讀要點 **Who** → 男子可能是什麼人？

破題關鍵

雖然在兩人前半段對話中並未提及與男子職業有關的資訊，但女子在第二次發言的第二句說了 You are the most popular instructor in the sports club.，由此可知該男子的職業為「健身俱樂部教練」，所以正確答案是 (C)。注意，此題還列出了幾個似是而非的選項，如「作曲家」、「街頭藝人」等，請小心別上當。

61. 答案：B 　先讀要點 **What** → 男子將「在今年的活動中做什麼」？

破題關鍵

男子在第二次發言的第二句提到 I will perform the material I did last time.，所以正確答案就是 (B)「再用一次同樣的歌曲」。另外，注意 (C) 選項中的 master of ceremony 指「司儀；典禮主持人」。

錄音內容 　　　　　　　　　　↓ Q59 女子想知道的事

W: Carlos, could you tell me the songs that you are going to perform at the autumn event next month? I need to send the basic agenda to head office.

M: Sorry, I have been busy lately. I have been trying to make some new material but nothing comes to mind.

W: I just need to know the titles of the songs. You are the most popular instructor in the sports club and the members always love to see you perform. 　　　　　↑ Q60 男子是什麼人？

M: Thank you and I know. Since I can't come up with any new material, I will perform the material I did last time.
　　↑ Q61 男子要在活動中做的事

錄音翻譯

女子：卡洛斯，可不可以告訴我你將在下個月的秋季活動中表演的歌曲是哪些？我必須把基本計畫事項傳送給總公司。

男子：對不起，我最近一直很忙。我一直試著想創造些新的表演內容，但卻什麼也想不出來。

女子：我只需要知道歌名。你是健身俱樂部裡最受歡迎的教練，會員們都愛看你表演。

男子：謝謝妳，我知道。既然我想不出任何新招數，那麼我會再表演一次上次的內容。

問題＆選項翻譯

59. 女子想知道什麼？
    (A) 活動日期
    (B) 母公司的所在據點
    (C) 歌舞劇的名稱
    (D) 幾首歌曲的曲名

60. 男子最有可能是什麼人？
    (A) 發言人
    (B) 作曲家
    (C) 健身俱樂部的教練
    (D) 街頭藝人

61. 男子將在今年的活動中做什麼？
    (A) 派人去把他最喜愛的音樂家請來
    (B) 再用一次同樣的歌曲
    (C) 擔任該活動的司儀
    (D) 取消他的表演

☐ **agenda** [əˋdʒɛndə] *n.* 計畫事項；議程
☐ **material** [məˋtɪrɪəl] *n.* 素材
☐ **perform** [pɚˋfɔrm] *vi.* 表演
☐ **spokesperson** [ˋspoks͵pɝsṇ] *n.* 發言人
☐ **composer** [kəmˋpozɚ] *n.* 作曲家

62. 答案：B 先讀要點 **Why** → 女子「為何打電話」給蘭德爾先生？

破題關鍵

女子一開始先以 Hello 打招呼，之後便說 I'm calling to inquire about the job opening for ... ，亦即「打電話來詢問關於職缺的事情」，所以正確答案為 (B) To apply for a job offer。

63. 答案：C 先讀要點 **What** → 男子要求女子「做什麼」？

破題關鍵

男子在第一次發言的第三句提到 Please send us a copy of your résumé ... ，因此將 résumé（履歷）改以 curriculum vitae 表達的選項 (C)「遞交履歷」便是正確答案。

64. 答案：A 先讀要點 **What** → 女子「想知道什麼」？

破題關鍵

由女子在第二次發言的第三句提到 How many people do you think will obtain the creating positions? 可知，她是想知道徵才將雇用的「人數」。因此正確答案為 (A) 現有的職缺數。

錄音內容   ↓ **Q62** 女子打電話來的原因

W: Hello, I'm calling to inquire about the job opening for the software creator that appeared in *Entertainment Monthly*. May I speak to Mr. Randall, the personnel director, please?

M: Speaking. We are also accepting applicants for a software advisor as well as creators. Please send us a copy of your résumé and at least one letter of recommendation.   ↑ **Q63** 男子對女子提出的要求

W: Sure. Actually, I've always been very interested in your company and would really love to work for you. How many people do you think will obtain the creating positions?   ↑ **Q64** 女子想知道的事

M: Basically, there are three available positions for the creators. But, in any case, we may be hiring more than that if they are very capable and qualified for the positions.

錄音翻譯

女子：您好，我打電話來詢問有關刊登在《娛樂月刊》上的軟體製作人員職缺的事。可以請人事部經理蘭德爾先生聽電話嗎？

男子：我就是。除了製作人員外，我們也在徵軟體顧問。請寄一份妳的履歷給我們，以及至少一封推薦信。

女子：沒問題。事實上，我對貴公司一直非常有興趣，所以真的很想為你們工作。您認為將有多少人能獲得製作人員的職務呢？

男子：基本上，製作人員的職缺共有三個。但不管怎樣，如果來應徵的人非常有能力而且能夠勝任那些職務的話，我們也可能雇用更多人。

問題&選項翻譯

62. 女子為何打電話給蘭德爾先生？

　　(A) 為了開啓一個檔案　　　　　(C) 為了訂閱一本月刊

　　(B) 為了應徵一個工作　　　　　(D) 為了推薦一個人

63. 男子要求女子做什麼？

　　(A) 採納製作人員的建議　　　　(C) 提交履歷表

　　(B) 把他的個人物品寄來　　　　(D) 接受新的理論

64. 女子想知道什麼？

　　(A) 現有的職缺數　　　　　　　(C) 製作程式的方法

　　(B) 面試時間表　　　　　　　　(D) 推薦函的截止期限

☐ **inquire about** 詢問有關……

☐ **personnel** [ˌpɜsnˋɛl] *n.* 人事部門

☐ **applicant** [ˋæpləkənt] *n.* 應徵者；申請人

☐ **résumé** [ˋrɛzuˌme] *n.* 履歷（表）；簡歷

☐ **recommendation** [ˌrɛkəmɛnˋdeʃən] *n.* 推薦（信）

☐ **obtain** [əbˋten] *vt.* 取得

☐ **hire** [haɪr] *vt.* 雇用

☐ **capable** [ˋkepəbl] *adj.* 有能力的

☐ **qualified** [ˋkwɑləˌfaɪd] *adj.* 有資格的；能勝任的

☐ **apply** [əˋplaɪ] *vi.* 應徵；申請

☐ **subscribe to** 訂閱……

☐ **journal** [ˋdʒɝnl] *n.* 雜誌；期刊

☐ **individual** [ˌɪndəˋvɪdʒuəl] *n.* 個人

☐ **belongings** [bəˋlɔŋɪŋz] *n.* 所有物；財產（複數）

☐ **submit** [səbˋmɪt] *vt.* 遞交；提出

☐ **curriculum vitae** 履歷（表）；簡歷

☐ **theory** [ˋθiərɪ] *n.* 理論

☐ **reference** [ˋrɛfərəns] *n.* 推薦函

65. 答案：B　先讀要點 Who → 男子是什麼人？

破題關鍵

男子一開始便說明自己因無法預約到研討室而困惑不已的狀況，且在第四句說了 My staff ID is "BK98011"，亦即將自己的員工編號給了對方，由此可知正確答案就是 (B) An employee（一名員工）。

66. 答案：C　先讀要點 What → 男子在「堅持什麼」？

破題關鍵

關於研討室的規定，該男子在第二次發言中表示 that's ridiculous（那太荒謬了），然後說明當天是因為天候不良，所以才要求負責人員取消預約，因此符合此敘述的選項 (C)「他遵守了規定」就是正確答案。

67. 答案：B　先讀要點 What →「女子」在回覆男子之前，「會先做什麼」？

破題關鍵

女子在第二次發言中的最後提到「今天稍晚或明天我會寄內部郵件給你」，而由前一句說的 I will look into the matter 可知，以不同說法表達此意的 (B) 就是正確答案。

錄音內容

M: Excuse me. I'm calling because I can't reserve any of the seminar rooms. And I would like to know why I keep getting a message saying that I have been suspended from booking rooms. My staff ID is "BK98011".　　　　　　　　　　**Q65** 這位男子是什麼人？

W: All right. Let me see …, well according to our records, on Feb 25th you canceled seminar room A, without any previous notice. Cancelling without pre-notification receives an automatic three month-suspension.　　　　**Q66** 男子所強調的事

M: But that's ridiculous. I called the person in charge on the morning of that day. It was snowing badly so I requested him to cancel the room because almost nobody would be attending due to the weather.

W: I see, well obviously, you did nothing wrong. I will look into the matter and get the suspension lifted. I will send you an internal mail later today or tomorrow with the details.　**Q67** 女子在回信給男子之前會做的事

錄音翻譯

男子：打擾一下。我打電話來是因為我預約不到任何研討室。我想知道為何我一直收到一個訊息，說我的權限已被暫時取消，無法預約。我的員工編號是 BK98011。

女子：好的。讓我看看……嗯，依據我們的記錄，你 2 月 25 日在未事先通知的情況下取消了研討室 A。無預先通知就取消會自動受到三個月的停權處分。

男子：但那太荒謬了。那天早上我有打電話給負責的人員。當天是雪下得很大，所以我要求他取消研討室的預約，因為天候不良，幾乎沒人能出席。

女子：我明白了，那麼很顯然地，你沒做錯任何事。我會調查一下這件事，並解除停權。今天稍晚或明天我會寄內部郵件給你，以說明詳細狀況。

問題&選項翻譯

65. 男子最有可能是什麼人？
    (A) 一名律師
    (B) 一個員工
    (C) 一位負責的人員
    (D) 一個郵差

66. 關於研討室的使用規範，男子堅持什麼？
    (A) 他三年前取消了該房間。
    (B) 該規範未能滿足參加者的期待。
    (C) 他遵守了規定。
    (D) 那個房間太小了。

67. 女子在回覆給男子之前，會先做什麼？
    (A) 找一雙吊襪帶
    (B) 調查問題
    (C) 記住他的號碼
    (D) 打電話給其中一位參加者

☐ **suspend** [sə`spɛnd] *vt.* 暫停；暫時取消
☐ **previous** [`priviəs] *adj.* 事先的
☐ **pre-notification** [pri͵notəfə`keʃən] *n.* 預先通知
☐ **suspension** [sə`spɛnʃən] *n.* 停權；暫停
☐ **ridiculous** [rɪ`dɪkjələs] *adj.* 荒謬的；可笑的
☐ **in charge** 負責的
☐ **due to** 由於……
☐ **obviously** [`ɑbvɪəslɪ] *adv.* 顯然地
☐ **look into** 研究……；調查 ...
☐ **lift** [lɪft] *vt.* 解除
☐ **internal** [ɪn`tɜnl̩] *adj.* 內部的
☐ **insist** [ɪn`sɪst] *vt.* 強調；堅持
☐ **participant** [pɑr`tɪsəpənt] *n.* 參加者；與會者
☐ **abide by** 遵從……；遵守……
☐ **investigate** [ɪn`vɛstə͵get] *vt.* 調查
☐ **memorize** [`mɛmə͵raɪz] *vt.* 背下來；記住

68. 答案：A　先讀要點 **What** → 女子與男子想談什麼？

破題關鍵

男子一開頭就問 Did you hear the government report ...?，而女子回應這就是她想談的，因此將 government report（政府報告）改以 Official announcement 表達的 (A) 便是正確答案。

69. 答案：A　先讀要點 **What** → 男子想「問總裁什麼」？

破題關鍵

由男子於第二次發言的第二句提到 I am going to ask the president if this news will have a positive effect on the project. 就知道「他想問此新聞對專案是否會有正面影響」。不過光靠這些資訊還找不出符合的選項，而且很可能會因此誤選 (B) Positive feedback。重點其實是下面兩句話：Do you still have the project's proposal somewhere? I would like to show it to him again.，換言之，他接受了女子先前說的話，並打算進行遊說以獲得資金，所以正確答案是 (A)。

70. 答案：D　先讀要點 **Where** → 女子將「企劃案保存」在哪裡？

破題關鍵

對於男子提出的「企劃案是否還保留在某處？」一問，女子在第二次發言中明確回答 It's on my laptop.。因此，用另一種講法表達此意的 (D) On computer 就是正確答案。

錄音內容　　　　　　　　　　　↓ **Q68** 女子想談的事

M: Did you hear the government report saying that the Federal Reserve Board will lower the interest rate to 2 percent?

W: That's just what I wanted to talk with you about. I hope our firm can obtain a loan from the Brade Bank because of this announcement. I believe and hope that our new project will also be funded at this time.

M: You are right. I am going to ask the president if this news will have a positive effect on the project. Do you still have the project's proposal somewhere? I would like to show it to him again.　↑ **Q69** 男子想問總裁的事

W: It's on my laptop. Let me print it out right now so that you will be able to persuade the president to finance us.

　　↑ **Q70** 女子保存企劃案的地方

錄音翻譯

男子：妳有沒有聽說政府報告表示美國聯邦儲備委員會將把利率降低至 2%？

女子：那正是我想跟你談的。我希望我們公司能因這項公告訊息，而從博瑞德銀行獲得一筆貸款。我相信而且希望此時我們的新專案也將能獲得資金。

男子：妳說得對。我會去問一下總裁，看此新聞對專案是否會有正面影響。專案的企劃書妳是否還保留在某處？我想再給他看一次。

女子：就在我的筆記型電腦裡。我現在就把它印出來，這樣你就能拿去說服總裁提供資金給我們。

問題 & 選項翻譯

68. 女子想與男子談些什麼？
    (A) 官方公告
    (B) 同業公會
    (C) 政府公債
    (D) 期末報告

69. 男子想問總裁什麼事？
    (A) 新專案的資金籌措
    (B) 正面的回饋意見
    (C) 消息的可信度
    (D) 利率的百分比

70. 女子將企劃案保存在哪裡？
    (A) 在印表機上
    (B) 在最上層的抽屜裡
    (C) 在桌子上
    (D) 在電腦裡

☐ **Federal Reserve Board**（美國）聯邦儲備委員會 (FRB)

☐ **interest rate** 利率 　　　　　☐ **loan** [lon] *n.* 融資；貸款

☐ **proposal** [prə`pozl] *n.* 企劃案；提案 　☐ **persuade** [pɚ`swed] *vt.* 說服

☐ **finance** [faɪ`næns] *vt.* 提供資金；資助 　☐ **board of trade** 同業公會

☐ **raise** [rez] *vt.* 籌措

☐ **reliability** [rɪˌlaɪə`bɪlətɪ] *n.* 可靠性；可信度

☐ **drawer** [`drɔɚ] *n.* 抽屜

71. 答案：A 先讀要點 **What** → 這篇談話提到了餐旅業的什麼事？

破題關鍵

Part 4 也和 Part 3 一樣，在三個題目中通常都會有一題是與主旨有關的問題，只要聽懂一開始的句子，就很有可能找出正確答案。就像此篇獨白是以 The hospitality sector 起頭，若有預先瀏覽過問題，便知道該聽取與「餐旅業」有關的敘述。因此，只須繼續聆聽接在其後的內容，即可輕鬆答對，也就是，在聽到 fastest-growing industries（成長最快的產業）時，馬上就可判斷正確答案為 (A) Its growth patterns。

72. 答案：B 先讀要點 **What** → 對求職者來說「什麼是極重要的」？

破題關鍵

若知道問題裡的 jobseekers 是指「求職者」，那麼聽到第三句 For those of you who want to be successful in this industry 時，便可推測接著將播放的就是重點了。而接著提到 specific skills and real-life experiences are critical.（特定技能與實際經驗極其重要），所以正確答案就是表示「實務經驗」之意的 (B) Field experience。

73. 答案：C 先讀要點 **What** → 聽眾接著最可能做什麼？

破題關鍵

由第六句 You've already registered. 可知，聽眾已完成註冊手續，故可排除 (D) Register for classes。接著要注意以 Therefore 起頭的第七句：Therefore, after watching a short video on the history of our institution, we're going to take you on an hour-long walking tour of our campus.。因為會先進行「觀賞短片」的活動，所以正確答案是 (C) Watch a film。

錄音內容

Questions 71 through 73 refer to the following talk.

→The hospitality sector is one of the fastest-growing industries in the world. Large hotel, restaurant and resort chains employ thousands of people across a broad range of skills, from chefs and front desk staff to conference center managers and IT specialists. For those of you who want to be successful in this industry,← specific skills and real-life experiences are critical. Our courses will give you training for a successful career in this exciting field. Through each semester

Q71 關於餐旅業的敘述　　　　　　　　　　**Q72** 對求職者來說重要的事項

here, you'll go beyond simple textbooks to study under instructors who have unequaled expertise. You've already registered. Therefore, after watching a short video on the history of our institution, we're going to take you on an hour-long walking tour of our campus. That way, you'll be more familiar with it when you formally begin your classes next week.

Q73 聽眾接著將做的事

錄音翻譯

第 71~73 題與以下的談話內容有關。

餐旅業是世界上成長最迅速的產業之一。大型飯店、餐廳與連鎖度假村雇用數以千萬計具備各式各樣廣泛技能的人,從主廚與櫃台人員到會議中心管理人員與資訊專家等。對於各位當中想在此產業成功的人來說,特定技能與實際經驗極其重要。我們的課程將給予你充足訓練,讓你能在此令人興奮的領域獲得成功的職業生涯。在這裡的每個學期,你都將超越簡單的教科書,在具有無比專業技能的講師之下學習。你們已完成註冊手續。因此,在欣賞完一支關於本機構歷史的短片後,我們將帶著你們進行為時一小時左右的校園徒步導覽。如此一來,下週當你們正式開始上課時,對校園就能比較熟悉了。

問題＆選項翻譯

71. 這篇談話提到了餐旅業的什麼事?
    (A) 成長模式
    (B) 薪資水準
    (C) 市場規則
    (D) 成功的首席執行長

72. 依據發言者,對求職者來說什麼是極重要的?
    (A) 管理技巧
    (B) 實務經驗
    (C) 課程的成績
    (D) 資訊科技相關知識

73. 聽眾們接著最有可能做什麼?
    (A) 與講師談話
    (B) 訂購教科書
    (C) 觀賞影片
    (D) 註冊課程

☐ **hospitality** [ˌhɑspɪˋtælətɪ] *n.* 款待;待客
☐ **conference** [ˋkɑnfərəns] *n.* 會議
☐ **specific** [spɪˋsɪfɪk] *adj.* 特定的;明確的
☐ **critical** [ˋkrɪtɪkl̩] *adj.* 極重要的;關鍵性的
☐ **unequaled** [ʌnˋikwəld] *adj.* 無與倫比的
☐ **register** [ˋrɛdʒɪstɚ] *vi.* 註冊;登錄
☐ **familiar** [fəˋmɪljɚ] *adj.* 熟悉的
☐ **job seeker** 求職者
☐ **sector** [ˋsɛktɚ] *n.* 業界;領域
☐ **specialist** [ˋspɛʃəlɪst] *n.* 專家
☐ **real-life experiences** 實務經驗
☐ **semester** [səˋmɛstɚ] *n.* 學期
☐ **expertise** [ˌɛkspɚˋtiz] *n.* 專業技術;專業知識
☐ **institution** [ˌɪnstəˋtjuʃən] *n.* 公共機構
☐ **regulation** [ˌrɛgjəˋleʃən] *n.* 規則;規章

74. 答案：C 先讀要點 **Who** →「是誰」對管理高層提出了建議？

破題關鍵

透過預先瀏覽問題的方式，就知道必須聽取對「管理高層」提出建議的人。而第二句以 Senior management has accepted ... 開頭，所以只要聽清楚接在其後的內容即可。後面說的是 the recommendation of Human Resources ...，可見提出建議的是「人事部門」，因此改以「公司內部部門」表達的 (C) An internal department 便是正確答案。

75. 答案：A 先讀要點 **Where** → 改變會在哪些地方發生？

破題關鍵

延續第 74 題，接著聽第二句的後半段便會聽到 to remove all unhealthy options from food and beverage services companywide.。由此可知，人事部門建議的是「去除全公司不健康的食品及飲料的服務」。因此，正確答案為 (A) In service facilities。

76. 答案：D 先讀要點 **What** → 說話者提到了「什麼好處」？

破題關鍵

由第五句的後半 but we believe that it will not only improve employees' health but lead to fewer absences and higher productivity. 可知，公司這麼做「不但可以改善員工健康，還可以使缺勤減少並同時提高生產力」，所以表示「更高的員工產能」之意的 (D) More staff output 就是正確答案。

錄音內容

Questions 74 through 76 refer to the following excerpt from a meeting.

Q74 是誰對管理高層提出了建議？

Our company is making some changes. Senior management has accepted the recommendation of Human Resources to remove all unhealthy options from food and beverage services companywide. The vending machines will remain but will be stocked with items such as peanuts or apple slices instead of soft drinks and cookies. Dishes served in company cafeterias will include nutritious lean meats or fish, farm-fresh vegetables or brown rice instead of fried foods. I know that not all of you may agree with this policy, but we believe that it will not only improve employees' health but lead to fewer absences and higher productivity.

Q76 說話者提到了什麼好處？

Q75 將做改變的部分

錄音翻譯

第 74~76 題與以下的會議內容節錄有關。

我們公司將做出一些改變。管理高層已採納由人事部門所提出之建議，要去除全公司所有不健康的食品及飲料服務。自動販賣機將繼續保留，但只會擺放如花生或蘋果切片等商品，而不提供冷飲與餅乾。員工餐廳提供的餐點將包含營養豐富的瘦肉或魚類、來自農場的新鮮蔬菜或糙米，不再提供油炸食物。我知道你們不是每個人都會同意此政策，但是我們相信這不僅能改善員工健康，還可使缺勤的情況減少，同時提高生產力。

問題 & 選項翻譯

74. 是誰對管理高層提出了建議？
    (A) 食品產業的分析師
    (B) 外燴公司
    (C) 公司內部部門
    (D) 營養學專家

75. 改變會在哪些地方發生？
    (A) 服務設施
    (B) 物品價格
    (C) 農業區域
    (D) 員工聘僱

76. 說話者提到了什麼好處？
    (A) 更快的產品補貨速度
    (B) 更明確的政策文件
    (C) 更高的收益
    (D) 更高的員工產能

□ **management** [ˋmænɪdʒmənt] *n.* 管理階層
□ **Human Resources** 人事部門；人力資源部門
□ **beverage** [ˋbɛvərɪdʒ] *n.* 飲料
□ **companywide** [ˋkʌnpənɪˏwaɪd] *adj. / adv.* 全公司的／地
□ **vending machine** 自動販賣機
□ **lean** [lin] *adj.* 瘦的（肉）
□ **productivity** [ˏprodʌkˋtɪvətɪ] *n.* 生產力
□ **catering** [ˋketərɪŋ] *adj.* 外燴的
□ **farming** [ˋfɑrmɪŋ] *n.* 農業
□ **revenue** [ˋrɛvəˏnju] *n.* 收益
□ **nutritious** [njuˋtrɪʃəs] *adj.* 有營養的
□ **absence** [ˋæbsṇs] *n.* 缺勤；沒去上班
□ **analyst** [ˋænḷɪst] *n.* 分析師
□ **internal** [ɪnˋtɝnḷ] *adj.* 內部的
□ **restock** [riˋstɑk] *vt.* 補貨
□ **output** [ˋaʊtˏpʊt] *n.* 產出

77. 答案：B　**先讀要點** What → 早上 5 點發生了什麼事？

破題關鍵

從開頭 Due to the heavy snowstorm that began at about 5:00 A.M. this morning 的敘述可知，「早上 5 點開始下起暴風雪」。請小心別因為聽到了 snowstorm 的發音，就誤選 (A)。而由於沒有「開始下暴風雪」的選項，所以改用「天氣改變了」這種說法的 (B) The weather changed. 就是正確答案。

78. 答案：C　**先讀要點** What → 公路安全局「呼籲民眾怎麼做」？

破題關鍵

從第二句後半 but the Road Safety Department is asking people to take care on their commutes today and plan for an extra 20 to 30 minutes' travel time from their homes. 可知，該單位建議大家「小心通勤並做更充裕的時間規劃」。因此，正確答案是表示「預期會有些延誤」之意的 (C) Expect some delays。

79. 答案：B　**先讀要點** Where → 哪裡的交通運輸是照常運作的？

破題關鍵

由第五句的前半 All subway lines are operating normally 即可知，正確答案為 (B) On subway lines。注意，千萬不要被後面才出現的 buses 給混淆而誤選了 (D)。

錄音內容

Questions 77 through 79 refer to the following radio broadcast.

↓ **Q77** 早上 5 點發生的事

Due to the heavy snowstorm that began at about 5:00 A.M. this morning, traffic is moving slowly on most streets and highways around Palo City. There have been no major road closures or accidents reported but the Road Safety Department is asking people to take care on their commutes today and plan for an extra 20 to 30 minutes' travel time from their homes. Downtown streets have been largely cleared of snow but there is a long backup of traffic on both Eaton Avenue and 9th Street leading into the financial district. Flights at Central Airport have also been grounded because of the storm. All subway lines are operating normally but buses are running behind schedule on most routes.

Q78 公路安全局所做的呼籲　　　　　　　　**Q79** 交通照常運作的地方

錄音翻譯

第 77~79 題與以下的廣播內容有關。

由於今天清晨 5 點左右開始下的暴風雪，巴羅市周邊大部分街道與公路的車流都變得十分緩慢。目前還沒有主要道路封閉或意外等消息傳出，但是公路安全局呼籲大家今天通勤時要小心，而且從家裡出發時最好能多預留 20 到 30 分鐘的交通時間。市中心街道大部分積雪都已清除，但是通往金融區的伊頓大道與第九街都有很長的車流回堵狀況。中央機場的航班也因為此暴風雪而停飛。所有地下鐵路線皆正常運行，不過大部分路線的公車則都有延誤的情況。

問題 & 選項翻譯

77. 依據廣播，早上 5 點發生了什麼事？
    (A) 暴風雪停了。
    (B) 天氣改變了。
    (C) 某些道路封閉了。
    (D) 發生了一些車禍。

78. 公路安全局呼籲民眾該怎麼做？
    (A) 避開公路
    (B) 等待報告
    (C) 預期會有些延誤
    (D) 待在家裡

79. 哪裡的交通運輸是照常運作的？
    (A) 金融區
    (B) 地下鐵路線
    (C) 機場
    (D) 公車路線

☐ **due to** 由於……；因為……
☐ **closure** [`kloʒɚ] *n.* 封閉
☐ **backup** [`bæk͵ʌp] *n.* 回堵
☐ **ground** [graʊnd] *vt.* 使停飛
☐ **occur** [ə`kɝ] *vi.* 發生
☐ **route** [rut] *n.* 路線

☐ **snowstorm** [`sno͵stɔrm] *n.* 暴風雪
☐ **commute** [kə`mjut] *n.* 通勤
☐ **district** [`dɪstrɪkt] *n.* 地區；區域
☐ **behind schedule** 比預定時間晚
☐ **transportation** [͵trænspɚ`teʃən] *n.* 交通運輸

80. 答案：A 先讀要點 **What** → 此訊息的主要「目的」為何？

破題關鍵

與「行程變更」有關的題目相當常見。從第二句 I need you to make an update to my Moscow itinerary. 可知，此留言的目的是要「更改在莫斯科的行程」，因此 (A) To revise a plan 就是正確答案。注意，句中的 update（更新）、itinerary（旅遊行程）等都是很常出現的詞彙。

81. 答案：B 先讀要點 **Where** → 會議將在何處舉行？

破題關鍵

聽完第二句的「更改在莫斯科的行程」後，接著便要掌握舉辦「會議」的地點。由第三句話中出現的 telecom conference there 往前推即可知，there 指的就是前一句裡的「莫斯科」，故正確答案為 (B)。

82. 答案：D 先讀要點 **Who** → 傑森最有可能是什麼人？

破題關鍵

從開頭便可聽出這段話是對著傑森說的，而由第六句提到的 tell them you're my assistant 即可確定，傑森是說話者的助理。正確答案是 (D) A personal assistant。

錄音內容

Questions 80 through 82 refer to the following telephone message.

Q81 舉行會議的地點

Jason, this is Felicia calling from the Bucharest office. I need you to make an update to my Moscow itinerary. I had planned to check in at the Hotel Alexis on October 24 for the telecom conference there. However, I have to push back my arrival date to October 26 because of some sudden new client meetings in Warsaw and Prague. My checkout date will remain the same. Please call the hotel, tell them you're my assistant, and then make the change. Use my reservation number: HK2140. Afterwards, please update my online calendar and then e-mail me a confirmation. Thanks.

Q80 語音留言的目的

Q82 傑森是什麼人？

錄音翻譯

第 80~82 題與以下的電話語音留言有關。

傑森，我是費莉西亞，從布加勒斯特辦公室打過來。我要請你幫我更新我在莫斯科的行程。我原本計畫於 10 月 24 日登記入住亞歷克西斯飯店，以參加那兒的電信會議。但是因為我臨時必須到華沙和布拉格與一些新客戶會面，使得我必須將抵達日延後至 10 月 26 日。我的退房日期仍然不變。請打電話給那個飯店，跟他們說你是我的助理，然後做更改。請用我的預約編號：HK2140。改好後，請更新我的線上行事曆，然後寄電子郵件給我以確認。謝謝。

問題 & 選項翻譯

80. 此訊息的主要目的為何？
    (A) 修改計畫
    (B) 取得資訊
    (C) 回應要求
    (D) 更新帳戶

81. 會議將在何處舉行？
    (A) 布加勒斯特
    (B) 莫斯科
    (C) 華沙
    (D) 布拉格

82. 傑森最有可能是什麼人？
    (A) 活動策劃人
    (B) 飯店職員
    (C) 旅行社職員
    (D) 個人助理

☐ **update** [ʌp`det] *vt.* 更新
☐ **afterwards** [`æftəwədz] *adv.* 之後
☐ **revise** [rɪ`vaɪz] *vt.* 修改；校訂
☐ **travel agent** 旅行社職員

☐ **itinerary** [aɪ`tɪnəˌrɛrɪ] *n.* 旅遊行程
☐ **confirmation** [ˌkɑnfə`meʃən] *n.* 確認
☐ **respond** [rɪ`spɑnd] *vi.* 回應；回答

83. 答案：C　先讀要點 **What** → 出了什麼問題？

破題關鍵

由一開頭的 Attention all passengers traveling on Flight 302 可知，這應是與搭乘飛機有關的廣播訊息。接著由第二句提到的 Boarding will be delayed because ... 可得知登機時間將延遲，而之後會敘述延遲的理由，故請集中注意力聆聽。當聽到後面說的 ... because of a mechanical failure on the aircraft. 即可知，發生了「技術上的問題」，因此 (C) 為正確答案。

84. 答案：B　先讀要點 **What** → 302 航班的「乘客該怎麼做」？

破題關鍵

從一開頭就可確認這是針對 302 航班的乘客所做的廣播。而第四句提到 We ask that you remain near the boarding gate during this time，也就是，請聽到廣播訊息的人待在登機門附近，因此正確答案就是換個方式表達此意的 (B) Stay in the departure area。

85. 答案：C　先讀要點 **Where** → 民眾應從「何處取得最新資訊」？

破題關鍵

第八句提到 We encourage passengers to view real-time flight status updates available ...，故可預測其後接著的敘述會提到取得更新資訊的地點。在聽到後續的 on the display screens located throughout this airport terminal. 便可推知，以另一種講法表達 display screens 的 (C) On digital boards 即為本題正確答案。

錄音內容

Questions 83 through 85 refer to the following announcement.

Q83 所發生的問題 ↓

Attention all passengers traveling on Flight 302 to Dubai. Boarding will be delayed because of a mechanical failure on the aircraft. We will have this issue resolved as soon as we can, and do not anticipate any problems for travelers making connecting flights at the aircraft's destination. We ask that you remain near the boarding gate during this time, so that you can hear all related announcements. We remind passengers to keep their boarding passes with them at all times. Also, please remember that only one piece of carry-on luggage is permitted, excluding laptop computers, tablets or similar electronic devices. Our staff will have more information for you within the next 15 minutes.

Q84 乘客該做的事

We encourage passengers to view real-time flight status updates available on the display screens located throughout this airport terminal.

Q85 確認更新資訊的地點

錄音翻譯

第 83~85 題與以下的廣播訊息有關。

所有搭乘 302 航班前往杜拜的旅客請注意。由於飛機機械故障，登機時間將會延後。我們會盡快解決此問題，預計旅客在目的地轉機時並不會發生困難。請您在這段時間繼續留在登機門附近，以便及時聽到所有相關的廣播訊息。提醒各位旅客要隨身攜帶著您的登機證。另外也請記得，除了筆記型電腦、平板電腦或其他類似的電子裝置外，只能攜帶一件隨身行李。在接下來的 15 分鐘內，我們的工作人員將提供您更進一步的訊息。我們建議旅客們從本航廈的各個顯示螢幕查看即時的航班狀態最新資訊。

問題 & 選項翻譯

83. 出了什麼問題？
    (A) 班機超額預訂。
    (B) 班機遲到。
    (C) 出現了技術問題。
    (D) 登機門已更動。

84. 302 航班的乘客被要求該怎麼做？
    (A) 檢查他們的行李
    (B) 待在出發區
    (C) 確認他們的轉機航班
    (D) 關掉電子裝置

85. 根據廣播，民眾被建議應從何處取得最新資訊？
    (A) 電子機票辦公室
    (B) 工作人員的辦公桌
    (C) 數位看板
    (D) 機場的網站

- [ ] **issue** [ˈɪʃju] *n.* 問題
- [ ] **anticipate** [ænˈtɪsəˌpet] *vt.* 預料；預期
- [ ] **boarding gate** 登機門
- [ ] **carry-on** [ˈkærɪˌɑn] *adj.* 隨身的
- [ ] **permit** [pəˈmɪt] *vt.* 許可；允許
- [ ] **tablet** [ˈtæblɪt] *n.* 平板電腦
- [ ] **encourage** [ɪnˈkɝɪdʒ] *vt.* 鼓勵
- [ ] **overdue** [ˌovəˈdju] *adj.* 過期的
- [ ] **confirm** [kənˈfɝm] *vt.* 確認

- [ ] **resolve** [rɪˈzɑlv] *vt.* 解決
- [ ] **destination** [ˌdɛstəˈneʃən] *n.* 目的地
- [ ] **remind** [rɪˈmaɪnd] *vt.* 提醒
- [ ] **luggage** [ˈlʌgɪdʒ] *n.* 行李
- [ ] **exclude** [ɪkˈsklud] *vt.* 除……之外；不包括
- [ ] **device** [dɪˈvaɪs] *n.* 裝置
- [ ] **overbook** [ovəˈbʊk] *vi.* 超額預訂
- [ ] **departure** [dɪˈpartʃə] *n.* 出發

86. 答案：C 先讀要點 **Why** → 康鐸公司「為何是市場領導者」？

破題關鍵

在向媒體打過招呼後，第二句便提及康鐸公司幾十年來一直是市場領導者這件事。而第三句則敘述了理由：We've kept our position by adapting to new business and consumer trends, as well as technologies.（我們透過適應新的商業與消費趨勢，以及技術，來維持我們的地位），因此 (C) It has used technological developments. 就是正確答案。

87. 答案：B 先讀要點 **What** → 該公司已決定要做什麼事？

破題關鍵

第四句提到 we are shifting to a purely online company.（我們將轉型為純粹的網路公司），接著又說了 Our offline stores will be closed and the properties sold to interested buyers.（我們的實體店面將關閉，而資產將轉賣給有興趣的買家），故以更簡潔說法表達此意的 (B) Change its structure 就是正確答案。

88. 答案：D 先讀要點 **What** → 接下來會發生什麼事？

破題關鍵

Part 3、4 的第三題經常會出現「接下來將發生什麼事？」這類問題。而這種問題多半只要聽懂最後一、二句就能答對。就像本篇最後一句 If you have any questions, I'll take them now.，正是直接導向答案的關鍵，因此表示「問題將獲得解答」之意的 (D) Questions will be answered. 便是正確答案。

錄音內容　　　　　　　　　　　Q86 康鐸公司成為市場領導者的原因

Questions 86 through 88 refer to the following speech.

We're pleased to welcome the members of the media today. As many of you know, Kondor Incorporated has been an office supplies market leader for many decades. We've kept our position by adapting to new business and consumer trends, as well as technologies. In line with this, as of April 9, we are shifting to a purely online company. Our offline stores will be closed and the properties sold to interested buyers. Customers will still receive our same great products at low prices. They will also be able to choose from a variety of delivery choices, including overnight service for an additional fee. We are confident this will be an effective strategy for lowering our operational costs while continuing to meet or exceed customer demands. If you have any questions, I'll take them now.

Q88 接著將發生的事　　　　Q87 該公司已決定的事

錄音翻譯

第 86~88 題與以下的致詞內容有關。

我們很高興地歡迎今天到來的媒體朋友們。正如你們當中許多人都知道的，康鐸公司幾十年來一直是辦公室用品市場上的領導者。我們透過適應新的商業與消費趨勢，以及技術的方式，來維持我們的地位。本著此一精神，我們將在 4 月 9 日轉型為純粹的網路公司。我們的實體店面將關閉，而資產將轉賣給有興趣的買家。顧客仍能以低價買到我們品質同樣優良的產品。他們也還是能選擇各式各樣的配送方式，包括支付額外費用即可於隔日送達的服務。我們深信這將是個能降低我們營運成本，同時也能持續達成甚或超越顧客要求的有效策略。如果各位有任何問題，現在就讓我為您解答。

問題 & 選項翻譯

86. 根據致詞內容，康鐸公司為何是市場領導者？
    (A) 它已經營了幾十年。
    (B) 它一直維持較低的業務成本。
    (C) 它採用了技術開發。
    (D) 它開設了很多辦公室。

87. 該公司已經決定要做什麼事？
    (A) 擴充其資產
    (B) 改變其公司結構
    (C) 收購一家供應商
    (D) 降低商品價格

88. 接下來最有可能會發生什麼事？
    (A) 顧客將接受採訪。
    (B) 將展示產品。
    (C) 將發放研討會餐點。
    (D) 問題將獲得解答。

- **office supplies** 辦公室用品
- **adapt** [ə`dæpt] *vi.* 適應
- **property** [`prɑpətɪ] *n.* 資產；地產
- **delivery** [dɪ`lɪvərɪ] *n.* 配送
- **strategy** [`strætədʒɪ] *n.* 策略
- **expand** [ɪk`spænd] *vt.* 擴充；擴大
- **supplier** [sə`plaɪə] *n.* 供應商
- **decade** [`dɛked] *n.* 十年
- **consumer** [kən`sjumə] *n.* 消費者
- **a variety of ...** 各式各樣的……
- **overnight** [`ovə`naɪt] *adj.* 隔日送達的；徹夜的
- **exceed** [ɪk`sid] *vt.* 超過；超出
- **purchase** [`pɝtʃəs] *vt.* 購買
- **demonstrate** [`dɛmən͵stret] *vt.* 示範；展示

89. 答案：A　**先讀要點** Who → 說話的是什麼人？

破題關鍵

Part 3、4 的第一題多半是與文章主旨有關的問題，只要集中注意力聆聽開頭部分，通常就能找出正確答案。而這篇演說的第二句以 As mayor, I ...（身為市長，我……）起頭，所以用另一種說法表達「市長」之意的 (A) A public official 就是正確答案。

90. 答案：D　**先讀要點** What → 居民「擔心的是什麼事」？

破題關鍵

第二句提到 I know that many citizens, along with many of you on the city council, oppose this idea（我知道有很多市民，以及市議會中的你們許多人，都反對此案），而由接於其後的 because of environmental concerns. 可知，反對蓋工廠的理由為「環境方面的顧慮」。因此，改以另一種說法來表達「保護環境」之意的 (D) Protecting nature 便為正確答案。

91. 答案：B　**先讀要點** What → 接下來會「發生什麼事」？

破題關鍵

第三題正是典型的「接下來將發生什麼事？」的問題。由倒數第二句，也就是第九句 I'm going to put the detailed benefits of this plan on the electronic screen behind me.（我將把此計畫的詳細好處列在我身後的電子顯示幕上）可知，正確答案為 (B) Information will be shown.。

錄音內容

Questions 89 through 91 refer to the following speech.

Q89 說話的是什麼人？

Everyone in this room knows that we have been asked to give Lockford Corporation a permit to build a new factory within our city limits. As mayor, I know that many citizens, along with many of you on the city council, oppose this idea because of environmental concerns. I understand your worries. Up to now, we have relied on tourism. Our sandy beaches and green hills draw visitors from around the province, especially in summer. Tourism revenue has remained steady even during the national economic downturn, which is exceptional by most standards. However, I believe it's important to diversify the economic base of our city. That is why I am encouraging you to grant this permit. I'm going to

Q90 居民擔心的事

↓ **Q91** 接著將發生的事

put the detailed benefits of this plan on the electronic screen behind me. Please consider them carefully before the council vote scheduled for next week on this issue.

錄音翻譯

第 89~91 題與以下的演說內容有關。

在此房間內的所有人都知道，我們已接獲拉克弗爾德公司希望在我們市區範圍內建造新工廠的許可申請。身為市長，我知道有很多市民，以及市議會中的你們許多人，都因為環境方面的顧慮而反對此案。我理解你們的憂慮。至今為止，我們一直都倚賴著觀光事業。我們的沙灘與綠色丘陵吸引了來自全省各地的遊客，尤其是在夏天。即使在國家經濟衰退期間，觀光事業的收益依舊相當穩定，就大部分的標準來看，這都是異常優秀的。然而我相信，讓本市的經濟基礎多樣化是很重要的。這就是我建議各位核准此許可的原因。我將把此計畫的詳細好處列在我身後的電子顯示幕上。在預定於下週進行、與此問題有關之議會表決前，請先仔細考量一下這些好處。

問題＆選項翻譯

89. 說話者最有可能是什麼人？
　　(A) 公職人員
　　(B) 旅行社的職員
　　(C) 公司的領導者
　　(D) 基金經理人

90. 根據演說內容，許多居民的顧慮為何？
　　(A) 改善經濟
　　(B) 吸引企業
　　(C) 增加觀光
　　(D) 保護自然

91. 接下來最有可能會發生什麼事？
　　(A) 有另一個人將發言。
　　(B) 資訊將被顯示出來。
　　(C) 將計算投票結果。
　　(D) 將修改時程安排。

☐ **limit** [`lɪmɪt] *n.* 範圍
☐ **oppose** [ə`poz] *vt.* 反對
☐ **rely on** 倚賴
☐ **province** [`prɑvɪns] *n.* 省
☐ **steady** [`stɛdɪ] *adj.* 穩定的
☐ **diversify** [daɪ`vɝsəˌfaɪ] *vt.* 使多樣化
☐ **vote** [vot] *n.* 投票；表決
☐ **resident** [`rɛzədənt] *n.* 居民
☐ **revise** [rɪ`vaɪz] *vt.* 修改

☐ **council** [`kaʊnsl] *n.* 議會
☐ **environmental** [ɪnˌvaɪrən`mɛnt!] *adj.* 環境的
☐ **tourism** [`tʊrɪzəm] *n.* 觀光事業
☐ **revenue** [`rɛvəˌnju] *n.* 收益
☐ **exceptional** [ɪk`sɛpʃənl] *adj.* 例外的；異常優秀的
☐ **grant** [grænt] *vt.* 授予
☐ **public official** 公職人員
☐ **attract** [ə`trækt] *vt.* 吸引

92. 答案：C　先讀要點 **What** → 此公告訊息與什麼有關？

破題關鍵

這段公告訊息一開始就說「我想告訴大家有關本月份將在本大樓進行的一些工程」，由此可知大樓內將進行某些作業，換言之，可立即排除選項 (B) 和 (D)。接著第二句提到 Maintenance crews are going to close off the escalators ...（維修人員將封閉電扶梯……），再加上第三句 This is so repairs can be carried out.（這是為了讓修繕工作得以進行），即可確定是要進行「設施的整修」。因此，正確答案為 (C) A facility renovation。

93. 答案：C　先讀要點 **When** → 專案將於「何時完成」？

破題關鍵

Part 4 也和 Part 3 一樣，在三題中的第二題經常都是問日期、數值等具體事項。以問數值的題目來說，獨白語音中往往到處都散布了與選項相同的數字，故若只聽數字而不論其緣由，就很可能落入陷阱而誤答，這點務必特別小心。如此題 (A)、(B)、(D) 三個選項中的數字在這段訊息中都有出現，但都不是正確答案。正確答案出現在第六句 This work should be entirely completed within 4 weeks，故本題選 (C) In 4 weeks。

94. 答案：C　先讀要點 **Who** → 該公司要感謝誰？

破題關鍵

預先瀏覽題目，然後在聆聽語音時等著與「感謝」有關的敘述。由第七句，也就是最後一句中的 thank you all for your patience 可知，感謝的是聽眾，亦即該公司的員工，故正確答案是 (C) Business staff。

錄音內容

Questions 92 through 94 refer to the following announcement.

Q92 此公告訊息的目的

Before you break for lunch, I want to tell you about some work that is going to be carried out in the building this month. Maintenance crews are going to close off the escalators that serve Floors 1 through 5, and the areas right in front of each escalator. This is so repairs can be carried out. The crews will also close off about 30 percent of the lobby to use as equipment space while this is going on. If your desk is on the lower floors of the building, you might hear a bit of

↓ **Q93** 該專案預定完成的時間

noise from all this. This work should be entirely completed within 4 weeks. The← company and building management thank you all for your patience while this work is being done.

Q94 該公司所感謝的人

錄音翻譯

第 92~94 題與以下的公告訊息有關。

在各位進入午餐休息時間之前，我想告訴大家有關本月份將在本大樓進行的一些工程。維修人員將封閉 1 至 5 樓間的電扶梯，以及在各電扶梯前的區域。這麼做是為了讓修理工作得以進行。工作人員還將封閉大廳中約 30% 的範圍，以做為施工期間放置器材的空間。如果你的辦公桌位於大樓中的較低樓層，那麼可能會聽到一些因施工造成的噪音。此工程應會於四週內全部完成。公司與大樓管理部門感謝大家在此施工期間發揮耐心。

問題＆選項翻譯

92. 此公告訊息主要與什麼事有關？
    (A) 辦公室的搬遷
    (B) 產品的升級
    (C) 設施的整修
    (D) 保全準則

93. 該專案預定於何時完成？
    (A) 一週內
    (B) 三週內
    (C) 四週內
    (D) 五週內

94. 該公司感謝誰？
    (A) 施工的工作人員
    (B) 大樓的管理人員
    (C) 公司員工
    (D) 政府人員

☐ **carry out** 進行；實施
☐ **equipment** [ɪˋkwɪpmənt] *n.* 設備；器材
☐ **patience** [ˋpeʃəns] *n.* 耐心；忍耐
☐ **upgrade** [ˋʌpˋgred] *n.* 升級
☐ **guideline** [ˋgaɪdˌlaɪn] *n.* 指導方針；準則

☐ **crew** [kru] *n.* 工作人員
☐ **entirely** [ɪnˋtaɪrlɪ] *adv.* 完全地
☐ **relocation** [riloˋkeʃən] *n.* 遷移
☐ **renovation** [ˌrɛnəˋveʃən] *n.* 整修；翻新
☐ **personnel** [ˌpɜsṇˋɛl] *n.*（總稱）人員；員工

95. 答案：D 先讀要點 **What →** 此留言的「主要目的」為何？

破題關鍵

留言的前三句依序確認對方身分、自我介紹並說明自身狀況，而留言目的就接在其後。第四句說「依訂閱條款，每期刊物都應於該月份的 10 日寄到，但是前兩期我卻是在該月份的 15、16 日才收到」，這樣的內容可視為「投訴」性質，所以符合投訴、抱怨之意的 (D) To make a complaint 為正確答案。

96. 答案：A 先讀要點 **When →** 月刊應於「何時寄達」？

破題關鍵

在 Part 4 中，三個題目裡的第二題經常出現需回答具體數值的問題。此留言的第三句就出現了 12 這個數字，請務必小心別被它引誘而誤選了 (B)。由於第四句提到 The subscription terms state that each copy is supposed to arrive ...，故只要聽清楚接在其後的內容即可。而接著說的是 on the 10th of the month，因此正確答案為 (A) By day 10。

97. 答案：C 先讀要點 **What →** 說話者會「等待什麼」？

破題關鍵

由倒數第二句，也就是第七句 Please contact me at a.cooper@bright2mail.com to confirm that you got this message. 可知，說話者「將會等待運動雜誌公司寄來電子郵件」。因此，此題的正確答案為 (C) A company e-mail。

錄音內容

Questions 95 through 97 refer to the following telephone message.

Q95 語音留言的目的

Hello, *Power Sports Magazine*? I'm Alicia Cooper and my customer ID number is IK43026. I paid for a 12-month subscription to your publication. The subscription terms state that each copy is supposed to arrive on the 10th of the month but I received the last two editions on the 15th or 16th of the month. My subscription gives me free access to the Web version of the magazine but I really prefer reading the print version, especially when I'm outside. I'm trusting that I can get my next copy on time. Please contact me at a.cooper@bright2mail.com to confirm that you got this message. I'll be waiting for that.

Q96 月刊預計送達的時間　　　　Q97 說話者在等的東西

錄音翻譯

第 95~97 題與以下的電話語音留言有關。

您好，是《力量運動雜誌》嗎？我叫艾麗西亞‧庫珀，我的客戶識別碼是 IK43026。我付款訂閱了貴公司 12 個月份的刊物。依訂閱條款，每期刊物都應於該月份的 10 日寄到，但是前兩期我卻是在該月份的 15、16 日才收到。我訂閱的方式可免費使用網路版雜誌，但是我真的比較喜歡閱讀紙本，尤其是出門在外的時候。我希望我可以準時收到下一期雜誌。請透過 a.cooper@bright2mail.com 這個電子郵件地址與我聯繫，好確認你們已收到此留言。我會等你們的來信。

問題＆選項翻譯

95. 此留言的主要目的為何？
    (A) 詢問預定時程
    (B) 升級帳戶
    (C) 索取產品
    (D) 提出抱怨

96. 根據留言內容，月刊應於何時寄達？
    (A) 10 號前
    (B) 12 號前
    (C) 15 號前
    (D) 16 號前

97. 說話者將會等待什麼？
    (A) 續訂的確認
    (B) 存取用的密碼
    (C) 公司寄來的電子郵件
    (D) 網站的網址

☐ **subscription** [səb`skrɪpʃən] *n.* 訂閱
☐ **terms** [tɜmz] *n.* 條件；條款（複數型）
☐ **on time** 準時
☐ **complaint** [kəm`plent] *n.* 抱怨；投訴

☐ **publication** [ˌpʌblɪ`keʃən] *n.* 出版品；刊物
☐ **edition** [ɪ`dɪʃən] *n.*（書籍、雜誌的）期；版
☐ **confirm** [kən`fɜm] *vt.* 確認
☐ **renewal** [rɪ`njuəl] *n.* 更新；續訂

98. 答案：B 　先讀要點 **Why** → 發言者「為何感謝聽眾」？

破題關鍵

由開頭的 Thanks for the ... 可知，發言者要對聽眾表示感謝之意。除了對「創造了新的銷售成績」一事表達感激外，又在第二句提到「已超出季度目標 13.8%」，因此表示「超過基準」的 (B) They surpassed a benchmark. 即為正確答案。

99. 答案：D 　先讀要點 **What** → 該「公司計畫」於 10 月 1 日以後「做什麼」？

破題關鍵

由於問題中出現了 October 1th 這樣的具體日期，因此應能輕易掌握該聽取的要點。發言第五句以 After October 1th 起頭，可見其後接著的就是指向正確答案之關鍵。而接著說的是「業務人員只要專注於開發新客戶」，之後在第六句又提到「已成交的客戶將由新的『客戶帳戶』部門負責管理」，可見業務人員的職責有所調整，因此正確答案為 (D)。

100. 答案：D 　先讀要點 **What** → 新政策可能會帶來「什麼結果」？

破題關鍵

發言第六句說明了新政策所規定的員工責任範圍，接著的第七句則提到 This should reduce your workload and enable you to be more productive.，亦即，「新的政策應能減少工作量，並讓員工更具生產力」。因此，本題正確答案是 (D) Greater output。注意，output 是「產出」之意。

錄音內容

Questions 98 through 100 refer to the following excerpt from a meeting.

Q98 發言者對聽眾表示感謝的原因

Thanks for the great job you've done in generating new sales recently. We estimate that you've already exceeded our quarterly targets by 13.8 percent and that couldn't have been easy. The board of directors knows that many of you have to work hard both to find new clients and manage the accounts of the clients we already have. From next month, however, we're going to introduce a change. After October 1th, salespersons like you will focus solely on attracting new clients. Once you have closed a deal with any particular company, the client account will be managed by a new department, Customer Accounts. This should reduce your workload and enable you to be more productive.

Q100 新政策將帶來的結果　　　　　　　　Q99 該公司計畫要做的事

錄音翻譯

第 98~100 題與以下的會議內容節錄有關。

感謝各位最近所創造出的、新的絕佳銷售成績。我們預估各位已經超出了季度目標 13.8%，而這實在是不容易。董事會知道你們許多人在尋找新客戶的同時，還必須管理我們既有的客戶帳戶，十分辛苦。不過從下個月起，我們將推行一項變革。在 10 月 1 日以後，你們業務員將只專注於吸引新客戶。只要與任何特定公司成交，該客戶帳戶便將交由新成立的「客戶帳戶」部門管理。這樣應該可以減少你們的工作量，並且讓各位更具生產力。

問題＆選項翻譯

98. 發言者為何對聽眾表示感謝？
    (A) 他們降低了營運成本。
    (B) 他們超越了基準。
    (C) 他們設計了新的標準。
    (D) 他們做了可獲利的投資。

99. 該公司計畫於 10 月 1 日以後做什麼？
    (A) 雇用一些額外的部門員工
    (B) 聚焦於大公司
    (C) 轉向更複雜的商業交易
    (D) 更改部分員工的職責

100. 說話者指出新政策可能會帶來什麼結果？
    (A) 更大的工作量
    (B) 更多樣化的產品
    (C) 更少的員工
    (D) 更大的產出

☐ **generate** [ˋdʒɛnəˏret] *vt.* 產生
☐ **exceed** [ɪkˋsid] *vt.* 超越；超過
☐ **the board of directors** 董事會
☐ **introduce** [ˏɪntrəˋdjus] *vt.* 引進；採用
☐ **close a deal** 成交
☐ **workload** [ˋwɝkˏlod] *n.* 工作量；工作負擔
☐ **productive** [prəˋdʌktɪv] *adj.* 有生產力的；多產的
☐ **operating** [ˋɑpəˏretɪŋ] *adj.* 營運的
☐ **benchmark** [ˋbɛntʃˏmɑrk] *n.* 基準
☐ **profitably** [ˋprɑfɪtəblɪ] *adv.* 有利益地
☐ **complex** [ˋkɑmplɛks] *adj.* 複雜的
☐ **diverse** [daɪˋvɝs] *adj.* 多樣化的

☐ **estimate** [ˋɛstəˏmet] *vt.* 估計；估算
☐ **quarterly** [ˋkwɔrtəlɪ] *adj.* 每季的
☐ **account** [əˋkaʊnt] *n.* 帳戶
☐ **solely** [ˋsollɪ] *adv.* 僅僅；單獨地
☐ **reduce** [rɪˋdjus] *vt.* 減少
☐ **surpass** [səˋpæs] *vt.* 超越；優於
☐ **invest** [ɪnˋvɛst] *vi.* 投資
☐ **additional** [əˋdɪʃən] *adj.* 額外的；附加的
☐ **responsibility** [rɪˏspɑnsəˋbɪlətɪ] *n.* 責任

模擬測驗
答　案　卡

LISTENING SECTION

REGISTRATION NO.
准 考 證 號 碼

N A M E
姓　　名

Part 1

No.	ANSWER A B C D
1	Ⓐ Ⓑ Ⓒ Ⓓ
2	Ⓐ Ⓑ Ⓒ Ⓓ
3	Ⓐ Ⓑ Ⓒ Ⓓ
4	Ⓐ Ⓑ Ⓒ Ⓓ
5	Ⓐ Ⓑ Ⓒ Ⓓ
6	Ⓐ Ⓑ Ⓒ Ⓓ
7	Ⓐ Ⓑ Ⓒ Ⓓ
8	Ⓐ Ⓑ Ⓒ Ⓓ
9	Ⓐ Ⓑ Ⓒ Ⓓ
10	Ⓐ Ⓑ Ⓒ Ⓓ

Part 2

No.	ANSWER A B C	No.	ANSWER A B C	No.	ANSWER A B C
11	Ⓐ Ⓑ Ⓒ	21	Ⓐ Ⓑ Ⓒ	31	Ⓐ Ⓑ Ⓒ
12	Ⓐ Ⓑ Ⓒ	22	Ⓐ Ⓑ Ⓒ	32	Ⓐ Ⓑ Ⓒ
13	Ⓐ Ⓑ Ⓒ	23	Ⓐ Ⓑ Ⓒ	33	Ⓐ Ⓑ Ⓒ
14	Ⓐ Ⓑ Ⓒ	24	Ⓐ Ⓑ Ⓒ	34	Ⓐ Ⓑ Ⓒ
15	Ⓐ Ⓑ Ⓒ	25	Ⓐ Ⓑ Ⓒ	35	Ⓐ Ⓑ Ⓒ
16	Ⓐ Ⓑ Ⓒ	26	Ⓐ Ⓑ Ⓒ	36	Ⓐ Ⓑ Ⓒ
17	Ⓐ Ⓑ Ⓒ	27	Ⓐ Ⓑ Ⓒ	37	Ⓐ Ⓑ Ⓒ
18	Ⓐ Ⓑ Ⓒ	28	Ⓐ Ⓑ Ⓒ	38	Ⓐ Ⓑ Ⓒ
19	Ⓐ Ⓑ Ⓒ	29	Ⓐ Ⓑ Ⓒ	39	Ⓐ Ⓑ Ⓒ
20	Ⓐ Ⓑ Ⓒ	30	Ⓐ Ⓑ Ⓒ	40	Ⓐ Ⓑ Ⓒ

Part 3

No.	ANSWER A B C D
41	Ⓐ Ⓑ Ⓒ Ⓓ
42	Ⓐ Ⓑ Ⓒ Ⓓ
43	Ⓐ Ⓑ Ⓒ Ⓓ
44	Ⓐ Ⓑ Ⓒ Ⓓ
45	Ⓐ Ⓑ Ⓒ Ⓓ
46	Ⓐ Ⓑ Ⓒ Ⓓ
47	Ⓐ Ⓑ Ⓒ Ⓓ
48	Ⓐ Ⓑ Ⓒ Ⓓ
49	Ⓐ Ⓑ Ⓒ Ⓓ
50	Ⓐ Ⓑ Ⓒ Ⓓ

Part 3

No.	ANSWER A B C D	No.	ANSWER A B C D
51	Ⓐ Ⓑ Ⓒ Ⓓ	61	Ⓐ Ⓑ Ⓒ Ⓓ
52	Ⓐ Ⓑ Ⓒ Ⓓ	62	Ⓐ Ⓑ Ⓒ Ⓓ
53	Ⓐ Ⓑ Ⓒ Ⓓ	63	Ⓐ Ⓑ Ⓒ Ⓓ
54	Ⓐ Ⓑ Ⓒ Ⓓ	64	Ⓐ Ⓑ Ⓒ Ⓓ
55	Ⓐ Ⓑ Ⓒ Ⓓ	65	Ⓐ Ⓑ Ⓒ Ⓓ
56	Ⓐ Ⓑ Ⓒ Ⓓ	66	Ⓐ Ⓑ Ⓒ Ⓓ
57	Ⓐ Ⓑ Ⓒ Ⓓ	67	Ⓐ Ⓑ Ⓒ Ⓓ
58	Ⓐ Ⓑ Ⓒ Ⓓ	68	Ⓐ Ⓑ Ⓒ Ⓓ
59	Ⓐ Ⓑ Ⓒ Ⓓ	69	Ⓐ Ⓑ Ⓒ Ⓓ
60	Ⓐ Ⓑ Ⓒ Ⓓ	70	Ⓐ Ⓑ Ⓒ Ⓓ

Part 4

No.	ANSWER A B C D	No.	ANSWER A B C D	No.	ANSWER A B C D
71	Ⓐ Ⓑ Ⓒ Ⓓ	81	Ⓐ Ⓑ Ⓒ Ⓓ	91	Ⓐ Ⓑ Ⓒ Ⓓ
72	Ⓐ Ⓑ Ⓒ Ⓓ	82	Ⓐ Ⓑ Ⓒ Ⓓ	92	Ⓐ Ⓑ Ⓒ Ⓓ
73	Ⓐ Ⓑ Ⓒ Ⓓ	83	Ⓐ Ⓑ Ⓒ Ⓓ	93	Ⓐ Ⓑ Ⓒ Ⓓ
74	Ⓐ Ⓑ Ⓒ Ⓓ	84	Ⓐ Ⓑ Ⓒ Ⓓ	94	Ⓐ Ⓑ Ⓒ Ⓓ
75	Ⓐ Ⓑ Ⓒ Ⓓ	85	Ⓐ Ⓑ Ⓒ Ⓓ	95	Ⓐ Ⓑ Ⓒ Ⓓ
76	Ⓐ Ⓑ Ⓒ Ⓓ	86	Ⓐ Ⓑ Ⓒ Ⓓ	96	Ⓐ Ⓑ Ⓒ Ⓓ
77	Ⓐ Ⓑ Ⓒ Ⓓ	87	Ⓐ Ⓑ Ⓒ Ⓓ	97	Ⓐ Ⓑ Ⓒ Ⓓ
78	Ⓐ Ⓑ Ⓒ Ⓓ	88	Ⓐ Ⓑ Ⓒ Ⓓ	98	Ⓐ Ⓑ Ⓒ Ⓓ
79	Ⓐ Ⓑ Ⓒ Ⓓ	89	Ⓐ Ⓑ Ⓒ Ⓓ	99	Ⓐ Ⓑ Ⓒ Ⓓ
80	Ⓐ Ⓑ Ⓒ Ⓓ	90	Ⓐ Ⓑ Ⓒ Ⓓ	100	Ⓐ Ⓑ Ⓒ Ⓓ

270

聽力測驗　得分換算表

原始分數	換算分數
96 — 100	490 — 495
91 — 95	465 — 490
86 — 90	425 — 480
81 — 85	370 — 435
76 — 80	320 — 380
71 — 75	315 — 365
66 — 70	275 — 325
61 — 65	235 — 280
56 — 60	215 — 260
51 — 55	195 — 235
46 — 50	175 — 215
41 — 45	150 — 195
36 — 40	120 — 165
31 — 35	85 — 140
26 — 30	60 — 105
21 — 25	45 — 80
16 — 20	30 — 65
11 — 15	20 — 55
6 — 10	10 — 35
1 — 5	5 — 20

● 由本書模擬測驗答對的題數區間（答對一題可得到一點），可
　預測出在 TOEIC 聽力測驗部分所能獲得的分數。但是實際的
　TOEIC 考試，是要以全體考生的得分為基礎，來加以統計算出
　得分的，因此這個換算表僅供參考使用。

國家圖書館出版品預行編目資料

New TOEIC 新多益聽力高分本領書 / 松本惠美子作；
　陳亦苓譯. -- 初版. -- 臺北市：貝塔，2013. 06
　　面；　公分
　ISBN: 978-957-729-925-3（平裝附光碟片）

　1. 多益測驗

805.1895　　　　　　　　　　　　　　　　102007275

New TOEIC® 新多益聽力高分本領書

作　　者 / 松本惠美子
審　　訂 / 登峰美語多益研究中心
翻　　譯 / 陳亦苓
執行編輯 / 朱曉瑩

出　　版 / 貝塔出版有限公司
地　　址 / 台北市 100 中正區館前路 12 號 11 樓
電　　話 / (02)2314-2525
傳　　真 / (02)2312-3535
郵　　撥 / 19493777 貝塔出版有限公司
客服專線 / (02)2314-3535
客服信箱 / btservice@betamedia.com.tw

總 經 銷 / 時報文化出版企業股份有限公司
地　　址 / 桃園縣龜山鄉萬壽路二段 351 號
電　　話 / (02) 2306-6842

出版日期 / 2013 年 6 月初版一刷
定　　價 / 380 元
I S B N / 978-957-729-925-3

貝塔網址：www.betamedia.com.tw

喚醒你的英文語感！

折後釘好，直接寄回即可！

廣 告 回 信
北區郵政管理局登記證
北 台 字 第 14256 號
免 貼 郵 票

100 台北市中正區館前路12號11樓

 貝塔語言出版 收
Beta Multimedia Publishing

寄件者住址

貝塔語言出版 Beta Multimedia Publishing

讀者服務專線（02）2314-3535　　讀者服務傳真（02）2312-35

客戶服務信箱　btservice@betamedia.com.tw

www.betamedia.com.tw

謝謝您購買本書！！

貝塔語言擁有最優良之英文學習書籍，為提供您最佳的英語學習資訊，您可填妥此表後寄回（免貼郵票）將可不定期收到本公司最新發行書訊及活動訊息！

姓名：＿＿＿＿＿＿＿＿＿＿＿＿　性別：□男 □女　生日：＿＿＿年＿＿＿月＿＿＿日

電話：(公)＿＿＿＿＿＿＿＿＿＿(宅)＿＿＿＿＿＿＿＿＿＿(手機)＿＿＿＿＿＿＿＿＿

電子信箱：＿＿＿＿＿＿＿＿＿＿＿＿＿＿＿＿＿＿＿＿＿＿＿＿＿

學歷：□高中職含以下 □專科 □大學 □研究所含以上

職業：□金融 □服務 □傳播 □製造 □資訊 □軍公教 □出版

　　　□自由 □教育 □學生 □其他

職級：□企業負責人 □高階主管 □中階主管 □職員 □專業人士

1.您購買的書籍是？＿＿＿＿＿＿＿＿＿＿＿＿＿＿＿＿＿＿＿＿＿＿

2.您從何處得知本產品？(可複選)

　　　□書店 □網路 □書展 □校園活動 □廣告信函 □他人推薦 □新聞報導 □其他

3.您覺得本產品價格：

　　　□偏高 □合理 □偏低

4.請問目前您每週花了多少時間學英語？

　　　□ 不到十分鐘 □ 十分鐘以上，但不到半小時 □ 半小時以上，但不到一小時

　　　□ 一小時以上，但不到兩小時 □ 兩個小時以上 □ 不一定

5.通常在選擇語言學習書時，哪些因素是您會考慮的？

　　　□ 封面 □ 內容、實用性 □ 品牌 □ 媒體、朋友推薦 □ 價格□ 其他＿＿＿＿＿

6.市面上您最需要的語言書種類為？

　　　□ 聽力 □ 閱讀 □ 文法 □ 口說 □ 寫作 □ 其他＿＿＿＿＿＿

7.通常您會透過何種方式選購語言學習書籍？

　　　□ 書店門市 □ 網路書店 □ 郵購 □ 直接找出版社 □ 學校或公司團購

　　　□ 其他＿＿＿＿＿＿＿

8.給我們的建議：＿＿＿＿＿＿＿＿＿＿＿＿＿＿＿＿＿＿＿＿＿＿＿＿

＿＿＿＿＿＿＿＿＿＿＿＿＿＿＿＿＿＿＿＿＿＿＿＿＿＿＿＿＿＿＿＿＿

喚醒你的英文語感！

Get a Feel for English !